CW01662334

Weźmisz czarno kure...

fabryka słów

WWW.FABRYKA.PL

Andrzej Pilipiuk

Weźmisz czarno kurę...

Ilustracje
Andrzej Łaski

BESTSELLERY
POLSKIEJ
FANTASTYKI

Lublin 2009

Oblicza Wędrowycza:

1. Kroniki Jakuba Wędrowycza
2. Czarownik Iwanow
3. **Weźmisz czarno kure...**
4. Zagadka Kuby Rozpruwacza
5. Wieszać każdy może

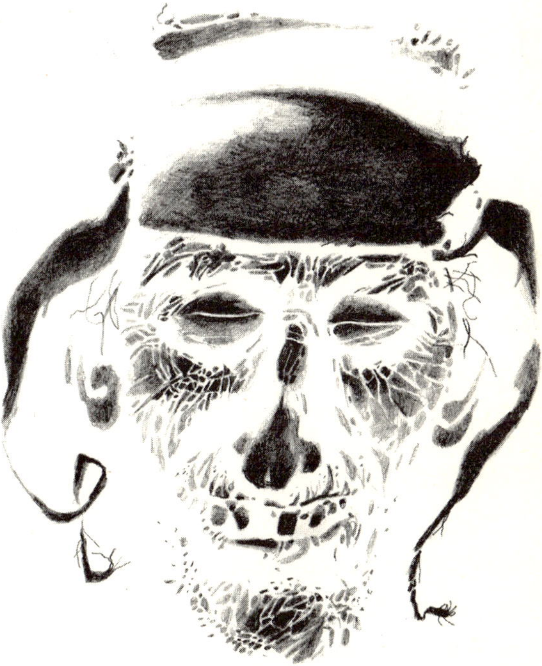

Weźmisz czarno kure...

Jakub Wędrowycz stał, wpatrując się ponuro w swoją niedoszłą plantację malin na Białej Górze. Pole dobrane było idealnie. Południowa ekspozycja, solidnie zasilone obornikiem. Wąskie i długie. A jaki piękny był z niego widok. Wzrok właściciela mógł się swobodnie ślizgać po całej dolinie. Na lewo widać było wysadzaną drzewami drogę do Huty, dalej majaczyła kapliczka stojąca na rozstajnych drogach. Przed nim, w dole, leżały Wojsławice. Wyraźnie dostrzegał białą sylwetkę kościoła i dach byłego ratusza.

Za wsią znajdował się masyw Mamczynej Góry oraz Zamczyska i tylko źle dobrany punkt obserwacji utrudniał dostrzeżenie wielkiej piaskowni. Na prawo, na linii horyzontu, widać było kirkut i pagórki, za którymi leżała Tróścianka. Jeszcze dalej majaczył Witoldów, a kępa drzew wyznaczała położenie jego rodzinnego Starego Majdanu. Daleko. Prawie osiemnaście kilometrów.

Za plecami Jakuba wznosił się niewielki pagórek, a dalej był las poprzecinany licznymi parowami. W lesie znajdował się cmentarz z pierwszej wojny światowej. A tu była jego plantacja. Jego niedoszła plantacja. Dziesięć arów malin wgniecionych w ziemię kołami kombajnu, który przejechał tędy co najmniej cztery razy. Owoce opadły w większości na ziemię. Niektóre krzaczki uniknęły losu swoich braci, lecz niewiele ich zostało.

– Podłość ludzka nie zna granic – powiedział w przestrzeń.

Jego nieletni syn Marek podniósł się z ziemi, gdzie badał ślady.

– Maliny zebrali najpierw z grubsza do wiader, a później pojeździli kombajnem. Sądzę, że nie po to, aby ukryć ślady, ale to jedyna droga tędy.

– Droga!?

– Przepraszam, tato. Miałem na myśli, że to jedyny równy kawałek pola. Ten bydlak nie mógł przejechać polną drogą obok, bo ryzykowałby zerwanie bębna. Pojechał na skróty. Idziemy na milicję?

– Nie. Weźmiemy zemstę we własne ręce.

Na skraju pagórków, od strony lasu, pojawił się Józef Paczenko siedzący na swojej klaczce. Po chwili podjechał do nich.

– Ślady ciągną się aż do pola Jopka, które jest ślicznie skoszone. Podobnie jak dwa sąsiednie. W jeden dzień na pewno nie dał rady. Musiał tu szaleć co najmniej trzy dni.

– Cholera, i nikt mnie nie zawiadomił – zdenerwował się Jakub. – Żeby ich tak diabli wzięli. Jak im jestem potrzebny, to jak sarenki do wodopoju, a tak to kamieniami. Rzucają kłody pod nogi. Na każdym kroku.

– Nu, nie denerwuj się. W gminie są dwa kombajny. A to myślę, że była „Vistula" Ścierskiego. *Job jeho matery!*

– A to świnia. Świnia, co kiedyś był kolegą.

– Nu, i co ty będziesz robił?

– Zajdziem go we dwóch i przetrzepiem mu gnaty. Ja na milicję chodzić nie będę.

– Za dobrze cię tam znają. *Choroszo.* Pójdziem we dwóch, przetrzepiem mu skórę i co z tego wyjdzie? Obijem gówno, a będziem odpowiadać jak za człowieka. Jeśli chcesz, to oczywiście ja zawsze z tobą.

– Ty, Józef, boisz się sprać jednego faceta? A pamiętasz, jak we wojnę szlachtowaliśmy szwabów jak wieprzki?

– Wojna to co innego. Lepiej będzie zrobić mu jakieś subtelne kuku.

– Kuku? Subtelne...

Naraz Jakub urwał tknięty nagłą myślą. Twarz jego rozjaśnił szczery, szeroki słowiański uśmiech.

– Jak subtelnie? – zapytał. – Co miałeś na myśli?

– Podpalimy mu stóg albo i stodołę.

– Równie dobrze mógłbym się pod tym podpisać! Wiesz, kogo gliny będą podejrzewać w pierwszej kolejności? Mnie. Nie zapominaj, ile czasu siedziałem za ukraińską partyzantkę. Ale z tą subtelnością to miałeś dobry pomysł. Masz trochę bimbru? Tego mocnego?

– Dla ciebie zawsze. Ile ci trzeba?

– Dziesięć *litriw*!

– Dużo, ale znajdzie się. Wpadnij do mnie wieczorkiem. Po dojeniu.

Pożegnali się i Józef pojechał na swojej klaczce w dolinę. Jakub z Markiem obserwowali go przez chwilę.

– Dlaczego nigdy nie używa siodła?

– Sam go zapytaj. Konie go lubią. Zresztą jego ociec Anzelm też był dziwny. Ważne, że odleje mi spirytu.

– Po co ci aż dziesięć litrów?

– Zobaczysz. Subtelnie. Zemsta musi być subtelna.

Roześmiał się ponurym rechotem, którego nauczył się w więzieniu od najbardziej zatwardziałych kryminalistów. Sto metrów dalej poderwało się stadko kuropatw spłoszonych tym dziwnym dźwiękiem. Koń zastrzygł niespokojnie uszami, choć powinien już przywyknąć. Wsiedli na wóz i pojechali do domu.

Gdy tego wieczoru Jakub zaszedł do zagrody Paczenków, dobiegało właśnie końca dojenie. W oborze panował dziwny niepokój. Koń przestępował z nogi na nogę, to znów uspokajał się.

– Co z nim? – zapytał Józefa.

– A nerwowy trochę. Siadaj i poczekaj, już kończę.

Pociągnął jeszcze kilka razy strzyki i klepnął krowę w zad. Zdjął z wiadra gazę, wycisnął pianę do niewielkiego kubka. Następnie przeszedł z nim w kąt obory, gdzie wlał jego zawartość do niklowanej rurki sterczącej z polepy.

– Na co to robisz? – zdziwił się Jakub, który pochlebiał sobie znać wszystkie miejscowe zabobony.

– Jak by to powiedzieć, dla kotów w piwnicy. Bidne głodne kotki.

– Masz piwnicę pod oborą?

Józef wzruszył ramionami.

– Czy to ważne? Chodź do chałupy. Naleję ci bimbru.

Poszli. Wewnątrz domu panował nieład, znać było brak kobiecej ręki. Jak to u wdowca. Wdrapali się na strych, gdzie sporą część pomieszczenia zajmował solidny kocioł i system rurek tudzież kilka kadzi z zacierem.

– Nie boisz się, że ci spadnie na łeb której nocy?

– Ni, solidna chałupa. A sufit sam stawiałem. Wytrzyma.

Podłoga posypana była warstwą piasku. Leżały w nim butelki pełne cieczy. Jakub podniósł jedną i popatrzył przez nią na zachodzące słońce widoczne w niewielkim okienku.

– Lepszy niż Josifa.

– Pewno. Ja dbam o swój żołądek. Potrójnie destylowany. O kumpli też dbam. To na łapówkę?

– Jako honorarium.

– Ty nie wynajmuj żadnych łepków do łamania mu kości. Sypną się przy pierwszej okazji. Sami możemy to załatwić.

– Ja nie łepków. Mówiłeś „delikatnie" i ja nad tym myślałem. I mam pomysł pierwszej klasy.

– Skoro tak, to daj plecak.

Załadowali go do pełna, a potem jeszcze sprawdzili, czy samogon na pewno jest dobry. Sprawdzanie zaczęło się od małej dawki, w której dawało się wyczuć jakiś obcy posmak, potem przyszła kolej na większą dawkę dla dokładniejszego zbadania obcej domieszki. Dawka ta okazała się jednak niewystarczająca. Dopiero nad ranem udało się ustalić, że zapewne jest to dodatek „pryty" z jabłek, która wcześniej znajdowała się w tych butelkach, ale ostateczne zweryfikowanie hipotezy przyjaciele odłożyli na inną okazję.

Chata Karwowskiego leżała daleko od Uchań, na wzgórzu koło przejętego przez Herbapol pałacu. Jej lokator najwyraźniej nie życzył sobie kontaktów z mieszkańcami wsi, a oni równie mało życzyli sobie kontaktu z nim. Z Herbapolem toczył wojnę podjazdową, milicja nękała go za prowadzenie „pokątnej praktyki paralekarskiej", a ludzie rzucali kamieniami. Edward Karwowski był bowiem znachorem. Ponadto zajmował się wróżbiarstwem i kilkoma naukami pokrewnymi. Podobno umiał też rzucać uroki, choć tego oczywiście nikt nie był w stanie sprawdzić w sposób jednoznaczny.

Owszem, gliniarze, którzy go nachodzili, cierpieli potem na świerzb i biegunkę, a jeden nawet wyłysiał, wyjątkowo często psuły im się zęby i radiowozy, a dwa razy spłonął posterunek, ale ostatecznie jakieś dziewiętnastowieczne choroby każdemu mogą się przytrafić, a komenda może się zapalić z wielu powodów. Podobnie każdy weterynarz może naukowo wyjaśnić utratę mleka u krów, a higienista powstawanie kołtunów na głowach miejscowych plotkarek. Nieurodzaj dotykający wybiórczo pól jednych rolników, podczas gdy sąsiednie rodziły wysokie plony, zapewne był kwestią umiejętnego nawożenia, a gradobicia też się ostatecznie zdarzają, choć fakt dokładnego wycelowania w pola pegeeru może być już na ten przykład nieco zastanawiający.

Jakub Wędrowycz stanął przed chatą i rozejrzał się po okolicy. Nie podobało mu się to miejsce. W promieniu dwudziestu metrów od domu gleba była wypalona na suchą glacę. Sterczały z niej smętne pozostałości jakichś badyli. Wyglądało to jak mały kawałek pustyni rzucony w świat lasów i pól Pagórów Chełmskich. Zjawisko było tym bardziej dziwne, że raptem dwanaście godzin wcześniej nad okolicą przeszła burza z piorunami i wszędzie wokoło stały kałuże wody. Dom chylił się ku ziemi. Powtykane w glebę patyki obwieszone kolorowymi szmatkami klekotały ponuro, uderzając o siebie. Zdobiąca drzwi krowia czaszka, obwieszona paciorkami, skłaniała do refleksji.

Jakub zapukał.

– Zjeżdżaj – dobiegł go ze środka starczy głos.

– Wybacz, mistrzu, że cię nachodzę, ale mam ważną sprawę – zaczął.

Z wnętrza dobiegł dźwięk oznaczający, że mieszkaniec rzucił w drzwi butem.

– Mam prezent – dodał.

Wewnątrz panowała przez chwilę cisza.

– Ktoś ty? – dobiegło wreszcie pytanie zabarwione ironią.

– Jakub Wędrowycz ze Starego Majdanu. Egzorcysta amator. Byłem tu już kilka razy, ostatnio cztery lata temu...

– Wejdź, *but' łaska.*

Wszedł. W chacie panował potworny smród. Z boku pomieszczenia znajdowało się palenisko. Dalej stało zapadnięte łoże. Na wprost od wejścia królowało potężne, ciężkie biurko, z całą pewnością ukradzione z pałacu. Obok znajdował się rozwalony regał, a na nim kilka rozsypujących się książek. Koło biurka stał dumnie wyprostowany niewysoki staruszek w garniturze. Garnitur zapewne także był kradziony, na oko sądząc, jeszcze przed pierwszą wojną światową, i od tego czasu ani razu nie widział prania.

– Nu i czego ty, ha? – zapytał czarownik skrzekliwym głosem. – Ty od duchów, ja od czarów. Na naukie fachu przyszedłeś?

– Nie. Mam problem z jednym złośliwym typem. Potrzebna mi twoja wiedza.

– Hy! Znaczy co? Chcesz go otruć?

– Nie. Chcę na niego rzucić urok.

Staruszek zaśmiał się złośliwie.

– Urok? Toś dobrzi trafił. Co chcesz? Gorączkę mogie, i sraczkę, i świerzb, i włosów wypadanie, nawet zgnilca mogie mu zadać.

– Co ty? Na to są leki. Muszę zaszkodzić jego maszynom. Pojeździł mi kombajnem po polu.

– Znasz ty, gdy uroki były pisane, to jeszcze maszyn ni było, ani-ani. Recept mogie ci podać, ale czy będzie dobrzi, to nie powim.

– Podaj. Spróbuję.

– Zara, zara. Ty mówił, że jest u ciebie dla mnie podarek.

Jakub wyjął z plecaka dziesięć butelek i ustawił je rządkiem na stole. Czarownik złapał jedną. Odkorkował i pociągnął z lubością kilka łyków.

– *Gut* – wyraził swoje uznanie. – Trzydzieści procent jak obszył.

– No co ty? Pełne osiemdziesiąt. Mów recept.

– Nu dobra. Weźmisz czarno kure...

Noc była pogodna. Widać było wszystkie gwiazdy. Droga mleczna przecinała niebo swoim łukiem. Ziemia powoli oddawała zgromadzone podczas długiego, upalnego dnia ciepło. Gdzieś daleko ujadały psy.

Dwa cienie przemknęły bezszelestnie rowem. Rozległo się gdakanie kury. Odpowiedziały mu głosy innych, zamkniętych w kurnikach. Gdakanie nasiliło się, a potem nagle umilkło.

– Tutaj? – rozległ się stłumiony szept.

– Tutaj – uspokoił go drugi. – Dawaj łom.

Zaskrzypiały odrywane od płotu sztachety. Po chwili dwa cienie wślizgnęły się na podwórze. Pies otworzył pysk, aby zaszczekać, ale w tym momencie jeden z nocnych gości przyłożył mu do pyska kawał szmaty nasączonej eterem. Zwierzę szarpnęło się kilkakrotnie i znieruchomiało. Dwa cienie podpełzły pod drzwi. Jakub zaczął kreślić kredą na kawałku betonu skomplikowane symbole. Wreszcie zapalił zapałkę i w jej świetle przez chwilę porównywał sporządzony rysunek ze swoją pamięcią.

– Fertyg – powiedział wreszcie.

Józef przełknął nerwowo ślinę.

– Nie wiem, czy to zadziała?

– Zobaczymy.

Wydobył z koszyka czarną kurę, urżnął jej głowę brzytwą, po czym starannie zachlapał rysunek krwią.

– Uhur hakau seczech – powiedział z namaszczeniem. – Oby ten, który tu mieszka, nigdy nie dojechał swoim kombajnem na pole.

W tym momencie na piętrze otworzyło się z rozmachem okno.

– Ha, złodzieje! – wydarł się Ścierski.

– Chodu! – wrzasnął nie mniej potężnie Jakub.

Obaj czarownicy rzucili się do ucieczki. Gospodarz wygarnął z dubeltówki w powietrze i stracił następne dziesięć minut na szukanie naboi i ponowne jej nabijanie. Nim skończył, przyjaciele byli już daleko.

– Wywal to – powiedział Józef, patrząc na trzymany przez Jakuba bezgłowy zewłok.

– No co ty? Dobra kurka. Zjemy na śniadanie.

Ciężko los doświadczył Mariusza Ścierskiego. A było to tak. Następnego dnia rankiem wsiadł na kombajn i ruszył w pole, gdzie miał umówioną robotę. Pech chciał, że dwadzieścia metrów od bramy gospodarstwa strzeliła mu prawa dętka. Koło zupełnie sflaczało. Wrócił więc do domu po traktor, żeby nim ściągnąć kombajn z powrotem na podwórze. Niestety, w czasie gdy uruchamiał traktor, nadjechała ciężarówka prowadzona przez pijanego kierowcę i zwaliła kombajn do rowu. Uruchomienie pojazdu zajęło mu czas do wieczora, a urozmaicone zostało wycieczką do kółka rolniczego, gdzie musiał wyżebrać odpowiedni lewarek, oraz wizytą faceta, z którym był umówiony na koszenie pola, a który to obił mu twarz

i inne części ciała, a następnie opuścił jego posesję, zabierając ze sobą wpłaconą wcześniej zaliczkę.

Następnego dnia zdołał przejechać aż kilometr, po czym pękła mu tylna oś. Sprowadzenie nowej z Lublina trwało równo tydzień i wymagało wręczenia trzech łapówek, w tym dwu całkowicie bezproduktywnie. Wreszcie, gdy znowu ruszył na pole, na szosie pojawił się drugi w gminie kombajn, należący do kółka rolniczego.

Szosa była dosyć wąska, ale przecież wielokrotnie już się na niej mijali. Ścierski miał dobre oko i tym razem też prawie mu się udało. Wylądował w rowie. Potrzebna była pomoc mechanika. Żniwa dobiegały końca, gdy ponownie ruszył na szosę. Tym razem dojechał bez przeszkód na pole i zaczął kosić. Gdy dotarł do połowy, zapaliła się słoma wewnątrz pojazdu.

Usiłował walczyć przez kilka minut z rozprzestrzeniającym się ogniem za pomocą gaśnicy, ale wysiłki jego okazały się bezowocne. Kombajn po krótkotrwałym pożarze zakończył żywot efektownym wybuchem, który z kolei podpalił leżący pokos słomy i stojące na polu zboże. Prawdopodobnie spłonęłaby cała okolica, gdyby nie to, że bardzo szybko niebo zaciągnęło się chmurami i spadł deszcz. Ludzie zaczęli jakoś dziwnie omijać jego zagrodę, a po całej gminie rozpełzły się głupie plotki o czarach. Przez parę tygodni był spokój, a potem zaczęły się wykopki.

Pech, strawiwszy kombajn, zajął się dla odmiany jego traktorem. Zaczęło się niewinnie, od zerwania paska klinowego, następnie zatarł się silnik, ale prawdziwy ubaw nastąpił kilka dni później. Z niewiadomych przyczyn zablokował się pedał gazu i jednocześnie odmówił posłuszeństwa hamulec. Traktor, ciągnąc wyładowaną burakami przyczepę, staranował bramę skupu i wyrżnął w podstawę potężnego silosu. Ścierski cudem uniknął obrażeń, wyskakując w porę.

Złośliwy los sprawił jedynie, że wpadł na słup od linii wysokiego napięcia, osunął się na zalegającą w pobliżu słupa stertę gnijących kartofli, wybił sobie siedem zębów i złamał rękę. Silos był wyjątkowo solidnie wykonany i teoretycznie nawet uderzenie rozpędzonego czołgu nie powinno zrobić mu krzywdy, jednak na skutek uderzenia traktora przewrócił się jak długi i rozwalił na kawałki. Przez następne trzy lata w tym miejscu na wiosnę wyrastały samosiejki pszenicy.

Odbył się proces, ale nie zdołano udowodnić celowego staranowania silosu, więc Mariusz otrzymał wyrok w zawieszeniu i skierowanie na badania psychiatryczne, bowiem podczas procesu wywrzaskiwał coś niezrozumiałego o klątwie i o tym, że zemści się na kimś. Nie udało się ustalić, kogo miał na myśli. Z obserwacji wypuszczono go po miesiącu, stwierdzając, że wprawdzie jest to człowiek wyjątkowo zabobonny, ale nieszkodliwy dla otoczenia.

Jakub karmił właśnie swoje świnki, gdy ktoś stanął w drzwiach obory. Poznał Ścierskiego.

– Wejdź do środka, bo wyziębisz całe pomieszczenie – powiedział nieżyczliwie.

Gość wszedł.

– I czego chcesz, ha?

– Jakub, ty na mnie rzuciłeś klątwę.

– Nie klątwę, tylko urok, poza tym co za pomysł? Czy ja wyglądam na czarownika?

– Tylko ty byś potrafił. Może jeszcze stary Karwowski z Uchań, ale on nie żyje, bo już nawet jeździłem sprawdzić, czyby mi nie pomógł i nie odczynił...

– A co mu się stało?

– Ponoć wypił na raz dziesięć litrów samogonu i szalał po wsi, aż wreszcie ktoś pokazał mu lustro i starzec padł na swój widok jak rażony piorunem.

Jakub poczuł swędzenie sumienia i podrapał się w tym miejscu po głowie.

– Nu i co dalej?

– Odczyń urok. Już nie mogę tak żyć. Jutro chcę wiać zboże.

Mrugnął i niezdarnie zaczął wciskać Jakubowi kopertę. Ten wziął i zajrzał ciekawie do środka. Wewnątrz było sześć miesięcy spokojnego życia.

– Niech ci będzie – zgodził się łaskawie. – Dostarczysz dzisiaj jeszcze następujące rzeczy...

Noc Jakub i Józef spędzili pracowicie. Zarżnęli białą kurę dostarczoną przez gospodarza, powywrzaskiwali w przestrzeń magiczne formułki.

– A ty, łachmyto, najpierw pomyśl dwa razy, zanim pojedziesz na skróty przez czyjąś plantację! – wrzasnął Jakub, gdy już było po wszystkim.

Dwaj czarownicy z godnością opuścili niegościnną ziemię. Następnie udali się do gospodarstwa Wędrowyczów, gdzie upiekli kurę i delektowali się nią, popijając młodym winem.

– Tak swoją drogą, to kiedy znajdował ty czas, żeby majstrować mu przy kombajnie? – zapytał nieco już podpity Józef.

– No co ja miałem majstrować. Rzuciliśmy urok. Nie pamiętasz?

– Pierdoły. Ni ma uroków.

– Teraz już nie będzie. Karwowski nie żyje.

– W ogóle nie było. Żyjemy w dwudziestym wieku.

– Haj, żywie dwudziesty wiek.

Unieśli szklanki do wschodzącego słońca...

Problemy

Ludzie mają różne problemy. Niektóre z tych problemów spoczywają w ziemi. I to jest naturalne, a zwłaszcza po wsiach. Można nawet powiedzieć, że liczba zakopanych w ziemi problemów przekracza tam średnią krajową.

Była sobie pewna wioska. Nazwa jej właściwie nie jest do niczego przydatna, bowiem mogło się to wydarzyć gdziekolwiek, ale wydarzyło się właśnie w Wojsławicach. Wieś ta nie była duża, ale dość ludna. A tam, gdzie są ludzie, tam są i problemy. Oczywiście każdemu, co jego. Fiszko miał w ogródku pogrzebaną teściową, Hryniewicz miał pod stodołą zakopanego starszego brata (poszło o spadek po ojcu, który zakopany był wprawdzie na cmentarzu, ale za to w jego organizmie występowało tak wysokie stężenie arszeniku, że nawet robaczki go nie chciały jeść). Biłyj miał zakopaną na ogrodzie skrzynię pieniędzy po pradziadku, której, nawiasem mówiąc, szukali od trzech pokoleń, i to bezskutecznie.

Ponadto w większości murowanych domów w ścianach i w piwnicach znajdowały się zamurowane problemy. O ile wioska była naszpikowana problemami, o tyle szczególne ich zagęszczenie występowało w gospodarstwie starego Józefa Paczenki.

Siedem problemów z czasów okupacji i okresu utrwalania władzy ludowej spoczywało w jego ogrodzie i wąchało kwiatki od spodu. Problemy miały rany od broni palnej i siecznej i nie żyły. Trochę problemów zakopano w stodole. Problemy te można określić z grubsza jako broń palną i amunicję do niej. Na strychu chałupy znajdował się niewielki problem w postaci kotła i systemu rurek służących do skraplania problemów lotnych. Skroplone problemy trafiały do butelek. Parę wyjątkowo dokuczliwych problemów w błękitnych mundurach mieszkało w domu po drugiej stronie płotu. Ale zasadniczy problem spoczywał głębiej w ziemi...

Był zimowy wieczór. Na dworze wiał wiatr i sypał śnieg. W taką pogodę Józef nie wyściubiał nosa za próg. No chyba że akurat musiał przejść się do wygódki. Ale na razie nie musiał. Siedział sobie wygodnie i słuchał radia. A konkretnie – Wolnej Europy. Zresztą jego radio odbierało wszystkie stacje, jakie tylko mógł wymyślić. To też wiązało się z tym głównym problemem. W drugim fotelu siedział, pociągając z lubością nieoczyszczony bimber prosto ze słoika po dżemie, miejscowy pożal się Boże egzorcysta amator Jakub Wędrowycz.

Niespodziewanie miły wypoczynek przerwało im pukanie do drzwi. Józef wyłączył radio, a Jakub wetknął dłoń za pazuchę, gdzie przechowywał zazwyczaj bagnet służący mu do krojenia różnych rzeczy. Gospodarz otworzył. Na progu stał Tomasz Cieśluk, stary znajomy obydwu. Odetchnęli z ulgą. Słoik z bimbrem wrócił na stół, a Józef ponownie włączył radio.

– Nu i co cię sprowadza? Ha? – zapytał.

– Ukradli mi jałówkę – powiedział Tomasz. – Dopiero co wróciłem z miasta. Są ślady samochodu, ciężarówki.

– Wiesz kto? – zaciekawił się Jakub, od niechcenia sprawdzając stopień naostrzenia majchra.

– Ba, żebym to wiedział. Dlatego przyszedłem do was. Ty, Józwa, kiedyś znalazłeś jakąś szkapę przez zamawianie.

– Aha. Ale potrzebuję czegoś związanego z tą krową i nie mogę dać gwarancji.

– Mam od niej kolczyk. Wystarczy?

– Powinno.

Dłoń starca zacisnęła się na plastykowej plakietce.

– Jutro rano dam ci znać. Siadaj, odpocznij. Chcesz łyka?

– Chętnie. Zdenerwowałem się.

Józef przyniósł z kuchni musztardówkę i słoik typu wek wypełniony mętnym płynem.

– Nu, *zdorowia*.

Gość łyknął trochę i przez chwilę usiłował złapać oddech.

– U, cholera. Co to jest? Politura?

– A co? – obraził się Józef. – Nie smakuje?

– Ognisty, ale lepiej by było go przedestylować jeszcze raz.

– E, na cholerę.

Gość dopił i odstawił musztardówkę na stół.

– Coś na zakąskę? – zapytał.

Podsunęli mu ogórki. Zjadł jednego razem ze skórą, potem pożegnał się i poszedł.

– Dawno cię miałem zapytać – odezwał się po chwili milczenia egzorcysta. – Jak to właściwie jest z tym twoim zamawianiem?

– A kładę się spać z przedmiotem pod głową i na rano wiem.

– Tak po prostu?

– Aha.

Na marginesie musimy nadmienić, że kit, który Józef wcisnął przyjacielowi, nie brał się z braku zaufania. Po prostu zobligowano go kiedyś do zachowania tajemnicy. Jakub posiedział jeszcze chwilę w cieple, a potem wsiadł na motor i pojechał do domu. Józef nastawił budzik na trzecią nad ranem i podreptał jeszcze do stajni. Sterczała tu z ziemi poniklowana rura, na którą nasadzono kiedyś nocnik, żeby do środka nie sypały się paprochy. Staruszek zdjął naczynie, a potem wpuścił do środka kilka jajek podebranych kurom. Teraz wystarczyło tylko cierpliwie poczekać. Jakieś pięć godzin.

Zasadniczy problem, który od kilku pokoleń trzymał jego rodzinę w tym miejscu, spoczywał głęboko w ziemi pod stajnią. Problem miał sto dwadzieścia metrów średnicy, ponad dziesięć grubości i był edonickim statkiem kosmicznym. O ile wszystkie pozostałe problemy były łatwe do wykopania i likwidacji, o tyle ten był w zasadzie nierozwiązywalny. Rura w stajni była z nim ściśle związana. Do tej rury po każdym dojeniu aktualny właściciel wlewał kubek mleka. Nie miał pojęcia, w jakim celu tak robi, ale jego ojciec powiedział kiedyś, że tak trzeba, więc robił. A od czasu do czasu wrzucał kilka jajek.

Był umówiony w ten sposób, że jeśli wrzucał jajka, statek pozwalał mu zejść na dół i pogadać. Ponieważ staruszek nie lubił tam złazić, statek rzadko miał jajka do jedzenia. Józef obudził się przed świtem, czując w głowie jakieś dziwne mrowienie. Wstał i ubrał się ciepło. Bardzo ciepło, bowiem na dworze było dwadzieścia stopni mrozu, a on miał już swoje lata. Łyknął na rozgrzewkę wódki i wyszedł w zadymkę.

– *O job jeho matery*! – zaklął, patrząc na zdumiewające zjawisko, jakie czekało go tuż za progiem.

Ziemia była rozgrzana i parowała lekko. Na jego podwórku, za płotem u sąsiadów i dalej, na ich ogrodzie, nie było nawet grama śniegu. W powietrzu unosiła się ciepła, wilgotna mgła. Na łące za szopą widać było krawędź wielkiego koła rozgrzanej ziemi. Dalej leżał śnieg.

– Idiota – warknął pod adresem statku.

Statek odebrał jego myśl. Odpowiedział mu telepatycznie.

– Ujemna temperatura panująca na zewnątrz twojego schronienia nie sprzyja właściwemu funkcjonowaniu twojego ciała. Pragnieniem moim było, abyś nie doznał niewygód związanych z twoją sprawą.

– Kij ci w oko – wściekł się Józef. – Wyłącz tę grzałkę, bo jeszcze się ktoś obudzi i będzie dekonspiracja!

Ziemia przestała parować. Trwało to sekundy. Zanim doszedł do szopy, cała woda została zamieniona w śnieg. Nie zwyczajnie zamrożona, ale ścięta w jakiś inny sposób. Czarny krąg gleby zatarł się, a potem przestał być widoczny. Józef podniósł z zaciekawieniem garść śniegu do oczu. W świetle rzucanym przez latarnię stojącą na ulicy śnieg nie różnił się niczym od zwyczajnego.

– Nieźle – powiedział z uznaniem.

– Staram się – odparł statek w jego głowie.

W kącie szopy Józef odwalił na bok stare łóżko i zaczął kopać motyką w twardej jak skała ziemi. Szło mu to opornie, gleba była zmrożona.

– Pomóc? – rozległo się w jego głowie.

– Jeśli nie sprawi ci to problemu...

Gleba zaczęła parować i w ciągu kilku minut stała się miękka. Jednocześnie poczuł się lżejszy. Praca stała się czystą przyjemnością. Ziemia ważyła tyle co puch, podobnie jak łopata. Wystarczyło jednak, że odrzucał ją trochę dalej, a opadała w dół szybciej niż normalnie.

– Sprytne – powiedział. – Jak to robisz?

– Ekranuję częściowo grawitację. Pracuj sobie, nie przejmuj się. I tak masz zbyt niski iloraz inteligencji, żeby zrozumieć, jak to robię.

– Pies ci buźkę lizał – odgryzł się kopiący. – Wcale nie jesteś taki mądry, jak ci się wydaje.

– Józefie, cywilizacja Edon trwała o całe eony dłużej niż ziemska.

– I co z tego? Zdaje się, że jesteś tu zakopany. I nie możesz się wykopać. I gdzie te zdobycze techniki, które pozwoliłyby ci wrócić do siebie? Żeby już nie wnikać, jaki błąd popełniłeś, że się tu zaryłeś?

– Nie dorosłeś jeszcze do krytykowania wyżej od ciebie stojącej cywilizacji.

– Wydaje ci się, że jesteś taki mądry. Wiesz, co mogę zrobić? Przestanę ci wlewać to mleko do dziurki co wieczór i zobaczymy, jak długo pociągniesz.

– Długo. Aż znajdzie się ktoś inny.

Pracował. Wkrótce odsłoniło się wejście. Józef odwalił właz. Zaraz za nim, w korytarzu, leżeli trzej esesmani. Tak jak wtedy, gdy w pogoni za nim wbiegli na pokład statku. Mieli otwarte oczy, ale nie oddychali. Statek zatrzymał dla nich czas. Gdyby się teraz obudzili, nie pamiętaliby, że spali. Ominął ich obojętnie. Zdążył się już do nich przyzwyczaić, jak do grzyba na ścianie.

– Mógłbym ich wypuścić – zaproponował statek. – Z ochotą podetną ci gardło. To chyba leży w waszych zwyczajach?

– Masz pojęcie o naszych zwyczajach jak ślepy o kolorach – odgryzł się. – A tylko spróbujesz ich wypuścić, to wleję ci do rury swojego bimbru. I co wtedy zrobisz, niemoto?

– Najpierw cię załatwią. Tak się tutaj mówi?

– Tak. Ale nie załatwią, bo zgłupieją. Wychodzą z piwniczki, a tu bach, inny świat. Jeśli faktycznie czas dla nich stoi, to mogą być nieźle zaskoczeni. Zdechnij ich wreszcie, po co nam oni?

Statek milczał. Starzec przeszedł po lekko nachylonej podłodze do sporej sali. Od ostatniego razu, przed dwoma laty, nic się tu nie zmieniło. Podłoga pokryta była kiedyś złotą folią, ale dawno nie zostało po niej śladu.

Ostatecznie minęło tyle pokoleń, a za coś trzeba pić. Jego dziadek wykręcił spore diamenty, służące do jakichś tam celów, z takiej jednej maszynki. Dla niego nie zostało prawie nic. Owszem, było kilka siedlisk wykonanych z czystego niklu, ale statek zrobił się coś skąpy ostatnimi czasy i nie pozwalał spylić ich na złom.

Dziwaczne urządzenia połyskiwały w ciemności. Pośrodku unosiła się spora, czterowymiarowa konstrukcja. Gość omijał ją starannie wzrokiem. Patrzenie na nią groziło całkowitym pomieszaniem zmysłów.

– Włącz żarówkę, co? – zagadnął.

Zapaliło się światło. Nie było widać jego źródeł, ale w sali pojaśniało. Za to w całej wsi przygasły latarnie. Mechanizmy pojazdu przeszły z biegu jałowego w stan pełnej gotowości. Organiczno-cybernetyczny mózg sprawdził wszystkie sekcje. Był gotów.

– Pełna gotowość – zameldował.

W całej wsi ludzie ocknęli się ze snu, czując nieznośne swędzenie między uszami. Większość jednak zaraz ponownie zapadła w sen. Na cmentarzu na wpół zmumifikowane ciała poruszyły się w swoich grobach. Na okolicznych łąkach zakwitły trawy. Zakwitły, niestety, pod śniegiem, toteż nikt nie zauważył tego ciekawego i pouczającego zjawiska. Nadwyżki energii wyciekały przez pęknięcia w burtach. A były to bardzo dziwne rodzaje energii, w większości nieznane ziemskiej nauce.

– Nie pieprz o pełnej gotowości – powiedział zrzędliwie staruszek. – Jakbyś miał pełną gotowość, tobyś stąd piorunem odleciał.

– Można spróbować.

Pojazd zatrząsł się lekko. W całej wsi rozhuśtały się lampy. Drobne zaburzenia grawitacyjne obaliły na ziemię paru pijaczków chlających w gospodzie. Niestety, nikt nie miał włączonego telewizora, bo akurat leciał japoński film erotyczny, ściągnięty niechcący z dość odległej kapitalistycznej przyszłości przez anomalię czasoprzestrzenną. Woda w studniach zagotowała się. Piasek na głębokości kilku metrów pod statkiem ścięło na marmur, co – teoretycznie przynajmniej – było z naukowego punktu widzenia niemożliwe. Miedziane druty wysokiego napięcia stały się na chwilę nadprzewodnikami.

– Ty lepiej się uspokój, bo mi zabudowania poniszczysz takimi wstrząsami.

Drżenie ustało.

– Czasami myślę, że mógłbym odlecieć – powiedział statek. – Gdybym wam wyłączył elektryczność na jakieś dwa tygodnie... Taka ilość energii wystarczy, żeby dolecieć na geostacjonarną, a tam krąży nasza cysterna z paliwem na powrót...

– Jakby przez dwa tygodnie nie było prądu, to skapowaliby, że coś jest nie tak. Ciebie by wykopali i rozebrali na części, a ja bym poszedł siedzieć. A co do tej cysterny, to Ruscy na pewno dawno ją znaleźli i zabrali.

W powietrzu pojawiła się trójwymiarowa projekcja. Przedstawiała równinę, z której sterczały budynki zbliżone kształtem do końskich zębów wetkniętych niewłaściwą stroną. Pomiędzy nimi baraszkowały dziwaczne stwory, wyglądające jak skrzyżowanie małpoluda z ośmiornicą i motylem. Obok nich biegały koniopodobne koszmary.

– Dobra, dobra – powiedział Józef. – Nie wciskaj mi takich kitów. Świetnie wiem, że leciałeś stamtąd setki lat. Trawa zwiędła przez ten czas, a te małpiszony wyzdychały. Coś tam słyszałem o ewolucji.

– To wspaniała cywilizacja. Fakt, iż nie odpowiadają na moje sygnały, nie oznacza wcale, że ich tam nie ma. Może to ja jestem zanadto uszkodzony.

– Gdyby byli, toby przylecieli. Chyba że mają cię gdzieś. Jakby mi się traktor całkiem rozgracił, tobym go zostawił na polu.

– Pamiętaj, że pierwszy z twojej rodziny miał te właśnie geny. Rozbiliśmy się na tej planecie. Większość zmarła od tutejszych zarazków. Reszta musiała zmienić strukturę genetyczną. Jesteś potomkiem tych koniomałpiszonów.

– Pierdoły. Ryćkałem się, zrobiłem syna. I gdzie te obce geny?

– Są uśpione. Można je wywołać. Twój organizm jest mocniejszy od zwykłego ludzkiego, inaczej dawno już byś nogi wyciągnął od tego cuchnącego płynu, który z takim upodobaniem w siebie wlewasz, rujnując swój umysł.

– Już ty się o to nie bój. Piję za swoje. Człowiek wykorzystuje dziesięć procent mózgu, więc resztę mogę przeznaczyć na alkoholizm.

Obraz zmienił się. Między chałupami pluskały się w gnojówce świnie.

– Tak, wiem. Wylądowaliście tu przed trzystu laty. Twierdzisz, że przylecieliście nas oświecić, ale mnie się widzi, że w rzeczywistości to chcieliście sobie nałapać niewolników, bo tam, na Edonie, nie chciało wam się już robić za bezdurno. Ale coś nie sklapowało. Dobra. No to naucz mnie czegoś. Jak robić bimber z trocin na przykład.

– Moje instrukcje pozwalają mi przekazywać wiedzę tylko istotom o odpowiednim ilorazie inteligencji.

– Znaczy masz mnie za głupiego?

– Można to tak w uproszczeniu określić.

– Ty sukinsynu!

Statek milczał. Chyba był obrażony. O ile wiedział, co to znaczy być obrażonym. Józef wyciągnął z kieszeni krowi kolczyk.

– Poszukałbyś czegoś dla mnie? – zapytał.

– Figę, jak się mawia w tych stronach.

– No wiesz! Moja rodzina haruje na ciebie od pokoleń, a ty takie siupy? Przyjacielskiej przysługi odmawiasz?

– Dobra, dobra, o co chodzi?

– Rąbnęli krowę mojemu kumowi. Kapujesz?

– Rozumieć. Masz próbkę DNA?

– Ze dna stawu nic nie brałem. Masz tu kolczyk z jej ucha. Może na nim coś będzie.

Ze ściany wystrzeliła macka. Złapała kolczyk i wciągnęła go gdzieś w bebechy pojazdu. Józef podszedł do miejsca, gdzie znikła, i obmacał gładką powierzchnię.

– Niezłe – powiedział. – Fajna sztuczka.

– To nie sztuczka. To nauka – zaprotestował pojazd. Wyświetlił mapę okolicy, trójwymiarową projekcję z lotu ptaka. Po chwili wykonał zbliżenie na jeden z domów.

– Krowa nie żyje. Mięso znajduje się tutaj w dwu lodówkach. – Wystarczy?

– Zrób zbliżenie na tabliczkę z numerem – polecił starzec.

Czasami ludzie narobią sobie problemów. Na przykład ukradną krowę sąsiadowi i zarżną ją po cichu. Stali we trzech na zasypanym śniegiem podwórzu Marcina Bardaka. Jakub, Józef i oczywiście Tomasz. Mieli ze sobą wszystko, co było potrzebne, to znaczy problemy wykopane w stodołach. Józef nacisnął guzik dzwonka. Odpowiedziało mu milczenie. Nacisnął jeszcze raz. Marcin obudził się w swoim plugawym barłogu.

– Kto tam, k... twoja mać? – zapytał, gramoląc się z wyra.

Jakub od niechcenia dotknął drutem do bieguna baterii. Kostka trotylu wyrwała drzwi razem z framugą.

– Zupełnie jak w czterdziestym czwartym – zauważył Józef, repetując pepeszę.

Wpadli do chałupy we trzech. Bardak był wyraźnie nie w nastroju do przyjmowania wizyt.

– Wypierdalać! – wrzasnął.

Tomasz przeciągnął mu seryjką po kredensie i nowiutkim telewizorze.

– Gdzie moja jałówka, ścierwo? – zapytał.

– Nie brałem żadnej jałówki!

Józef otworzył lodówkę. Wewnątrz tkwiła na sztorc ćwiartka cielaka.

– To co to jest?

– Nigdy mi tego nie udowodnicie! Każdy sąd mnie uniewinni.

– Prawie każdy – powiedział Jakub, od niechcenia rozstrzeliwując rządek garnków.

– Płać pięciokrotną wartość krowy, i to już, bo inaczej... – Znacząco, delikatnie nacisnął spust.

– Zaraz tu będzie cała wieś!

– To będziesz miał gości na pogrzebie.

Zapłacił, dopiero gdy postrzelili wideo.

Gdy człowiek nie ma innych problemów, słucha bzdurnych audycji radiowych, a potem stara się poskładać uzyskane wiadomości do kupy i stresuje się tym. Od nagrzanego pieca wiało ciepłem. Dwaj starcy, Jakub i Józef, siedzieli w fotelach i słuchali przez radio audycji o UFO. Jakub nie mógł się nadziwić.

– Cholera, i pomyśleć tylko, że przylatują w talerzach takie małe zielone sukinsyny.

– Pies ich trącał.

– Tak swoją drogą, to chciałbym takiego dorwać.

– I co byś z nim zrobił?

– A kozikiem pod żebro. Na co nam tacy na naszej planecie? Mało to mamy bez nich problemów? Można by potem sprawdzić, co taki ma w kiszkach. Zawsze to ciekawe.

– ...Tak więc wobec zgromadzonego materiału wydaje się, że kosmici to istoty dość sympatyczne i szukające przyjacielskich kontaktów z ludźmi – powiedział prowadzący audycję.

– Też coś. Zielone paskudztwo, pewnie międzygwiezdne wampiry – wściekł się egzorcysta.

– ...Pozostaje nam mieć nadzieję na przyjacielskie kontakty trzeciego stopnia. Oni z pewnością także do tego dążą...

Józef uśmiechnął się. Popatrzył na kumpla, który właśnie machał nożem. Puścił oko i dolał mu bimbru. Spojrzał w zadumie na swoje przedramię. Błękitne żyły były dobrze widoczne. Pulsowały lekko w rytm uderzeń jego serca. Jeśli faktycznie płynęła w nich krew koniopodobnych zwierzaków z planety Edon, to chyba był na dobrej drodze, jeśli chodzi o nawiązywanie przyjacielskich kontaktów z tubylcami.

Bimbrociąg

Przejście graniczne koło Hrubieszowa nie wyglądało specjalnie imponująco. Po stronie ukraińskiej terminal urządzono, wykorzystując stary dom przewoźników. Po stronie polskiej walnięto spory hangar i także murowany budynek dla pograniczniaków. Granica przebiegała przez środek Bugu. Oba brzegi, polski i ukraiński, łączył lekki metalowy most opierający się na drewnianych palach. Z polskiej strony brzeg rzeki zabezpieczała pordzewiała metalowa siatka rozpięta na poprzekrzywianych ze starości słupach. Po drugiej stronie z wody sterczały betonowe kloce i wietrzejące skorupy bunkrów. Na słupach zrobionych z szyn kolejowych rdzewiały całe tony drutów kolczastych. Od czasu upadku Związku Radzieckiego nikt nie konserwował umocnień.

Na przejście od radzieckiej strony wyjechała czarna, pordzewiała nieco wołga.

Jakub Wędrowycz, Paweł Skorliński i Josif Kleszczak, leżący w krzakach na pagórku sto metrów od terminalu, jak na komendę włożyli w uszy słuchawki podczepione do mikrofonu kierunkowego i przyłożyli do oczu solidne wojskowe lornetki.

Na dachu wołgi znajdowała się ładna drewniana trumna. Z budki wyszedł celnik.

– Dokumenty – polecił.

Dwaj Ukraińcy siedzący w wozie podali mu przez okienko paszporty.

– A to to co? – zainteresował się, klepiąc burtę trumny.

– Nasz przyjaciel zmarł w Polsce – wyjaśnił jeden z podróżnych. – Wieziemy trumnę, by sprowadzić jego zwłoki do ojczyzny. – Tu zrobił odpowiednio zbolałą minę.

– Sprytnie to wykombinowali – powiedział Kleszczak do Jakuba.

– Znasz ich? – zaciekawił się Skorliński.

– Ta... Mychajło i jego brat... równe chłopaki...

Tymczasem celnik nakazał podróżnym wysiąść z auta. Po kilku minutach trumna stała na asfalcie. Wachman podniósł wieko. Wewnątrz spoczywała setka butelek ukraińskiej wódki.

– Znakomity pomysł – pochwalił celnik, a potem zabrał się za wypisywanie papierów do rekwizycji. – Tyle tylko, że wiecie, chłopaki, to już przed wami wymyślono.

Podał im z powrotem papiery. Wołga wjechała do Polski. Celnicy wnieśli trumnę wraz z zawartością do budynku. Po chwili trzej wspólnicy mogli obserwować dalsze losy ładunku. Urzędnicy opróżniali kolejne butelki, lejąc ich zawartość do paszczy potężnego silosu o pojemności co najmniej dziesięciu tysięcy litrów, zaś trumna spoczęła pod wiatą, na sporym stosie innych trumien.

Puste butelki trafiły do kontenera jakiejś firmy zajmującej się recyklingiem odpadów szklanych.

– Kurde – mruknął Jakub. – A więc mówiłeś, że jaki planujesz interes?

– Mam po tamtej stronie cysternę gorzelnianego spirytusu – wyjaśnił Kleszczak. – Przetoczyłem ją w nocy do starej cegielni, zaledwie trzysta metrów od rzeki. Spirytus mogę spuścić po dolarze za litr...

– Wchodzę w to – powiedział Skorliński. – Tylko jak, cholera, sforsować tę przeklętą rzekę?

Jakub badał lornetką łagodnie wijący się nurt.

– Most pontonowy – podsunął. – Wojska inżynieryjne położą go w godzinę...

– Aż takich dojść to ja nie mam... – Kleszczak pokręcił głową. – Nie da się dojechać cysterną od naszej strony. Zapory przeciwczołgowe to raz, poza tym mogą być miny... A i wasz brzeg wysoki. Cysterna nie podjedzie. Zresztą nie opłaci się, taki most to kupę forsy kosztuje.

Zamyślili się.

– Trzeba będzie tradycyjnie – mruknął Jakub. – Alkohol w kanistry i łódką...

– Trzeba by zrobić ze sto kursów... – westchnął Skorliński.

– Nie, niekoniecznie – zaprotestował Wędrowycz. – Na łódkę wejdzie trzysta litrów, przerzucimy to w maksymalnie dziesięciu ratach. Popatrzcie na tamto zakole. Nie zobaczą nas ani z posterunku, ani ze stanicy. Od polskiej strony droga jest blisko... A i od waszej wygodnie można się przemknąć nad samą wodę, między tymi rozwalonymi bunkrami.

– To ma ręce i nogi – przyznał biznesmen.

– A spiryt będziemy chować w tej szopie. – Wędrowycz wskazał przechyloną mocno drewnianą budę z zapadniętym dachem.

– Łódka odpada – mruknął Kleszczak. – Ale mam wojskowy ponton. Silnik też by się znalazł...

– Żadnych silników. W nocy po wodzie dźwięk niesie się daleko. A ja już pływałem przez Bug... – Egzorcysta uśmiechnął się do swoich wspomnień.

Milczeli przez chwilę.

– Jest karawana – ucieszył się Ukrainiec.

Faktycznie, na granicy pojawiły się cztery nieco zdezelowane samochody marki UAZ, wypełnione jego ludźmi. Odprawa celna poszła gładko, wachmani sprawdzili jedynie, czy w dętkach na pewno jest powietrze, a nie spirytus, a w chłodnicach na pewno woda, a nie spirytus.

– Tylko frajerzy przemycają w kołach – mruknął Kleszczak – przecież to by potem na kilometr śmierdziało. A i gumie szkodzi takie rozpuszczanie...

Celnicy nakłuli siedzenia drutami do robótek, sprawdzając, czy wewnątrz nie ma zamiast gąbki woreczków z alkoholem. Oględziny wypadły pomyślnie. Kierowcom zwrócono paszporty i kawalkada ruszyła.

– To co, jutro po twojej stronie? – zapytał Jakub.

Ukraiński biznesmen powoli skinął głową.

– Jutro. Spotkamy się w warsztacie.

Karawana przejechała bezpiecznie. Przemytnik odetchnął z ulgą.

– No i tona surowca jest – mruknął ucieszony. – Czas na mnie.

Uścisnęli sobie dłonie i ruszył ku podnóżu wzgórza, gdzie zaparkował swojego rozsypującego się ze starości mercedesa. Po chwili dogonił wolno jadącą karawanę i poprowadził ją szosą na Chełm.

– W zasadzie można by i na tym popróbować spółki – mruknął milczący dotąd Skorliński.

– Ma już swoich odbiorców – pokręcił głową Jakub. – Poza tym nie masz pieca martenowskiego.

– Ano nie mam – westchnął biznesmen. – A jechać z towarem aż do Warszawy trochę daleko... Może się po drodze rozsypać...

Na przejście wjechała na rowerze strasznie gruba kobieta. Wyjęła z kieszeni paszport. Dwaj celnicy podkradli się od tyłu i jak na komendę zaczęli dźgać ją drutami. Spod obszernego płaszcza na wszystkie strony trysnęły cienkie strumyki spirytu z poprzebijanych prezerwatyw. Jakub zaśmiał się ponuro. Po chwili szczuplutka kobieta w za dużym płaszczu stała pośrodku sporej, szybko parującej kałuży...

Skorliński westchnął.

– Boję się, żebyśmy nie skończyli tak jak ona.

– Mam i pomysł legalnego biznesu – mruknął Jakub.

– Zupełnie legalnego?

Egzorcysta strzepnął z kurtki niewidoczny pyłek.

– Prawie – uściślił.

Na przedmieściach Rawy Ruskiej znajdowała się stara, opuszczona wiele lat temu fabryczka. W miasteczku nazywano to miejsce „Warsztatem". Zwykli ludzie wiedzieli, żeby się tu nie zapuszczać, a gliniarze byli przekupieni. Zresztą Kleszczak nie był frajer i w zasadzie wszystko, co robił, było na tyle zbliżone do granic prawa, że w razie czego był w stanie przekupić sędziego naprawdę niewielką sumą... Z zewnątrz fabryczka ozdobiona była szyldem „Warsztat naprawy pojazdów". Jakub zastukał w bramę.

– Przepustka – warknął uzbrojony w kałasza strażnik.

Egzorcysta popatrzył mu głęboko w oczy. Wachman zastygł.

– Przepraszam – wykrztusił.

Automatycznym ruchem otworzył drzwiczki i wpuścił Jakuba do środka. Na rozległym podwórzu trwała zwyczajna gorączkowa krzątanina. Cały jeden kąt zapełniały zdezelowane radzieckie samochody. Na czterech rampach jednocześnie technicy grzebali pod podwoziami, nadając im pozory sprawności. Małolaci z palnikami zręcznie demontowali karoserie. Wewnątrz hali huczały ponuro prasy tłoczące elementy nadwozia. Jakub przeszedł kilka kroków. Dwaj technicy właśnie spawali z wytłoczonych odpowiednio, grubych miedzianych blach karoserię wołgi. Nadzorca z katalogiem w ręce oceniał na oko ich pracę. Druga karoseria była akurat lakierowana na sąsiednim stanowisku. Kilka kolejnych stało pod wiatą i suszyło się. Tu kręcili się małolaci instalujący boczne listwy, szyby, lusterka... Wreszcie na końcu linii technologicznych osadzano karoserie na podwoziach. Tu przechodziły jeszcze jedną, drobiazgową kontrolę.

– Niezła fabryka – Jakub odgadł bez trudu, że jego przyjaciel stoi za nim.

– A co? – mruknął z dumą Kleszczak. – Dziesięć samochodów dziennie idzie przez granicę. Łącznie cztery tony miedzi, zysk trzysta procent na każdym... To już nie te czasy, że się odlewało z metali kolorowych zderzaki czy felgi. Dziś ważna jest ilość. Tylko hurtownicy mogą się utrzymać w biznesie...

Egzorcysta pokiwał głową. Na punkt lakierowania wtoczono moskwicza. Ten dla odmiany lśnił nieziemskim blaskiem.

– Złoto? – zapytał.

– Gdzie tam, mosiądz. Złota się nie opłaca, ceny po obu stronach są podobne...

– Szkoda – mruknął egzorcysta, widząc, jak lakiernicy pokrywają złocistą blachę burym lakierem – ładnie świecił...

– Ano cóż robić? Biznes jest biznes... Nie wiem, jak długo jeszcze potrwa, zanim mnie wykryją... Gotów?

– Jasne.

Wsiedli do jeepa cherokee. Tu u siebie Kleszczak nie musiał się maskować. Pojechali w stronę przejścia granicznego. Kilometr od terminalu zakręcili w boczną, polną drogę i po kilkunastu minutach zatrzymali się przed zrujnowaną cegielnią. Weszli do środka. W nozdrza uderzył ich niebiański zapach spirytusu gorzelnianego, wypędzonego z ukraińskich kartofli. Faktycznie, w dawnym piecu do wypalania cegieł stała potężna ciężarówka cysterna. Z tylnego spustu aromatyczna strużka spływała do dwudziestolitrowego kanistra.

Dwaj ludzie Kleszczaka zasalutowali. Jakub wyjął z kieszeni manierkę i podstawił pod strumień. Napełniwszy, pociągnął solidny łyk.

– Dziewięćdziesiąt dwa procent – ocenił.

– Kurde, znowu mnie w gorzelni oszukali – wściekł się biznesmen – miało być dziewięćdziesiąt pięć...

– Pierwsze trzysta litrów gotowe do przerzutu – zameldował jeden z pracowników.

– Dobra, nieście nad rzekę – rozkazał szef.

Zmierzch zapadał powoli. Egzorcysta zakąsił pieczonym burakiem.

– Poradzisz sobie sam? – zaniepokoił się jego przyjaciel.

– Pewnie. – Podniósł z kąta drąg do odpychania łódki.

Woda sprawiała wrażenie czarnej jak atrament. Noc była bezksiężycowa. Lekkie chmury, które wiatr przygnał przed wieczorem, zasłaniały chwilami gwiazdy. Pomiędzy dwoma klocami betonu, zatopionymi tuż przy brzegu, kołysał się ciężki wojskowy ponton desantowy o wyporności co najmniej tony. Do jego końca przywiązana była linka rdzeniowa, zdolna utrzymać dowolny ciężar. Jakub będzie musiał wiosłować tylko w jedną stronę. Z powrotem Kleszczak i jego ludzie po prostu go ściągną. Gdyby prąd wody porwał egzorcystę, także nie będzie problemów, by przyholować go do bezpiecznego brzegu. Kanistry okręcono szmatami, aby nie brzęczały. Spirytus wypełniał je aż po wręby wlewów, co eliminowało chlupotanie zawartego w nich eliksiru.

– Gotów? – zapytał szeptem ukraiński biznesmen.

– Jasne. – Jakub skoczył do pontonu.

Z przeciwnego brzegu rzeki ktoś zaświecił latarką. Trzy krótkie błyski. Droga wolna, wrogowie daleko. Spokojnie odepchnął się drągiem. Dno opadało łagodnie, trzymetrowa tyczka w zupełności wystarczała. Wypłynął na środek nurtu. Zakole. Instynkt podpowiedział mu, że coś jest nie tak. Woda wokoło niego robiła się podejrzanie bura. Pojedyncze gwiazdy świecące na nieboskłonie przestały się w niej odbijać. Skądś napłynęła fala ciężkiego, trupiego odoru. Jakub skoncentrował się. Nieoczekiwanie coś szarpnęło za drąg. Egzorcysta natychmiast go puścił. Dał znak do tyłu, aby Kleszczak ściągał z powrotem. Nagle w burtę pontonu wczepiło się kilka par zielonkawych, plamistych rąk, świat fiknął koziołka. Jakub natychmiast zanurkował do dna i szybkimi ruchami ramion pomknął w stronę polskiego brzegu. Po ukraińskiej stronie huknął wystrzał karabinowy, a po chwili cała seria. Pod wodą słychać było je słabo. To Kleszczak przyszedł mu z pomocą...

Egzorcysta ciągle płynął. Nieoczekiwanie coś złapało go za kostkę. Wyprowadził drugą nogą energicznego kopniaka i poczuł z satysfakcją, że jego stopa miażdży rozpuchłe oblicze wroga. Dwie oślizgłe dłonie wpiły mu się w gardło. Ciachnął nożem, odcinając jedną w nadgarstku. Oślepiający ból w udzie. Dno pod nogami. Zerwał się i zaczerpnąwszy głęboko powietrza, brnął w stronę brzegu. Skorliński pospieszył mu na pomoc. Wbiegł w wodę po pierś i dzielnie walił saperką. Tymczasem po ukraińskiej stronie obudzili się pograniczniacy. W nocnym powietrzu daleko niósł się ryk silników terenowych samochodów. Jakub nie oglądał się. Kleszczak sobie poradzi.

– Kurde, krwawisz jak świnia – mruknął biznesmen, taszcząc przyjaciela na brzeg.

Rozciął szybko drelichowe spodnie i oświetlił ranę latarką. Gwizdnął cicho przez zęby. W udzie egzorcysty tkwił grot dzidy wykonany z kości.

– Kurde, co się tam stało? – zapytał.

– Utopce – wyjaśnił ponuro Wędrowycz.

– To wiem... No, jednego co najmniej w kark dziabnąłem... Tylko dlaczego?

– Znalazły sobie okazję do wyrównywania porachunków... Wyrwał oścień i kulejąc, dowlókł się do samochodu. Tu pospiesznie opatrzyli ranę, po czym nie włączając świateł, odjechali.

Kleszczak przyjechał rankiem. Jakub leżał w swojej chałupie i uzupełniał piwem nocną utratę krwi. Czuł się podle.

– Dobrze widziałem? – zapytał. – Topielaki cię dorwały?

Jakub kiwnął ponuro głową.

– Kurde – mruknął ukraiński biznesmen. – Słabo je widać w noktowizorze, ale jednego z kałacha dziabnąłem...

– Dzięki...

– Przepadł nasz spiryt i kanistry – westchnął Skorliński siedzący na ławie w kącie. – Cholera by to wzięła... Trzysta litrów poszło...

– Fatalnie – powiedział Kleszczak. – Jak sądzisz, Jakub, dużo ich tam siedzi?

Egzorcysta wychylił kolejny kufel. Jego twarz odzyskiwała już normalne kolory.

– Może być nawet kilkadziesiąt... Ściągnąłeś ponton?

– Tak, podziurawiony jakby rogami.

– Czyli mają też krowołaki – mruknął Jakub. – No, krowy, co się potopiły – wyjaśnił, widząc, że nie rozumieją. – Można by spróbować głuszyć granatami... Dużo roboty, miejsce kiepskie, a i efekty słabe...

– To źle – powiedział Kleszczak – bo ja mam już kolejną cysternę. Trzeba coś innego wymyślić.

– Egzorcysta poskrobał się po głowie.

– Pomysł jest... Tylko że potrzeba by z pół kilometra stalowej linki i pół kilometra szlaucha.

– Da się załatwić. – Kleszczak kiwnął głową. – Coś jeszcze?

– Harpunik...

– Będziemy polować? – ucieszył się Skorliński. – Śmierć utopcom...

– One już nie żyją. – Wędrowycz zdobył się na smutny uśmiech. – Nie, z nimi porachunki wyrównamy przy innej okazji... Teraz jest robota, nie warto się rozpraszać. Aha. Łopaty też będą przydatne. Ale ze dwa dni muszę wypocząć...

Przepłukał ranę na nodze kubkiem bimbru. Na szczęście topielce nie zatruły ostrza...

Na granicę wjechał tir chłodnia. Kierowca podał celnikowi paszport, listy przewozowe i deklarację celną. Wachman spokojnie przeczytał.

– Półtusze wołowe z Uzbekistanu – mruknął. – O, to tam są krowy?

Kierowca uśmiechnął się na potwierdzenie.

– Otwieraj klapę – polecił celnik.

Zaskrzypiały stalowe wierzeje, z wnętrza ładowni powiało arktycznym zimnem. Celnik zaświecił latarką.

– Miały być półtusze, a tymczasem są całe woły – mruknął. – Sprawdzić...

Jego dwaj podkomendni wskoczyli do środka i wyciągnęli jedną zamrożoną krowę. Zawyła szlifierka kątowa, tylko tak można było rozpiłować mięcho zamrożone w temperaturze –40°C. Z wnętrza wypatroszonego brzucha sypnęły się paczki ukraińskich papierosów.

– Co to niby jest? – celnik zapytał kierowcę.

– Nie mam pojęcia – zełgał Rosjanin. – Wrogowie podrzucili...

Trzysta metrów niżej, w dół rzeki, Jakub ustawił nieduży wielorybniczy harpun na trójnogu. Wycelował w ukraiński brzeg i wystrzelił. Ostrze pomknęło nad wodą, ciągnąc za sobą stalową linkę. Z ponurym tąpnięciem wbiło się w rosnącą po tamtej stronie wierzbę. Kleszczak wyszedł zza betonowych bloków i odczepiwszy linkę od harpuna, pociągnął w swoją stronę.

Zapadł zmierzch. Na granicę wjechał tir. Celnik dłuższą chwilę badał list przewozowy.

– Kartofle do Doniecka? – zdziwił się.

Kierowca poważnie pokiwał głową. Wachman wyjął z kieszeni krótkofalówkę i wywołał posterunek po drugiej stronie.

– Hej, mołojcy – zagadnął po ukraińsku. – Kartofle u was w sklepie są po ile?

– Po jakieś pół hrywny – wyjaśnił Ukrainiec.

– Dzięki. – Celnik wyłączył nadajnik. – No, to wyjaśnij mi, robaczku, taką rzecz – zwrócił się do przewoźnika. – Skoro u nas kartofle są po czterdzieści groszy, a u nich po dwadzieścia, to dlaczego wieziesz je na Ukrainę zamiast od nich do nas?

– Ja nic nie wiem – odparł kierowca. – Kazali, to wiezę.

– No to do dzieła. – Celnik wręczył mu łopatę. – Zwal to do rowu, zobaczymy, co masz tam pod ziemniaczkami.

Kierowca splunął ponuro.

– Całą tonę?

– Właśnie.

– Calutką?

– Co do kartofla.

– Tyle roboty? – mruknął. – To ja się lepiej od razu przyznam... Mercedesa tam w ziemniakach rąbniętego zakopaliśmy...

Celnik wystukał numer na komórce.

– Hrubieszów? Przysyłajcie ekipę, trzeba będzie zapudłować jednego obywatela...

Pół kilometra szlaucha sięgnęło akurat od cegielni Kleszczaka do szopy po polskiej stronie.

– Kurde, Jakub, jesteś geniuszem – powiedział Skorliński. – Tylko jak to przepompujemy? A i cysternę muszę ściągnąć...

– Spoko. Zaraz będzie moja ekipa – uśmiechnął się egzorcysta.

W pięć minut później koło szopy zaparkowały wóz strażacki i szambiarka.

– To pewni ludzie, zawiozą ci spiryt, gdzie tylko zechcesz – wyjaśnił wspólnik.

Dwaj strażacy podczepili pompę do wylotu rurki i szybko napełnili zbiornik.

– Dobra, zawieźcie pod ten adres w Lublinie. – Skorliński podał im wizytówkę. – Tam wam zapłacą, zaraz zadzwonię...

Strażacy odjechali bez słowa. Teraz miejsce wozu zajęła szambiarka.

– Cholera – mruknął biznesmen, patrząc nieufnie na pojazd.

– Spokojnie – Wędrowycz poklepał kumpla po ramieniu – umyliśmy instalację Ludwikiem. A spirytus i tak wszystko odkaża... Zresztą co się łamiesz, nie my będziemy to pili...

– Racja. – Biznesmen uśmiechnął się szeroko. – Do roboty, chłopaki.

Zahuczała pompa i zbiornik powoli zaczął się wypełniać.

Jakub wyjął z kieszeni komórkę.

– No i jak tam? – zapytał Kleszczaka pilnującego cysterny po drugiej stronie granicy.

– Spadło ciśnienie – zameldował ukraiński biznesmen. – Nie ciągniecie?

– Kurde, jak to nie? – zdumiał się egzorcysta. – Cały czas pompa idzie.

Machnął ręką. Obsługa szambiarki wyłączyła silnik. Jakub odczepił rurkę i pociągnął ostrożnie łyk. Szlamowata, cuchnąca mułem woda z Bugu.

– O karwia – zaklął.

– Co się stało? – zaniepokoił się Paweł.

– Zasrane utopce przeciapały nam bimbrociąg! Ciągniemy wodę z rzeki, a nie spiryt!

Pobiegł na brzeg i po chwili wydobył z wody poszarpany koniec szlaucha.

– Tym razem toście przesrali – warknął.

Gdzieś w trzcinach rozległ się ironiczny rechot.

Na posterunek graniczny wjechał volkswagen. Wysiedli z niego staruszek w garniturze i młody człowiek (też w garniturze) z aktówką. Celnik wytrzeszczył na nich oczy.

– Kim wy, u licha, jesteście?

– Główny Urząd Ceł. – Młody człowiek pokazał legitymację. – Komisja do spraw likwidacji skonfiskowanych towarów.

Celnik zasalutował.

– Główny technolog utylizacji alkoholu – przedstawił się staruszek, okazując lipną legitymację. – Prowadźcie do zbiornika.

Celnicy posłusznie doprowadzili obu wspólników do silosu.

– Stopień napełnienia? – zapytał Jakub.

– Osiem tysięcy litrów – zameldował celnik. – Mamy jeszcze dwa tysiące rezerwy...

– Stężenie?

– Według pomiarów około siedemdziesięciu procent...

– Czystość?

– Laliśmy jak leci. Wedle instrukcji wszystko razem: wódkę, koniaki, spirytus, mołdawskie wina...

– W porządku. Wykopać rów do Bugu i opróżnić zbiornik.

– Tak po prostu do rzeki? – zdumiał się celnik. – Przecież taka ilość alkoholu... Zaniknie życie biologiczne.

– Zniszczenie alkoholu innymi metodami jest niemożliwe – powiedział Jakub. – Można oczywiście go spalić, ale to potrwa miesiącami... Poza tym może wybuchnąć...

– Nie dałoby się jakoś bardziej ekologicznie? – zasępił się kierownik przejścia.

– Najbardziej ekologicznym sposobem zniszczenia takiej ilości wódy byłoby jej wypicie – powiedział fałszywy technolog i uśmiechnął się do swoich myśli.

– Osiem tysięcy litrów? – zdumiał się celnik.

– No i sami widzicie, że się nie da. Kopać rów i do roboty.

Czterej celnicy wykopali kanał w niespełna trzy godziny. Jakub osobiście odkręcił spust. Alkohol popłynął strugą wprost do granicznej rzeki.

– Proszę wypełnić protokół. – Skorliński podsunął zbaraniałym celnikom papiery.

Zaczęli podpisywać.

Dwie godziny później kilometr w dół rzeki ukraiński biznesmen Kleszczak wyprowadził dwudziestu swoich ludzi na brzeg. Zgodnie z przewidywaniami Wędrowycza tu właśnie, na mieliźnie, osiadły pijane utopce i nieprzytomne krowołaki. Josif rozdał podwładnym gazrurki i kije bejsbolowe.

– Nikt nie będzie niszczył bezkarnie bimbrociągów! – powiedział. – Wykończyć to ścierwo.

Wody rzeki zabarwiły się posoką...

Dom bez klamek

Gdzieś pośrodku miasta Chełm stały nieduże domki. Za nimi wyrastała niewielka górka. Pomiędzy domkami rozpościerał się plac, a na placu wznosił się budynek sądu. Budynek był nowy, wielki i wspaniały. Sala sądowa, też wielka i wspaniała, była tego dnia prawie pusta. Nie tak jak za dawnych, dobrych czasów, gdy ławki dla świadków wypełniali kumple Jakuba. Zamiast nich siedziało kilku studentów prawa z kajetami i dyktafonami w rękach. Sędzia też siedział i miał już dość. Ostatecznie spotykali się dwudziesty raz. Gliniarze z Wojsławic, zajmujący miejsce dla świadków, byli zmęczeni.

Posterunkowy Birski wyglądał wręcz fatalnie. Wieloletnia wojna podjazdowa z Jakubem Wędrowyczem uczyniła go zgorzkniałym. Sam Jakub, mimo że dobiegał dziewięćdziesiątki, wyglądał rześko. Nawet zbyt rześko. Był całkowicie pewien siebie. Przecież człowieka w jego wieku nie posadzą do mamra. Oparł brodę na nadgarstkach i słuchał w skupieniu mowy oskarżycielskiej.

Zarzucano mu, jak zazwyczaj, pędzenie samogonu. Jakub nie miał adwokata. Zawsze sam tłumaczył się ze swoich postępków.

Sędzia popatrzył na niego z odrazą. Gdyby choć raz mógł wydać wyrok uniewinniający i wysłać tego śmietnikowego dziada tam, skąd przyszedł.

– Czy oskarżony przyznaje się do winy? – zapytał wreszcie, gdy przebrzmiały słowa prokuratora.

Jakub przywołał na twarz szeroki, szczery słowiański uśmiech. Złote zęby wypełniające jego usta zabłysły w półmroku sali sądowej.

– Nie przyznaję się do zarzuconego mi czynu – powiedział niemal radośnie.

– Co oskarżony ma na swoje usprawiedliwienie?

– Wysoki sądzie, nawet w najgorszych czasach stalinowskich państwo pozwalało obywatelom produkować wino w domu. Pod warunkiem, że robili je na własny użytek.

– Zgadza się.

– Tak więc nie złamałem prawa. Po prostu robiłem sobie wino z cukru.

Studenci roześmiali się, ale zaraz umilkli.

– Co na to powiedzą świadkowie oskarżenia? – zagadnął sędzia, zezując w niedwuznaczny sposób na posterunkowego Birskiego.

– Wysoki sądzie – zaczął gliniarz – po pierwsze nie słyszałem nigdy o winie z samego cukru...

– Pożyj tak długo jak ja, to nie takie rzeczy poznasz – powiedział Jakub życzliwie.

Właściwie to nawet lubił tego tępego glinowinkę.

– Po drugie zaś, wysoki sądzie, analiza wykonana alkometrem wykazała, że to jego wino miało osiemdziesiąt procent alkoholu.

Z ławek, gdzie siedzieli studenci, rozległy się stłumione dźwięki, jakby ktoś się krztusił. Sędzia popatrzył w tamtą stronę surowo.

– Proszę zachować spokój albo opuścić salę – zagroził.

Dźwięki umilkły.

– Proszę o głos – zdenerwował się Jakub.

– Udzielam.

– Po pierwsze nigdzie nie jest powiedziane, że nie może być wina mocniejszego niż wódka. Po drugie...

– Proszę o możliwość ustosunkowania się do słów oskarżonego – zażądał prokurator.

– Udzielam. Dalsze argumenty przedstawi pan, panie Jakubie, za chwilę, o ile zajdzie taka potrzeba.

– Czy oskarżony wie, co to jest? – Oskarżyciel podniósł ze swojego stolika jakiś przedmiot.

Wioskowy egzorcysta popatrzył na niego ze zdziwieniem.

– No książka. Gruba książka.

– Czy oskarżony widzi ze swojego miejsca jej tytuł?

– Encyklopedia. Szósty tom. Czy ten obezjajec prokurator ma mnie za głupiego? – zwrócił się z pytaniem do studentów.

Nie mogli odpowiedzieć, bo trzymali twarze pod ławkami.

– Proszę zachować spokój albo będę musiał wyznaczyć grzywnę za używanie wobec sądu wyrażeń obraźliwych – odezwał się sędzia.

– Wobec tego proszę wyznaczyć – zaproponował Jakub, ale kolejny wygłup pominięto milczeniem.

– Czy wie pan, co to jest encyklopedia?

Oskarżony poskrobał się po głowie, udając zadumę. Ilekroć drapał się po głowie, robił to w sposób przywodzący na myśl starego, wyleniałego szympansa.

– Jak się czegoś dokładnie nie wie, to można tam poszukać odpowiedzi – powiedział wreszcie. – To taka bolszewicka Biblia.

Trzech studentów musiano wyprowadzić z sali.

– Znakomicie. Proszę teraz posłuchać: *Wino – napój alkoholowy (8–22% alkoholu) otrzymywany w wyniku fermentacji alkoholowej miazgi lub soku winogron, a także innych owoców (wina owocowe).* Czy oskarżony zrozumiał tę definicję?

Jakub poczuł się niepewnie. Było to u niego rzadkie uczucie. Ostatni raz doświadczył go jakieś czterdzieści lat temu, gdy motor jego kumpla po rozłożeniu na części i złożeniu z powrotem do kupy jakoś nie chciał działać.

– Oczywiście, co nie znaczy, że przyjmuję ją do wiadomości.

– Sąd uda się na naradę – powiedział sędzia i opuścił salę.

Wzrok Jakuba spotkał się ze wzrokiem posterunkowego. Patrzyli sobie przez chwilę w oczy. Oczy Jakuba były jak porcelanowe kulki z wymalowanymi tęczówkami i źrenicami. Nie wyrażały nic. Większość krów w Wojsławicach miała bystrzejsze spojrzenie. Mimo to Birski nie mógł znieść tego wpatrywania się. Nie był pewien, czy jego wróg go widzi, ale gdy spuścił wzrok, na jego twarzy spostrzegł wyraz pogardy. Wyraz ten zaraz zniknął, ustępując obojętności. Wrócił sędzia.

– Sąd uznał oskarżonego winnym wszystkich zarzucanych mu czynów. Jednocześnie, mając na uwadze zaawansowany wiek oskarżonego, zmuszony jest zrezygnować z umieszczania go w więzieniu.

Jakub uśmiechnął się, a Birski zrobił się czerwony jak burak.

– Biorąc jednak pod uwagę wysoką społeczną szkodliwość czynów oraz ogólny stopień zdemoralizowania oskarżonego, sąd postanawia skierować go na dożywotnie przebywanie w zamkniętym zakładzie psychiatrycznym.

– Co? – zdziwił się Jakub.

Posterunkowy Birski zerwał się z miejsca i zaczął rechotać tak straszliwie, że sędzia przez chwilę myślał, czy i jemu nie przydałoby się parę tygodni obserwacji w wariatkowie.

– Dwadzieścia lat! – krzyknął policjant. – Dwadzieścia lat starań i oto udało mi się posadzić tę swołocz na dobre.

Sędzia przywołał go do porządku, a potem odetchnął z ulgą. Jemu także było miło, że nie będzie musiał więcej mieć do czynienia z tym parszywym typem. A potem popełnił błąd. Popatrzył na podsądnego. Oczy Jakuba Wędrowycza straciły swoją obojętność porcelanowych kulek. Patrzyły z totalną, zimną nienawiścią. Sędzia odniósł paskudne, natrętne wrażenie, że w tych oczach odbijają się pożary wzniecone wiele lat temu, gdy Jakub nie pozbył się jeszcze wrednego nawyku palenia gospodarstw swoich wrogów.

– Przysięgam, że spalę ten budynek! – ryknął Wędrowycz, zgoła nie starczym głosem. – Spalę ten kurnik, a ruiny porośnie trawa!

Studenci skrupulatnie notowali jego słowa. Na ich twarzach malował się zachwyt.

Wepchnęli go do pokoju.

– To będzie teraz twoja kwatera – powiedział ten ponury wachman w fartuchu, który tu robił za szefa. – Za godzinę obiad.

Drzwi zatrzasnęły się z hukiem. Jakub zawył i przykopał w nie. Ani drgnęły. Rozejrzał się rozjuszony. Pod jedną ścianą tkwił w pozycji kwiatu lotosu prawie goły człowiek w turbanie na głowie. Na krzesełku za biurkiem siedział może dwudziestoletni chłopak w pióropuszu. Ale było tu też okno. Jakub wydał z siebie potworny skowyt i rzucił się na nie. Niestety, siatka odrzuciła go z powrotem. Westchnął ciężko.

– Tędy nie da rady – powiedział Indianin. – Już próbowałem. Pan pozwoli, że się przedstawię, jestem Maciej Borychowski. Student na SGGW.

– A ja jestem Jakub Wędrowycz, egzorcysta amator. Do jakiego plemienia...?

– Wybaczy pan. Bierze mnie pan za wariata, nie okazując mi tego. Dziękuję.

Jakub po raz kolejny poczuł się niezręcznie.

– Ten strój jest istotnie mylący, ale widzi pan, to jest tak, że okropnie nie chciałem iść do wojska, więc postanowiłem udać wariata. Wóz albo przewóz. Albo dadzą

A, albo D. A ci wpakowali mnie na obserwację. No a te konowały doszły do wniosku, że faktycznie mi odbiło.

– A nasz towarzysz?

– Dżalalladin Ben Husajn – przedstawił się siedzący, nie otwierając oczu. – Jak by to na wasz język, czarownik? Arabski cudotwórca.

Jakub wyraził żywe zainteresowanie.

– Przepraszam, ten Husajn Saddam od najazdu na Kuwejt to jakiś wasz krewny? – zagadnął z szacunkiem.

– Nie. Żaden krewny. Za co pan się tu dostał?

– Zrobili mi rewizję i wykryli w końcu bimbrownię w szopie pod podłogą – powiedział Jakub. – Za stary już byłem, żeby mnie sadzać do pudła, to i tak trafiłem. Macie plan ucieczki?

– Prawie – odparł Arab. – Muszę się trochę skoncentrować. Mój dywan jest w depozycie. Jeśli dotrę do niego myślą, to może przyleci.

– Ale siatka w oknie – zaprotestował Indianin. – Mieliśmy rozważyć, jak się jej pozbyć.

– Może mógłbym pomóc? – zagadnął Jakub, wyciągając spod odklejającej się podeszwy buta „żydowski włos" – cieniutką złodziejską piłkę jeszcze przedwojennej produkcji, ze specjalnie hartowanej stali.

Brwi obu współtowarzyszy niewoli uniosły się. Indianin wykonał ręką ostrzegawczy gest.

– Nie teraz. Zresztą nie opracowaliśmy planu do końca.

Jakub położył się na jedynym wolnym łóżku.

– To wy opracujcie, a ja się zdrzemnę. Nerwy sobie zszargałem.

Walnął się na twardą leżankę i po chwili spał jak zabity. Obudził się dopiero na obiad. Po obiedzie powlekli go na rozmowę z naczelnym psychiatrą. Jakub musiał zdjąć kurtkę i położyć się na kozetce, a potem przyszedł ten najważniejszy.

– Jak pan się nazywa? – zagadnął przyjaźnie.

Jakub odpowiedział uśmiechem.

– Moje nazwisko znajduje się na pierwszej stronie historii choroby leżącej na pańskim biurku. Na wypadek gdyby nie umiał pan czytać, służę informacją, że nazywam się Jakub Wędrowycz, mam prawie dziewięćdziesiąt lat i chcę się widzieć z adwokatem. Zamierzam podać do sądu skorumpowanego sędziego i tego palanta posterunkowego, na skutek knowań których znalazłem się w tej godnej pożałowania sytuacji.

Lekarz zamrugał oczami.

– Czym zajmował się pan przed aresztowaniem?

– Byłem wioskowym egzorcystą amatorem, słynnym w całej Polsce i poza jej granicami. Moje umiejętności może potwierdzić prezes Polskiego Towarzystwa Ezoterycznego.

– Który prezes?

– Pan Biedermeier.

– Ach tak. Może zdziwi to pana, ale siedzi u nas od trzech miesięcy z objawami totalnego obłędu.

Jakub usiadł.

– Opętało go! Mówiłem kretynowi, żeby nie czytał tych zafajdanych książek z Wrocławia. Ale to się dobrze składa. Leczyłem już opętania. Pozwoli pan, to się nim zajmę...

– Może pozwolę. A jakiego argumentu użyli ci dranie: sędzia i posterunkowy, żeby wsadzić pana tutaj?

– Zarzucili mi, że pędzę bimber.

– Oczywiście bezpodstawnie.

– Panie doktorze, a co to jest dwieście litrów? Zapas na pół roku?

– Jest pan alkoholikiem? – zaciekawił się lekarz. – Czy przebywał pan kiedykolwiek na kuracji odwykowej?

– Miałem kiedyś wszyty esperal, ale wyprułem bagnetem, a resztki wypłukałem z organizmu spirytusem gorzelnianym.

– Dobrze. Przejdziemy teraz do pańskiego życiorysu. Proszę powiedzieć, co pamięta pan najlepiej.

– Pamiętam, jak urżnąłem się po raz pierwszy – powiedział Jakub w rozmarzeniu. – To było w pierwszą wojnę, miałem wtedy dziesięć lat.

– A inne silne przeżycia?

– Raz mi mój tatko zabrał butelkę z piwem. A potem, to z takich mocnych, to jak pierwszy raz uciąłem szwabowi głowę, ale to było już we drugą wojnę. Trzymałem ją, a ona jeszcze żyła, to znaczy ruszała oczyma i ruszała, i w ogóle nie chciała przestać.

– I co pan zrobił?

– A rzuciłem w cholerę. I jeszcze pamiętam, jak mnie ugryzł wampir. – Podwinął rękaw koszuli i zademonstrował dwie bardzo stare blizny.

– Proszę opowiedzieć, jak to się stało.

– Poszliśmy z Józefem Paczenką, znaczy moim sąsiadem, do lasu. Robiliśmy do późna, a to był styczeń i zrobiło się ciemno. To nałamaliśmy jedliny, zapaliliśmy ogień i poszli spać. A rano już to miałem.

Lekarz uśmiechnął się.

– Proszę mówić dalej.

– Ech, walczyłem z różnymi upiorami. I tak przeżyłem. A teraz na stare lata pakują do wariatkowa.

– Podobno odgrażał się pan, że spali sąd?

– A dlaczego by nie? Ukrzywdzili? Ukrzywdzili. Niech się smażą.

– Dobrze. Na ile zna pan prawo?

– Raczej kiepsko, choć bez przerwy nękają mnie różnymi paragrafami.

– Świetnie. Proszę posłuchać, co panu powiem. Sędzia nie miał prawa skazać pana na dożywotni pobyt w zakładzie.

– O! – zdziwił się Jakub.

– Co więcej, sąd może zarządzić obserwację psychiatryczną. Ponieważ z racji pańskiego wieku praktycznie nie może pan już odsiadywać kary więzienia, ja po stwierdzeniu, że jest pan zdrowy, mam pełne prawo pana wypuścić. Ale pod dwoma warunkami.

– Aha? Bimbru napędzić?

Lekarz westchnął.

– Panie Jakubie. To jest klinika. Mamy laboratoryjny spirytus, gdyby było trzeba. Ale nie w tym rzecz. Zatrzymamy tu pana na obserwacji tak na wszelki wypadek. Poza tym oni będą się interesować, co z panem.

– Nie sądzę. Cieszą się, że się mnie pozbyli.

– Dlatego mogą być kłopoty po pańskim powrocie. No, nieistotne, to już moje zmartwienie. Po trzecie, jako egzorcysta udzieli mi pan drobnych konsultacji.

– Pan prezes...

– Cóż, gdy się ma na co dzień do czynienia ze świrami, to czasami człowiek też zwariuje, a czasami można znaleźć przypadki, w których jest coś więcej. Pan rozumie?

– Tak. Czasem ktoś zachowuje się jak wariat, chory na urojenie maniakalne, a w rzeczywistości jest w tym jakaś głębsza, obca, ciemna logika.

Lekarz zajrzał do karty pacjenta.

– Naprawdę skończył pan tylko dwie klasy szkoły podstawowej?

– Wojna przeszkodziła. Chciałem potem iść do wieczorówki, ale wybuchła kolejna wojna, a potem już się jakoś nie wybrałem. Zresztą na co mi. Mam swój fach, trochę grosza odłożone. A piję, bo lubię. I ludzie czasami przychodzą do mnie po rady, to i odwdzięczyć się umieją.

– Co będzie potrzebne do odprawienia egzorcyzmu?

Jakub wyliczał dość długo. Lekarz nie zadawał żadnych pytań, ale na końcu nie wytrzymał.

– Spirytus laboratoryjny to rozumiem, może być potrzebny do dezynfekcji ran. Ale śledź?

– Nu ni, spirytus do popicia po robocie, a śledź na zagrychę.

Gdy Jakub wrócił do celi, wyczuł od razu zmianę nastroju. Dżalalladin siedział pod ścianą i koncentrował się. Koncentracja wypełniała pokój. Powietrze mimo uchylonego okna było tak gęste, że można w nim było zawiesić siekierę, ale akurat żadnej nie było pod ręką. Za to kapcie Indianina unosiły się w powietrzu. Jakub podszedł i przydusił je do podłogi. Już tam zostały. Arab ocknął się.

– No i jak? – zapytał.

Indianin przerwał obliczenia na kartce.

– Postęp geometryczny – powiedział. – Dziś koło północy będzie można podziałać.

– Co mierzycie? – zaciekawił się Jakub.

– Badam zwiększanie się potencjału telekinetycznego naszego drogiego gościa. Przestał łykać tabletki i od razu pomogło. Zaczęło się od dwu sekund unoszenia kapci, teraz doszedł do minuty.

– Aha – zrozumiał Jakub. – No nic. Ja będę jeszcze w nocy brany na zabieg. Tak więc uciekajcie beze mnie.

– Nie zostawimy kumpla z celi...

– Poradzę sobie. Mają mnie za jakiś czas puścić. – Podał piłę. – Do dzieła.

Do kolacji krata była przecięta. Pielęgniarz przyszedł po Jakuba w środku nocy.

– No, czeka cię zabieg – powiedział.

W izolatce wszystko było przygotowane. Chory prezes leżał rozkrzyżowany na ziemi. Patrzył spode łba i, co uderzyło Jakuba na samym początku, oczy jarzyły mu się na czerwono. Jego ręce i nogi przywiązano do solidnych haków.

– Ciekawe – zauważył Jakub.

– Aha. Pamiątka po dziewiętnastowiecznych metodach – wyjaśnił doktor. – Wygląda na ciężki przypadek.

– Nie ma ciężkich przypadków. Są tylko źli egzorcyści – powiedział Wędrowycz z godnością.

– Zanim mu się to zrobiło, czytał to. – Lekarz podał mu opasłą księgę w skórzanej oprawie, zaopatrzoną w zamek.

Jakub otworzył ją ostrożnie. Stronice były czyste.

– Przeczytał i treść wskoczyła mu do głowy – wyjaśnił rzeczowo. – Ale chyba da się przywrócić stan pierwotny.

– Dobrze by było. Ta książka pochodzi z Biblioteki Śląskiej.

Egzorcysta zabrał się do pracy z werwą i znajomością rzeczy. Na początek poświęconą kredą narysował krąg wokół leżącego, potem obok nakreślił pentagram i zmusił lekarza, żeby wszedł do środka.

– To dla bezpieczeństwa – powiedział.

Wreszcie uznawszy, że wszystko jest w porządku, zapalił świece i otworzywszy pustą książkę, zaczął odmawiać jakieś zaklęcia po starocerkiewnosłowiańsku. Wokół leżącej postaci pojawiała się parokrotnie świetlista aureola, ale zaraz znikała.

– Za silny – powiedział wreszcie Jakub.

– Nie da się? Już chyba nieźle szło...

– Zrobię inaczej. Wejdę do jego umysłu.

– Czy to na pewno bezpieczne?

– Nie.

Ułożył nieduży stosik z ziół i zapalił je. Uniósł się paskudny czarny dym. Jakub zdjął koszulę i zaciąwszy się w palec, wymalował na skórze skomplikowany wzór. Potem dotknął palcem czoła i natychmiast padł jak podcięty.

Lekarz patrzył na niego przestraszony. Po długiej chwili wahania postanowił pospieszyć mu z pomocą, ale ledwie wysunął nogę poza pentagram, poczuł coś w rodzaju uderzenia prądem.

Tymczasem Jakub Wędrowycz miał drobne problemy. W chwili gdy dotykając czoła, otworzył połączenie, w jego umysł wtargnęło jakieś monstrum. Wbiło się jak kleszczami w jego myśli i zaczęło wysysać jaźń. Jakub nawet się nie bronił, nie musiał. Monstrum zjadało jego wspomnienia oraz myśli i puchło coraz bardziej, a potem nagle zwinęło się w sobie i zaczęło uciekać. Podążył za nim.

Spotkali się na szarej równinie pośród zwojów mózgowych prezesa.

– Nu i papał ty – powiedział Jakub.

Stwór zwijał się w konwulsjach.

– Nie smakowało? – zmartwił się egzorcysta.

Potwór z pogardą bryznął jakąś mazią.

– Widzisz, robaczku, już raz taki jeden mentalny wampir we mnie wlazł. I co się stało? Zdechł. Ciebie też to czeka.

Stwór już się nie ruszał. Jakub zarzucił go na ramię i wyniósł na zewnątrz. Rzucił z rozmachem na betonową posadzkę i wskoczył w swoje ciało. Starł kropkę z czoła.

– Nu, gotowe – powiedział do oniemiałego lekarza. – Można wyjść.

Lekarz pochylił się nad ciemnym, rozlanym kształtem na podłodze.

– Co to jest? – zdumiał się.

– Uporządkowana ektoplazma. Można to spalić na przykład. – Podpalił stwora świeczką.

Po chwili została tylko garść popiołu.

– I już. Po problemie.

– A prezes?

– Żyje. Dojdzie do siebie.

– Ale co to było?

– Mentalny wampir. Siedział w książce i podczas czytania wylazł. Zjadał myśli. Stąd nastąpiła desynchronizacja zachowania. Zresztą co ja będę tłumaczył. To pan jest psychiatrą.

– I jak go pan załatwił?

– Wlazł mi do głowy i nażarł się moich myśli. Widać zaszkodziły mu.

Lekarz usiłował wyobrazić sobie myśli Jakuba. To musiało być niezłe cuchnące bajoro.

– No, popracowaliśmy, to może teraz coś niecoś wypijemy?

– A książka?

– Zobaczmy.

Książka była znowu zapisana.

– Nic z niej nie wylezie?

– Nic.

Poszli do gabinetu doktora i raczyli się spirytusem laboratoryjnym, skażonym eterem. Lekarz rozcieńczał i pił ze szklanki po herbacie, a egzorcysta pił nierozcieńczony prosto ze słoja. Gdzieś koło północy Jakub był właśnie w wesołym i trochę podniosłym nastroju wywołanym przez alkohol, a lekarz na najlepszej drodze do delirium tremens, gdy niespodziewanie ktoś zapukał do okna. Unieśli głowy i wlepili zdumiony wzrok w niepokojące zjawisko za szybą. Na wzorzystym perskim dywanie siedzieli arabski czarownik i niedoszły Indianin. Dywan unosił się w powietrzu.

– No, ładną kurację pan przechodzi, panie Jakubie – powiedział czarownik. – Na pewno nie chce pan lecieć z nami?

– Podrzucicie mnie w rodzinne strony? Mam tam jedną sprawę do załatwienia.

– Jasne, wsiadaj. – Indianin popatrzył pożądliwie na słój.

– Do zobaczenia – powiedział Jakub doktorowi, zakręcił słój i umieścił go troskliwie pod pachą, a potem z parapetu wgramolił się na dywan i odleciał.

Psychiatra uszczypnął się w policzek. Był trzeźwy, no, prawie trzeźwy, a nadal widział to samo. Oddalający się dywan z trzema osobami na pokładzie.

– Tak chyba zaczyna się obłęd – powiedział do siebie. A potem otworzył szafkę, w której trzymał środki odurzające.

Gdzieś pośrodku miasta Chełm stoją sobie małe białe domki. Otaczają plac. Za domkami jest nieduża górka. Na placu trawa zaczyna porastać ruiny. Sądu już nie ma. Spalił się.

Drewniany umysł

Jakub wstał chwiejnie od stołu. Krzesło popchnięte jego tyłkiem przewróciło się, a że było stare, rozleciało się na kawałki. Egzorcysta, z trudem utrzymując równowagę, dotarł do zbawczej ściany i opierając się o nią, ruszył do drzwi. Złośliwy próg usiłował podstawić mu nogę, ale Jakub kopnął energicznie i wypróchniała belka wyleciała na zewnątrz. Coś złapało go za gumofilca. Popatrzył w dół i stwierdził, że to jedna z sześćdziesięciu puszek od piwa przyczepiła się do buta. Wreszcie wytoczył się na zewnątrz. Na niebie coś wisiało, ale czy było to słońce, czy księżyc w pełni, trudno powiedzieć. Wszystko tonęło w zielonych oparach. Za to było dość chłodno, co pozwoliło mu się domyślać, że chyba jest jesień.

– Kurde – mruknął Jakub. – Nie trza było pryty mieszać z piwem.

Świat zakołysał się gwałtownie, jak gdyby ziemia chciała strącić pasożyta ze swojego grzbietu, ale nie udało się. Wreszcie Wędrowycz przywędrował na miejsce.

Stanął, opierając się czołem i jedną ręką o drzewo, drugą zaś rozsupłał drut trzymający rozporek i wydobywszy ptaszka, zaczął lać. Jego dobrze wytresowany organizm przez ostatnie dwie godziny cierpliwie przetaczał alkohol do pęcherza, toteż struga, którą wypuszczał, miała mniej więcej czterdzieści procent mocy. Z każdym wylanym litrem egzorcysta był coraz bardziej trzeźwy. Wreszcie opróżnił zbiorniki i zadowolony schował kuśkę. Ruszył w stronę szopy. Zielone cienie ustąpiły i mógł teraz stwierdzić, że jednak jest dzień. I faktycznie chyba była jesień.

– Nie ma się co byczyć, gdy robota czeka – mruknął do siebie.

Jaka konkretnie robota czeka, tego nie wiedział... Pól nie obsiewał od lat, czekając na dotacje z UE. Dotacje wprawdzie dotąd nie napłynęły, ale on wytrwał twardo w swoim postanowieniu. Zwierząt także już od dawna nie trzymał...

Prawie doczłapywał już do szopy, gdy nieoczekiwanie usłyszał śpiew:

Hej, my chłopcy z nadprzestrzennych baz
Nam niestraszny jest alienów kwas

Egzorcysta zatrzymał się gwałtownie. Coś mu się nie zgadzało, i to nawet, o zgrozo, dwie rzeczy. Po pierwsze pieśń słychać było tylko w paśmie odbioru telepatycznego, po drugie śpiewał ją chór złożony z co najmniej dwu lub trzech setek głosów.

Rycerzy Jedi czas wykurzać z gniazd...

– Kurde – mruknął Jakub.

Włączył swój mózg na szybsze obroty. Trzy procent komórek, których ludzie używają zazwyczaj do myślenia, nadal było zamroczonych, ale pozostałe dziewięćdziesiąt siedem pomalutku rozgrzał. Inteligencja powoli zaczęła piąć się w górę po skali. Gdy doszła do dwustu pięćdziesięciu IQ, Jakub wyłączył grzałkę. Zwoje stygły, co jednak potrwać musiało parę godzin.

– Trzystu telepatów na wycieczce – mruknął egzorcysta. – W całym kraju jest tej hołoty nie więcej niż dwudziestu...

My szturmowcy gwiezdnego imperium

– zakończył chór.

Pod sam koniec głosy nieźle już bełkotały.

– Nawet gdyby zwalili się tu telepaci z całej Europy... – mruknął egzorcysta. – No, właściwie nie jest to wykluczone... Język telepatyczny jest wspólny dla wszystkich ludzi, ale poczułbym wcześniej...

Usiadł na pieńku i zamyślił się. Tych trzystu telepatów musiało być niedaleko. Zupełnie niedaleko... Nieoczekiwanie sygnał uderzył prosto w niego. W oczach stanęły mu świeczki, z uszu poszło trochę krwi.

– Jakubie Wędrowycz, zostałeś wybrany – rozległ się w jego głowie spiżowy głos. Egzorcysta podkręcił głośność do minimum, ale sygnał przedarł się przez zabezpieczenia. – Zostałeś wybrany – powtórzył.

– Wiem, kurde – powiedział Jakub. – Jeszcze przed wojną. I co z tego?

– Tamto zapomnij. Zostałeś wybrany do nowych celów.

Egzorcysta poskrobał się po głowie.

– Jakich znowu celów?

– Zaniesiesz naszych braci do wszystkich zakątków tej planety. Nadchodzi czas, abyśmy przejęli władzę nad światem.

Jakub nadludzkim wysiłkiem założył blokadę mentalną i odetchnął z ulgą.

– Coś małego, co nie może się samo poruszać – mruknął. – Rozumne żaby? Chyba nie. A może myślące wirusy?

W tym momencie bariera ochronna została przełamana nagłym uderzeniem. Jakub, trąc załzawione oczy, policzył siłę napastników. Było ich ponad trzystu.

– Podejdź i pokłoń się swojemu nowemu panu – rozkazał głos.

Egzorcysta pokazał dłonią gest podpatrzony na amerykańskim filmidle. Kolejne uderzenie obaliło go na ziemię.

Zaraz potem nogi zesztywniały mu jak kłody i nieznana siła podniosła go do pionu. Ruszył jak na szczudłach w stronę drzewa, które przed paroma minutami podlał.

– Na kolana, niewolniku – powiedziało drzewo.

Głos trochę bełkotał, co oznaczało, że Jakubowe siki faktycznie były tym razem mocne...

– Wała – z przekonaniem odparł Jakub. – Niewolnictwo jest tu od dawna zakazane...

Kolana zgięły mu się nieoczekiwanie i po chwili klęczał w trawie.

– Bij mi pokłon – zażądało drzewo.

– W dupę mnie pocałuj – powiedział Jakub.

W sekundę później leżał, bijąc głową w ziemię.

– A teraz posłuchaj, niewolniku – odezwał się pień. – Zaniesiesz moje orzechy i rozsiejesz po całej ziemi. Gdy wyrosną, stworzymy sieć, za pomocą której będziemy sterowali ludzkością. Wasz czas się skończył. Nadchodzi era rozumnych drzew!

– Diabli nadali – mruknął.

– Nie diabli, tylko sami do tego doprowadziliście. Tu na wzgórzach osiadła chmurka pyłu radioaktywnego po wybuchu elektrowni w Czarnobylu.

– Mutasy – zrozumiał Jakub.

– Mutanci, idioto!

– Czegoś tu nie rozumiem – poskarżył się.

– Czego? – zainteresowało się drzewo.

– Dlaczego to właśnie ty zacząłeś myśleć?

– Czy zdarzyło ci się kiedyś rozłupywać włoskie orzechy?

– Nigdy w życiu – zełgał na wszelki wypadek. – Ja nie podniósłbym ręki, ale widziałem, jak inni łupali.

– Gdy przejmiemy władzę, zostaną ukarani. Surowo ukarani. A więc wiesz, że miąższ włoskiego orzecha przypomina wyglądem ludzki mózg?

– Aha. A, i dlatego tworzycie zbiorowy intelekt! Myślicie, znaczy, orzechami...

– Właśnie. A teraz wtajemniczę cię w szczegóły planu...

Pijane orzechy znowu zaśpiewały. Pień zaczął gadać na temat wysiewania jednego orzecha co cztery kilometry, ale egzorcysta nie słuchał. Zastanawiał się gorączkowo, jak pozbyć się problemu, a przy okazji jak uratować ludzkość. I, co było do przewidzenia, niebawem wymyślił.

– Wiesz co? – powiedział, przerywając ciąg instrukcji, jak sadzić orzechy na terytorium Wielkiej Brytanii. – Sądzę, że przydałoby ci się trochę nawozów azotowych, gleba w tym kącie podwórza zawsze była jałowa...

– Ha, zaczynasz wykazywać właściwą inicjatywę, niewolniku – ucieszyło się drzewo. – Nawozy to dobra rzecz... Przynieś.

Jakub poczłapał do szopy. W kącie drzemał dwudziestolitrowy plastikowy pojemnik z cuchnącym płynem. Stał tu już od dwudziestu lat, bo Jakub nie zwykł paprać ziemi chemią. Teraz odkręcił nakrętkę i powąchał. Przez te lata niewątpliwie w preparacie zaszedł szereg niekorzystnych zmian.

Uśmiechnął się jadowicie i przydźwigał kanister pod orzech. Następnie puścił strugę cuchnącej cieczy. W powietrze buchnął upiorny smród, co było właściwie bez znaczenia, bowiem drzewa, jak powszechnie wiadomo, nosów nie mają... Był mniej więcej w połowie, gdy orzech zorientował się, co się święci.

– Zdrada! – wrzasnęło w głowie Jakuba trzysta drewnianych głosów.

– A zdrada, zdrada – warknął. – Nie lubię być niewolnikiem jakiegoś tam Pinokia...

A potem założył kolejną blokadę mentalną, poczłapał do chałupy i poszedł spać. Gdy obudził się następnego dnia, drzewo stało martwe. Jakub podszedł ostrożnie z siekierą w ręce. Liście pożółkły i opadły na ziemię. Orzechy, jeszcze w zielonych łupinach, walały się pod nogami. Jakub z zadowoleniem rozdeptał kilka z nich.

– Władzy nad światem się zachciało – powiedział mściwie. – Frajerzy... Drewniane mózgi, a nie pomyśleli, że jakby tak podporządkowali sobie ludzkość, to w zimie, gdy nie ma orzechów, ludziska by wszystko wykarczowali...

A potem mocniej złapał trzonek i zabrał się za rąbanie pnia.

– Widzisz – odezwała się śliwa do jabłonki – mówiłam, że atak frontalny będzie mało skuteczny...

– Spokojnie – uśmiechnęła się jabłoń. – Załatwimy go zimą. Przygotuję odpowiednio jabłka, niech tylko spróbuje napędzić z nich bimbru... Zdobędziemy jeszcze władzę nad światem. To tylko kwestia czasu...

Dziadek

W knajpie było tego wieczoru bardzo wesoło. Ajent kupił od Ruskich nieco przechodzony kolorowy telewizor i ustawił na ladzie. Telewizor spodobał się wszystkim bywalcom. Aparat pokazywał obraz pokryty delikatną kaszką zakłóceń i wydawał dźwięki, z których niekiedy można się było domyślać ludzkiej mowy.

Jakub Wędrowycz pił właśnie czwarty kufel Perły, gdy nieoczekiwanie obraz w telewizorze nieco się ustabilizował. Staruszek oderwał wzrok od piwa i wbił go obojętnie w ekran. Niespodziewanie na ekranie pojawiła się jego podobizna. Głos coś z ożywieniem zatrajkotał, a potem pokazano jakieś góry.

– Cholera! – zdziwił się Semen. – To już jesteś taki sławny, że cię w „Wiadomościach" pokazują?

Ajent przywalił w obudowę kuflem. Obraz wyostrzył się. Dźwięk też uległ znacznej poprawie. Głos znowu coś zagdakał, a potem na ekranie pojawiła się twarz prowadzącego.

– Ciekawe znalezisko... bla, bla... zabezpieczone... bla, bla...

– Jakie znowu znalezisko? – zdenerwował się egzorcysta. – Przecież ja siedzę tutaj!

Prowadzący nie uznał za konieczne powtórzyć informacji, zaczął referować coś na temat nalotów na Afganistan.

– Gadaj, ścierwo, o znalezisku! – wydarł się Jakub.

Facet w telewizorze znowu go zignorował, więc Wędrowycz złożył palce w odpowiedni gest i cisnął kuflem. Naczynie wpadło w ekran jak w jezioro, szkło kineskopu zafalowało niczym woda i wróciło do normy. Cały naród ujrzał pokrytą krwią, piwem i szklaną sieczką twarz prowadzącego. Niemal natychmiast program przerwano i wyświetliła się plansza „Przepraszamy za usterki".

– Nieładnie, Jakub, mogłeś telewizor uszkodzić... – delikatnie upomniał go przyjaciel.

– Ma za swoje. Dlaczego nie powtórzył?

– Jeśli to coś ważnego, to jutro przeczytasz w gazetach. A jeśli nic ważnego, to nie ma po co głowy sobie zawracać – wzruszył ramionami stary kozak. – Napijmy się.

Po chwili zastanowienia Jakub przyznał mu rację. Zamówili jeszcze po kuflu.

Rankiem skacowany egzorcysta przybył do wsi w szlachetnym zamiarze nabycia gazety. Zajrzał najpierw do monopolowego, potem do mięsnego. (Pamiętał, że dawniej w tych właśnie sklepach zawijano towar w gazety, ale jak się okazało, wyszło to ostatnio z mody). W przypływie rozpaczy, walcząc z obrzydzeniem, wszedł do księgarni, gdzie poinformowano go, iż gazety można kupić w kiosku. Tamże faktycznie nabył jedną i siadł w parczku na ławeczce.

– Cholera, osiemdziesiąt lat na świecie żyję i jeszcze żem gazety kupować nie musiał, na starość taka hańba – westchnął.

Na jego dłoniach pojawiły się czerwone kropki – uczulenie na słowo drukowane. Miał to od dzieciństwa... Hańba jednak się opłaciła, bowiem już na przedostatniej stronie zobaczył gapiącą się z papieru własną gębę.

– Wot te na! – powiedział. – To już jestem taki ważny, że nawet ze zdjęciem mnie opisują?

Poczuł gwałtowny przypływ szacunku do samego siebie. Zaraz jednak skupił się na fotografii. Jedna powieka lekko opadała, ucho oklapłe od ciosu łańcuchem krowiakiem, brwi nieco bardziej krzaczaste, niż to widywał w lustrze...

– Hmm? – mruknął, wytężając pamięć. – Przecież to dziadek! – olśniło go nieoczekiwanie. – Ano zobaczmy, co tu nacykane. – Wczytał się w tekst artykułu.

Czytanie szło mu opornie, nie wszystkie litery zdołał sobie przypomnieć.

– Przed kilku laty z lodowca na pograniczu Austrii i Szwajcarii wydobyto znakomicie zakonserwowane ciało mężczyzny – przesylabizował. – Kurde, znalazł się stary. Ale, cholera, co ze złotem?

Na ławce przysiadł jego kumpel Semen. W ręce stary kozak trzymał identyczny egzemplarz gazety.

– Znaleźli mojego dziadka – pochwalił się Jakub.

– Co ty, tu pisze, że to trup z epoki neolitu. Bardzo ciekawe znalezisko...

– Co to jest nielit? – zainteresował się Wędrowycz.

– Młodsza epoka kamienia. Czasy, kiedy nie znali metalu i narzędzia robili z krzemienia...

– Jak mogli robić coś z kamienia, skoro nie mieli metalowych młotków i dłut, żeby go obrabiać? – zdziwił się staruszek. – A, chyba że laserem – odpowiedział sam sobie.

– Dotąd nie natrafiano na dobrze zachowane zwłoki z tego czasu. Pewnie go teraz pokroją na kawałki, żeby zobaczyć, co jadł i tak dalej.

– Co? – Jakubem aż zatrzęsło. – Chcą pokroić mojego dziadka? Ścierwo to było, ale po moim trupie!

– To nie twój dziadek – uśmiechnął się Semen. – Ten trup leżał w lodzie przez ostatnie kilka tysięcy lat.

– Akurat – parsknął Jakub. – Mówię ci, że to mój dziadek. Pamiętam jak dziś. Wziął całe złoto i poszedł. Chciał założyć sobie konto w Szwajcarii, a kasa była wspólna... I wszystko się zgadza. Tylko, cholera, powinien mieć przy sobie worek złotych rubli... Zresztą i tak trzeba jechać.

– Dokąd?

– Jak to dokąd, tam gdzie go trzymają. Niech powie, co z forsą zrobił... A ty, Semen, będziesz mi potrzebny.

– Po co? – Stary kozak uniósł brwi do góry.

– Jak to po co? Przecież ja nie gadam po zagranicznemu...

Kozak wziął gazetę do ręki i wczytał się w tekst artykułu.

– Po co mamy jechać za granicę? – mruknął. – Tu piszą, że tego cudaka zamrożonego przywieźli do Warszawy na wystawę archeologiczną.

– Archeo... Co?

– Archeolodzy to tacy, co w ziemi grzebią – wyjaśnił Semen. – W sumie można by złapać pekaes do Lublina i gdzieś za cztery, może pięć godzin będziemy na miejscu... Tylko najpierw trzeba się przejść do informatyka...

– A po co? – zdziwił się Jakub.

– Trzeba karty wstępu podrobić, żeby nas wpuścili. A i łachy by się lepsze przydały...

Wachmani pilnujący wstępu na uroczystość otwarcia wystawy zastygli ze zdumienia, gdy przed wejściem do muzeum pojawili się dwaj starcy ubrani w arabskie burnusy i turbany na głowach.

Wyższy z gości z zanadrza wyciągnął papier pokryty kilkunastoma linijkami arabskich znaczków oraz opatrzony licznymi pieczątkami różnych kolorów. Niższy z Arabów, któremu spod galabii wystawały noski gumofilców, okazał identyczny dokument.

– Kurde! – Jeden z wachmanów poskrobał się po głowie. – Co to za jedni?

Niższy z gości spojrzał na niego przenikliwie wodnistobłękitnymi, świńskimi oczkami. Coś zatrzeszczało w głowie strażnika, gdy jego myśli kierowały się na nowe tory.

– To pewnie zaproszeni goście – powiedział do drugiego.

– A jeśli to talibowie? – zafrasował się wachman. – Na otwarciu imprezy będzie prezydent, premier, minister i cała kupa VIP-ów... Może trzeba ich przynajmniej obszukać?

Wodniste ślepia wbiły wzrok w jego oczy. Po chwili i on przestał mieć wątpliwości. Obaj zamaskowani przybysze weszli do holu. Przejście w głąb muzeum zasłaniała płachta szarego płótna. Przed nią stał na mównicy siwowłosy archeolog.

– Sensacyjne znalezisko... bla, bla, bla... bez precedensu... bla, bla... dzięki uprzejmości naszych przyjaciół... bla, bla, bla...

Tłum zaklaskał. Na mównicę wstąpił kolejny uczony.

– Dziadek to pewnie za tą zasłoną – zauważył niższy z Arabów.

– Pewnie tak – mruknął Semen. – Trzeba poczekać, aż otworzą wystawę, i wtedy dostaniemy się do środka...

– W takim tłumie nic nie zdziałamy – parsknął Jakub. – A może da się od drugiej strony?

Stary kozak odczepił ze ściany plan ewakuacyjny budynku.

– Da się – ocenił.

Ruszyli w drugą stronę. Weszli do sal ekspozycyjnych.

– Cholera – mruknął egzorcysta, patrząc na leżące w gablotce amulety kultury łużyckiej. – Ciekawe, ciekawe... O, i chałupa, jak w Dębince dawniej stawiali. – Obejrzał model chaty z okresu wpływów rzymskich.

– Cholera wie ile czasu potrwają te szopki – Semen wyrwał go z poznawczego transu. – Musimy się pospieszyć.

Ruszyli przez ciąg sal. Wreszcie drogę zagrodziła im ściana z desek obciągnięta białą bawełnianą tkaniną.

– Cholera, zagrodzili.

– Spoko – mruknął Jakub.

Wyciągnął z cholewy gumofilca bagnet od kałasznikowa i wyciachał dziurę w materiale. Potem silnym ciosem wyłamał płytę paździerzową i rozciachawszy kolejną zasłonę, utorował wejście do następnego pomieszczenia. Sala była prawie pusta, tylko pośrodku stało kilka gablot. Jeden koniec przegrodzony był płócienną szmatą, zza której dobiegało przemówienie uczonego.

Obaj włamywacze ruszyli w stronę ekspozycji oświetlonej mocnymi punktowymi reflektorkami.

– No i wszystko się zgadza – mruknął egzorcysta, patrząc na zgromadzone w gablocie elementy stroju. – Kożuch z króliczych skórek, pamiętam, jak tatko hodował, buciory z łyka, nawet i ja do szkoły jeszcze w takich chodziłem, łuk do polowania na ptaki, bo dubeltówkę za bardzo w lesie słychać było i się gliny przypieprzali... Parciany pasek, koszula z worka...

W środkowej gablocie na warstwie suchego lodu spoczywały zmumifikowane zwłoki.

– Jest i dziadunio – mruknął Semen. – Jesteś aby pewien, że to on?

– Kolor skóry się trochę nie zgadza, ale to normalne u mumii. – Jakub wyrżnął diamentem dziurę w szklanym wieku. Odczepił alarm.

– Co chcesz zrobić? – zainteresował się kozak. – To sztywny trup...

– Jak to co? Ożywię i zapytam, co z forsą zrobił...

– Ożywić to coś? – Popatrzył z powątpiewaniem na ciało. – Poza tym zamrożony.

Egzorcysta wyciągnął spod galabii suszarkę do włosów.

– Mój bimber postawi na nogi nawet umarłego. – Wetknął nieboszczykowi w usta lejek i spokojnie wlał w gardziel mumii pół litra mętnego płynu z piersiówki. Rozejrzał się za kontaktem, żeby podłączyć suszarkę, ale nigdzie nie wypatrzył...

Za kotarą rozległy się oklaski.

– Chyba musimy się spieszyć – zauważył Semen. – I jak, działa?

– Kurde, coś się nie ożywia – westchnął Wędrowycz. – Trzeba jednak chyba rozmrozić... Gadaj, dziadek, gdzie jest złoto. – Potrząsnął trupa za ramiona.

Głowa odpadła od ciała z suchym trzaskiem. Semen złapał ją za włosy i wyciągnął z sarkofagu. Z rozchylonych ust wylał się samogon.

– Ty, zobacz – zwrócił się do Jakuba. – To tylko woskowa kukła zrobiona tak, żeby udawać mumię... A to naszych archeologów w jajo zrobili.

– Cholera! – Wędrowycz kopnął ze złością w postument. – Gdzie jest moje złoto?

W tej chwili oklaski przybrały na sile i ktoś uroczyście zerwał kotarę. Prezydent stanął na progu sali. Za jego plecami tłoczyli się inni goście.

– O? – powiedział, widząc dwóch Arabów, z których jeden miał na nogach gumofilce, a drugi ciągle trzymał za włosy głowę mumii.

W następnej chwili prezydent leżał na ziemi przygnieciony przez pięciu agentów BOR-u, którzy własnymi ciałami zasłaniali go przed zamachowcami. Tłum zastygł w bezruchu. Jakub mrugnął kilka razy oczkami.

– Chyba zaraz spuszczą nam łomot – powiedział szeptem do Semena.

Ten postąpił krok do przodu.

– *Salaam* – powiedział po arabsku. – *Allach Akbar.* My być goście, archeolodzy z Afganistanu.

W ciągu trzydziestu sekund budynek opustoszał.

– Co ich tak wymiotło? – zdziwił się Jakub.

– Psychologia tłumu – oświadczył Semen z zadowoleniem. – Na coś się jednak przydała ta uniwersytecka wiedza... Po osiemdziesięciu latach, ale lepiej późno niż wcale...

Wyszli przed budynek, tu też było zupełnie pusto, tylko gdzieś z oddali słychać było wycie syren wozów policyjnych. Zrzucili burnusy i ruszyli spokojnie przez park w stronę Starego Miasta.

– Co z tym ciapkiem? – Stary kozak ciągle jeszcze trzymał pod pachą głowę. – Pod autobus wrzucimy czy co? A może postraszymy kogoś?

– To z wosku? – zamyślił się egzorcysta. – Wsadź do siatki. Zabieramy ze sobą. Knot się ze sznurka od snopowiązałki wprawi i świeca będzie.

Lenin

Był spokojny środowy wieczór. Od zniknięcia Jakuba Wędrowycza mijał właśnie szósty dzień. Jego kumple zaczynali już odczuwać pewien niepokój. Wprawdzie czołowy egzorcysta amator znikał wcześniej parokrotnie, lecz tym razem zrobił to całkiem niespodziewanie. Gospoda w Wojsławicach była czynna dłużej, jak to w środy. Targ odbywał się rano, ale niektórzy bywalcy oblewali swoje interesy dość długo. Tak było i tym razem. Józef Paczenko, Tomasz Cieśluk, Jan Grządkowski i Semen Korczaszko siedzieli przy stoliku w kącie.

– A ja uważam, że trzeba by zawiadomić gliny – wściekał się szeptem Tomasz.

– Jakub nie byłby zadowolony.

– A widziałeś kiedyś, żeby był zadowolony?

– No nie. Pewnie trafiła mu się jakaś poważna robota.

– Zostawiłby konia u Semena.

– Nu, koń sam do mnie przyszedł. A obora jest zamknięta. Znaczy wypuścił go i zamknął.

– A ja wam powiem, że mnie się to wszystko nie podoba.

W tym momencie drzwi się otworzyły i na progu stanął Jakub Wędrowycz. Był ździebko zawiany, ale nic nie wskazywało, by podczas swojej nieobecności poniósł jakiś uszczerbek na zdrowiu. Przetoczył po wnętrzu średnio przytomnym wzrokiem, a potem uśmiechnął się na widok kumpli. Kumple zaraz go zauważyli i zaciągnęli do swojego stolika.

– Nu i gdzie ty bywał? – zapytał Semen.

– Ech, nie uwierzylibyście. Dajcie jakiegoś piwa, bo przepaliłem gardło spirytem.

Niebawem stanęła przed nimi bateria butelek. Jakub odkorkował jedną z nich o kant stołu i popatrzywszy mętnie na twarze słuchaczy, a wokół stolika zgromadzili się wszyscy bywalcy, zaczął opowiadać. Ludzie słuchali go z rozbawieniem. Powszechnie wiadomo było, że gdy sobie chlapnie, to opowiada niestworzone historie, ale nawet jeśli są zupełnie nieprawdopodobne, to jest czego posłuchać. Tego wieczoru przeszedł siebie. To wszyscy musieli przyznać.

Betonowy korytarz ciągnął się w nieskończoność. Betonowe były ściany, sufit, podłoga. Na podłodze leżał czerwony chodnik, wytarty już nieco przez miliony par butów, które po nim przeszły. Chodnik, tak jak korytarz, ciągnął się w dal, w szary półmrok, aż znikał zjedzony przez perspektywę.

Jakub Wędrowycz dreptał cierpliwie. Obok niego kroczył ni to przewodnik, ni to strażnik. Ponury wachman, solidnie zbudowany, z automatem Kałasznikowa w owłosionej łapie. Do jego charakterystyki należałoby dodać, że miał kilka orderów upiętych tu i ówdzie na piersi. Twarz wachmana była lekko biaława, jak brzuch śniętej ryby, co przyjemnie współgrało z równie chorobliwą barwą ścian.

– Sympatycznie tu – zakpił Jakub. – Zupełnie jak w kwaterze głównej KGB.

– To jest kwatera główna KGB – odezwał się wachman, a potem zamilkł.

– A gdybym tak zażądał polskiego konsula? – zapytał chytrze Wędrowycz.

– To jedno z najściślej tajnych miejsc na ziemi. Nie wpuszczamy tu obcych dyplomatów. A w każdym razie już ich potem nie wypuszczamy.

– A gdybym spróbował stawiać opór?

Wachman nic nie odpowiedział, ale jego automat znalazł się niespodziewanie w pozycji gotowej do strzału.

– Dobra, dobra, tak tylko zażartowałem. – Odepchnął lufę dłonią.

Zatrzymali się przed stalowymi drzwiami. Wachman zapukał i wrota otworzyły się ze zgrzytem.

Za drzwiami stało więcej wachmanów. Niektórzy mieli nawet psy na smyczy. Wszyscy byli rośli i nosili ordery.

– Generał czeka – powiedział jeden z nich.

Weszli do niewielkiego gabinetu. Gabinet także wykonany był z betonu, choć trochę staranniej niż korytarz, na przykład zbrojenia nie sterczały ze ścian. W gabinecie znajdowało się biurko, stołek przykręcony śrubami do betonowej podłogi oraz wiszący na ścianie nad biurkiem portret aktualnego generalnego sekretarza. Podłoga była pokryta plamami brązowego koloru, a tu i ówdzie wyrysowano na niej kredą leżące sylwetki. Sylwetki pasowały trochę do znajdujących się na ścianach krwawych rozbryzgów i dziur po kulach.

– Jakub Wędrowycz? – upewnił się generał.

– Aha – przyznał się egzorcysta.

Generał kontemplował przez chwilę stojący przed nim na biurku krwistoczerwonej barwy telefon, po czym zaczął mówić:

– Nasza przodująca radziecka nauka rozwiązała w ostatnich latach szereg nierozwiązywalnych, zdawałoby się, problemów.

– Etanol z trocin? – Jakub wykazał żywe zainteresowanie.

– Między innymi – wtrącił wachman.

– Dacie przepis, towarzyszu?

Generał trzasnął pięścią w stół.

– Nie czas tu na wygłupy! Jesteście, towarzyszu Wędrowycz, egzorcystą.

Brwi więźnia uniosły się do góry.

– Czy wasza przodująca radziecka nauka nie udowodniła czasem, że nie ma żadnych zjawisk paranormalnych?

– Nasza przodująca radziecka nauka udowodniła wiele rzeczy, ale niektóre dogmaty musieliśmy zweryfikować... Nieważne. Jak ci zapewne wiadomo, po swojej śmierci wielki Lenin...

– A kto to jest Lenin? – zaciekawił się egzorcysta.

Wachman z trzaskiem odbezpieczył karabin.

– Zastrzelić?

– Już nie trzeba, przypomniałem sobie!

– Nie strzelaj – polecił generał. – Po swojej śmierci nasz nauczyciel został zabalsamowany. Rozumiesz, co to znaczy?

Jakub uwielbiał grać wioskowego przygłupa. Tym razem też nie odmówił sobie tej przyjemności.

– Znaczy takim tym balsamem do włosów? – upewnił się.

– Ja go jednak zastrzelę – poprosił wachman.

– Zamknij się, idioto, bo ciebie zastrzelę! A ty słuchaj. Lenin został zmumifikowany.

– Znaczy zasolony, tak jak egipskie faraony?

– Coś w tym rodzaju. Zakonserwowano go specjalną substancją o ściśle tajnej recepturze.

– Mam ją odtajnić? – Jakub palił się do czynu.

– A skąd! Nasz problem polega zupełnie na czymś innym – generał zniżył głos. – Otóż ostatnio, na dniach, wartownicy pilnujący szklanej trumny wodza zauważyli, że ten zaczął się poruszać.

– To da się bardzo łatwo wyjaśnić.

– No to mówcie, egzorcysto.

– Powtarzacie od siedemdziesięciu lat, że Lenin jest wiecznie żywy, i w końcu uwierzył. Ba, kto by nie uwierzył.

– Powtarzamy także inne hasła, a jakoś nie widać... – generał był wyraźnie zaskoczony taką interpretacją.

– Och, to bardzo proste. Większe jest prawdopodobieństwo, że Lenin zasolony tym tajnym polimerem siedemdziesiąt lat temu jest nadal żywy, niż że proletariusze się połączą czy że każdemu będzie wedle jego potrzeb.

– Trzeba go odesłać w niebyt.

– Hm?

– Trzeba go wykończyć.

– I wy, marksiści-leniniści, chcecie zaprzepaścić taką szansę?

– Jaką szansę?

– Pod wodzą nieśmiertelnego wodza będziecie mogli przeprowadzić rewolucję światową!

– Wolimy służyć idei...

– A jaki to byłby wspaniały argument za wprowadzeniem komunizmu.

Wachman uniósł karabin, ale generał uspokoił go jednym gestem.

– I co poradzicie, towarzyszu specjalisto?

– A co mam radzić? Wezmę osikowy kołek i niech sobie leży kolejne siedemdziesiąt lat.

– Kołkiem naszego wodza?

– Nie widzę innej możliwości. Chyba żeby mu wbić srebrny albo żelazny gwóźdź w czoło.

– W czoło nie można, bo turyści go oglądają.

– No to został tylko kołek. Mogę go wbić tak, żeby nie wystawał. Założycie na wierzch nową marynarkę i będzie *gut*.

– A nie dałoby się wbić kołka od spodu?

– Nie. Po pierwsze będzie wam wyciekał ten tajny sos, a po drugie łopatka zasłania serce.

– Jeszcze jedno. Przydałoby się wykryć winnych takiego stanu rzeczy i oczywiście surowo ich ukarać.

– Myślę, że powinniście podejrzewać tych towarzyszy, którzy byli na placówkach na Haiti.

– Dlaczego?

– Tamtejsi Murzyni mają taką zabawną religię, nazywa się voodoo, ożywianie trupów.

Generał mrugnął i wydobył spod biurka butelkę spirytusu.

– Wudu powiadacie? No to wypijmy za owocną współpracę – zachęcił.

Wypili. Dwie butelki później Jakub zaczął nudzić, że warto by zabrać się wreszcie do roboty.

– No to chodźmy – powiedział generał, podnosząc się ciężko.

Ruszyli długimi betonowymi korytarzami, przy czym egzorcysta co parę kroków musiał potrząsać generałem i pytać go o dalszą drogę. Niebawem po zagłębieniu się w wąski korytarzyk zatrzymali się przed masywnymi drzwiami. Drzwi były wykonane ze stali.

– To tutaj – powiedział generał, a potem oparł się o ścianę i zachrapał.

– Wstawaj! Gdzie jest klucz?

Generał otworzył leniwie jedno oko i wygrzebał z kieszeni płaski kluczyk.

– Mmmasz!

– No co ty, to przecież nie od tych drzwi.

– Jjjasne, mmmordeczko! To kluczyk od sejfiku.

– Jakiego znowu sejfiku?

– W Genewie. A w sejfiku milion zielonych papierków dla ciebie, bo jesteś moim najlepszym przyjacielem.

– A order będzie? – zaciekawił się Jakub bez żenady, chowając klucz od sejfu do kieszeni.

Generał odpiął z własnej piersi order Lenina i podał nowemu kumplowi.

– Masz! To ze złota. Kupisz za niego kiełbasy czy inne takie.

Jakub umieścił order w kieszeni na piersi.

– Otwieraj wrota.

Generał otworzył. Weszli po wąskich schodkach na piętro. Tu znajdowały się kolejne drzwi. Były nie mniej potężne, nie miały dziurki od klucza, a za to tarczę, jak w telefonie. Generał znowu zaczął drzemać oparty o ścianę.

– Te, generał, jaki jest szyfr?

Generał wyjął z kieszeni ołówek i nie otwierając oczu, zapisał na ścianie rząd cyfr. Jakub wykręcił je na tarczy, ale nic się nie stało.

– No co ty? Nie otworzyły się.

Generał otworzył jedno oko. Popatrzył mętnie.

– A, to do tych drzwi – powiedział. – Myślałem, że chodzi ci o kod do głowic.

Nowy rządek cyfr okazał się lepszy. Drzwi odjechały w bok. Weszli do sporego pomieszczenia. Wódz leżał w trumnie i robił miny. Szkło było w kilku miejscach pęknięte.

– Kto to tak porozbijał?

– Wartownik przestraszył się i walił kolbą. Już go rozstrzelaliśmy.

– No to do dzieła. – Zaczął odkręcać śruby.

Zaledwie zdjęli pokrywę, wiecznie żywy wódz usiadł. Jakub popchnął go z powrotem do pozycji leżącej.

– Narzędzia – polecił.

– Generał dał mi kołek i młotek, ale wtedy Lenin zaczął wyłazić z trumny. – Jakub zrobił przerwę na jeszcze jedno piwo.

– Masz, chłopie, fantazję – powiedział jakiś menel z Uchań. – Ale z tym Leninem wyłażącym z trumny to bujda na resorach.

– Ja łżę? – wściekł się Jakub.

– No pewnie!

– Odszczekaj, bo ci flaki wypruję!

– Ty? Nie tacy próbowali.

– Kto jest z kim? – dopytywał się Semen.

W dziesięć sekund później zaczęło się istne pandemonium. Jakub, rycząc jak kastrowany knur, porwał krzesło, na którym dotąd siedział, i zaczął kruszyć na maczugę, waląc nim w ścianę. Menel wolno wycofał się w stronę swoich kumpli. Tomasz zdjął marynarkę i wszyscy zobaczyli, że jest w pasie owinięty łańcuchem krowiakiem.

– Odszczekaj – zawył egzorcysta.

– Wała!

Jakub wydał z siebie bojowy okrzyk i runął na wroga. Kumple, wywijając różnoraką bronią, ruszyli za nim. Noga krzesła zderzyła się ze stołem podniesionym przez silny kop do pozycji pionowej. Puste butelki zabrzęczały, roztrzaskując się na podłodze. Tomasz, wywijając łańcuchem i wyjąc, wskoczył na inny stół i z góry atakował uchańczyków, ci nie pozostali mu dłużni. Celnie rzucona butelka wybiła mu kilka zębów. Semen przebijał sobie drogę pięściami. Mimo setki na karku nic nie stracił z dawnego kunsztu.

Wódz uchańczyków oderwał mocnym szarpnięciem nogę od stołu, przy którym akurat się znalazł, i wywijając w powietrzu młynki, rzucił się na wrogów. Roztrzaskiwały się butelki i lampy. Ajent ukrył się za barem i klął w bezsilnej wściekłości. Gdyby mieszkał w Ameryce, miałby tam zapewne obrzyna lub telefon komórkowy. Ale to była Polska, dlatego miał jedynie siekierę. A ich było tylu...

Wycie Jakuba stało się straszne. To już nie był spokojny wiejski chłopek-roztropek. To wódz hordy pitekantropów atakował hordę neandertalczyków. Alkohol i szał bitewny w jednej chwili zerwały z niego całą cywilizowaną otoczkę. Wargi cofnęły mu się, uwidaczniając zęby. Ach, gryźć, szarpać, rwać... Starli się wreszcie, on i menel. Dwa opętane żądzą krwi małpoludy. Spletli się w potężnym uścisku i miotali, waląc sobą o ściany. W którymś momencie trafili na drzwi. Lichy socjalistyczny produkt nie wytrzymał uderzenia dwu ciał. Wypadły ze ściany razem z futryną i obaj zapaśnicy stoczyli się po schodkach na chodnik. Gdy oprzytomnieli, stało nad nimi trzech rosłych milicjantów.

– No to zapraszamy do naszego hotelu za kratkami – powiedział posterunkowy Birski.

Dwadzieścia minut później na komendzie praktykant Rowicki wypełniał rubryki formularza, tworząc spis przedmiotów skonfiskowanych uczestnikom zajścia.

Zawartość kieszeni egzorcysty przedstawiała się wedle tego następująco: – *Moneta żółta, okrągła, z napisem Twenty Dolars szt. 1, – Chustka do nosa papierowa szt. 1 /używana/, – Szklana fifka do papierosów /stłuczona/, – Portfel męski /pusty/ szt. 1, – Linka hamulcowa z pętlą na końcu szt. 1, – Otwieracz do butelek /radziecki/, – Klucz płaski z napisem „Genewa Credit Suisse", – Order żółty, w kształcie gwiazdy, ze srebrną głową Lenina...*

Lenin 2. Coś przetrwało

W ponurym betonowym lochu na piątym poziomie piwnic wyrytych pod Kwaterą Główną KGB panował wieczny półmrok. Dwa rzędy stalowych drzwi zaopatrzonych w zamki szyfrowe broniły tajemnic zbyt strasznych, by mogła poznać je klasa robotniczo-chłopska. To tutaj zapadały decyzje o kierunkach rozwoju ludzkiej cywilizacji. To tutaj testowano nowe śmiercionośne bronie, które niebawem posłużyć miały umacnianiu światowego pokoju. Tu wreszcie prowadzono śmiałe eksperymenty, których wyniki zrewolucjonizować miały wszystkie gałęzie nauki.

Za stalowymi drzwiami setki dzielnych agentów KGB pracowały w pocie czoła nad tym, by służyć i chronić szczęśliwą wyspę wolności i dobrobytu, nieustannie atakowaną ze wszystkich stron przez kapitalistycznych krwiopijców. Tu wreszcie, w piwnicach wysypanych trocinami, ginęli z przekleństwem na ustach najwięksi wrogowie postępowej ludzkości.

Cały kompleks był oczywiście ściśle tajny. Co kilkanaście metrów na korytarzach stali dumnie wyprężeni wachmani pilnujący, aby żaden szpieg nigdy nie wdarł się w te tunele... Ale było miejsce jeszcze bardziej tajne. Na końcu jednego z lochów znajdowały się stalowe drzwi zaopatrzone w tabliczkę Wydział XI KGB.

Przed nimi właśnie stanęli dwaj ludzie w mundurach bez dystynkcji. Generał Kałmanawardze zastukał. Szczęknęła klapa judasza. Wartownik stojący po drugiej stronie drzwi zlustrował ich posępnym spojrzeniem i rozpoznawszy zwierzchnika, niechętnie wpuścił do środka. Weszli, a drzwi z grobowym łoskotem zatrzasnęły się za ich plecami. Wachman zasalutował jak automat.

– Towarzyszu generale, posłusznie melduję, że podczas mojej służby w strzeżonym obiekcie nie zaszły...

– Spocznijcie, spocznijcie – dobrodusznie powiedział generał.

Wartownik oparł dłoń na kolbie pistoletu maszynowego.

– A to to kto? – Zlustrował spojrzeniem drugiego przybysza.

– Pułkownik Tichobzdiejew – przedstawił się drugi z gości, wyjmując z kieszeni legitymację. – Wydział Badawczy GRU.

Wachman obejrzał legitymację z głębokim zdziwieniem.

– Co to jest GRU? – zapytał generała.

– Radziecki wywiad wojskowy – wyjaśnił mu zwierzchnik.

– Nigdy nie słyszałem nazwy GRU – mruknął strażnik.

– To dlatego, że ta nazwa jest ściśle tajna – wyjaśnił przybysz.

– Tak jest – zasalutował wachman. – Zaraz, jeśli jest ściśle tajna, to ja nie powinienem o tym wiedzieć...

– Słusznie – mruknął generał, strzelając mu między oczy.

Ciało chlapnęło na podłogę, prawie dokładnie wpasowując się w narysowaną kredą sylwetkę.

– No i, kurczę, znowu nie wycelowałem – generał zawiedziony porównał kontur z nieboszczykiem.

– Widzę, że dbacie tu o zachowanie tajemnicy państwowej – w głosie pułkownika zabrzmiał głęboki szacunek.

– Staramy się. – Generał uśmiechnął się z zażenowaniem. Nie przywykł do pochwał.

– I za każdym razem tak? – Gość wskazał leżące na betonie ciało.

– Nas mnogo...

Wyjął z kieszeni telefon i wystukał jakiś numer.

– Oficer rozprowadzający? Witajcie, towarzyszu. Potrzeba pilnie uzupełnienia, wydział jedenasty, sektor alfa. Był wypadek przy pracy... Co? Tak, tak jak zwykle. Przypadkowe usłyszenie tajemnicy państwowej zakończone samobójstwem.

Rozłączył się. Ruszyli długim betonowym korytarzem. Niebawem zatrzymali się przed solidnymi drzwiami pokrytymi warstwą farby antykorozyjnej. Generał wpuścił w szczelinę czytnika kartę magnetyczną i wystukał kod.

– Widzę, że macie tu całkiem nowoczesne urządzenia – zauważył pułkownik.

– A tak, nasi chłopcy rąbnęli w Japonii całego tira. Miał być z bronią, okazało się, że elektronika, ale przecież też się przyda...

Wreszcie drzwi ustąpiły. Weszli do sporej piwnicy. Zaraz koło wejścia siedział bardzo spasiony wachman. Na widok wchodzących poderwał się i zasalutował.

– Posłusznie melduję, że podczas mojej warty na terenie chronionego obiektu...

– Spocznij – powiedział dobrodusznie generał – i odmaszeruj, poczekasz za drzwiami...

Zatrzasnął stalowe wrota. Zostali sami.

– A zatem – Kałmanawardze pstryknął przełącznikiem – oto nasze osiągnięcie.

Pod sufitem zapłonęły świetlówki. Ich blask wydobył z ciemności całe pomieszczenie. Pośrodku przykręcone do podłogi stało krzesło. Na krześle siedziała dziewczyna w diademie na głowie. Miała na sobie suknię z jedwabiu, morelowego koloru, ozdobioną przy kołnierzu i mankietach koronkami. Została przywiązana do krzesła bardzo dużą ilością konopnego sznura. Usta zaklejał jej tandetny plaster. Usiłowała wrzeszczeć, ale trzymał mocno.

Pułkownik obejrzał ją sobie z zainteresowaniem.

– Wygląda, jakby się z filmu urwała – powiedział. – Ubrana jak strach na wróble, ładniutka jak aktoreczka...

– A więc, towarzyszu Tichobzdiejew, macie przed sobą prawdziwą księżniczkę – oświadczył generał z zadowoleniem.

– Coś podobnego? – zdumiał się pułkownik. – Jakim cudem się uchowała? Po siedemdziesięciu latach władzy radzieckiej... Aż strach pomyśleć, że przez całe lata piła krew naszych robotników i chłopów...

– To nie nasza. U nas takie dawno wytępiono, musieli chłopcy za granicą łowić...

– Rozumiem – mruknął przybysz. – To znaczy nie rozumiem. Po co nam ona?

– Zaraz zobaczycie – uśmiechnął się generał.

Podszedł do leżącego na stoliku interkomu i wystukał sekwencję szyfru.

– A wachman, który pilnuje, nie próbował wykorzystać sytuacji? – zaciekawił się pułkownik. – Ostatecznie nie co dzień zdarza się...

– Wykastrowaliśmy go – wyjaśnił generał. – Jest nam zbyt potrzebna, aby narażać ją na przedwczesne zużycie... Ale gdybyście, towarzyszu, mieli ochotę, to po demonstracji...

– No wiecie, widzę, że macie tu w KGB burżuazyjne odchyły! Luksusów się zachciewa... Władza robotniczo-chłopska...

– Ależ nie – uśmiechnął się generał. – My to robimy, tylko żeby jej przywrócić świadomość klasową. Ale jak nie chcecie ryćkać, to nie będę zmuszał.

Pułkownik popatrzył na księżniczkę.

– Chcę – jęknął cicho.

– Da się załatwić po znajomości... ale najpierw praca, potem przyjemności.

Rozległ się cichy brzęczyk, a w ścianie otworzyła się klapa windy. Na podeście stało tekturowe pudełko.

Generał otworzył drzwi. Do pomieszczenia wmaszerowali dwaj wachmani. Jeden dzierżył miotłę i szufelkę, drugi miał zarzucony na plecy pękaty worek. Zaraz też odwiązał sznurek i wysypał obok księżniczki trociny. Niedużymi grabkami rozprowadził je, tworząc dwucentymetrową warstwę. Drugi oparł miotłę o ścianę.

– Widzę, że technika zakładania przenośnych punktów egzekucyjnych nie odbiega od naszej – pochwalił pułkownik.

– No cóż, opieramy się na podobnej chlubnej tradycji... Od czasów rewolucji...

Wyjął z windy pudełko i postawił na stole. Zdjął tekturową pokrywkę.

– Widzę tu dwie żaby – zauważył gość.

– Aha – Kałmanawardze potwierdził jego przypuszczenia. – No to teraz patrzcie uważnie.

Złapał zręcznie pierwszego płaza i podszedł do księżniczki. Jeden z wachmanów odkleił plaster. Księżniczka zawyła jak syrena.

– Chyba chce niemieckiego konsula – pułkownik zidentyfikował niektóre wywrzaskiwane przez dziewczynę wyrazy.

– Już wam mówiłem, towarzyszko księżniczko, że nie wpuszczamy tu obcych dyplomatów – powiedział łagodnie generał. – A jeśli nawet, to oczywiście nie po to, żeby ich później wypuszczać... – Uśmiechnął się do swoich wspomnień.

Księżniczka nie przestawała wrzeszczeć.

– Jest nawet miła, ale nie rozumie po naszemu – wyjaśnił generał. – A więc do roboty.

Jeden z wachmanów przyłożył arystokratce w łeb. Pomogło – natychmiast umilkła.

– Uważaj – ostrzegł go generał. – To cholernie delikatny materiał... Ci kapitalistyczni ludzie to jak z gówna zrobieni...

Jedną ręką złapał ją za warkocz, a drugą podsunął żabę do jej ust.

– Całuj, cholero – warknął.

Błysnęło zielone światło i na ziemię zwalił się obity na ryju mężczyzna w okularach.

– Brać go, jest oszołomiony – polecił generał.

Strażnicy odciągnęli nieprzytomnego na bok i rzucili na trociny. Generał wyjął z pudełka drugą żabę. Znowu błysnęło światło i na ziemię wywalił się mężczyzna w białym stroju i wysokiej kucharskiej czapce.

Wachmani pochylili się nad nim, ale zwierzchnik powstrzymał ich gestem.

– Zaraz, zaraz – mruknął – coś mi się tu nie zgadza... Ten tutaj – wskazał okularnika – to niejaki Suworow, nasz szpieg, który uciekł na Zachód i wypisywał paszkwile na naszą socjalistyczną ojczyznę, która go wychowała, wykarmiła i dała mu pracę...

Zdenerwował się do tego stopnia, że aż mu ręce zadrżały.

– Spokojnie. – Pułkownik poklepał go po ramieniu. – Nie trzeba się tak denerwować...

– A ten tutaj – wskazał kucharza – miał być przewodniczącym francuskiej partii komunistycznej, który zaczął zdradzać odchyły... Ale coś musieli pokręcić na miejscu... Trudno, rzućcie go w kącie, jak dojdzie do siebie, sam wyśpiewa, kim jest.

– A on? – Pułkownik wskazał szpiega.

– A, byłbym zapomniał. – Generał strzelił do leżącego.

Ciało zadrżało i znieruchomiało. Wachmani szybko i sprawnie posprzątali.

– Z tymi żabami jednak nie wszystko jeszcze jest dla mnie jasne – mruknął pułkownik. – Gdybyście, towarzyszu, zechcieli zreferować...

– To proste. Nasz wydział rok temu upolował w tajdze prawdziwą czarownicę... Gdy ją upolowali, to znaczy zanim ją upolowali, zamieniła ośmiu agentów w żaby... KGB wyznaje zasadę, że zawsze należy dbać o naszych ludzi i ratować, póki się... No to sprowadziliśmy księżniczkę, żeby ich odczarowała. A kiedy już się udało, pomyślałem, że przecież można to wykorzystać na większą skalę. A więc babcia siedzi pod ambasadą w Paryżu. A księżniczka tutaj. Upraszczając, staruszki-jędzy używamy jako aparatury szyfrującej, a księżniczka jest swojego rodzaju dekoderem.

Pułkownik z wrażenia cofnął się o krok.

– To wspaniały triumf przodującej radzieckiej nauki – wykrzyknął. – Ale gdzie prawo zachowania masy?

– Anulowane. Szkoda, że to ściśle tajne – westchnął generał Kałmanawardze. – Nagroda Nobla przeszła koło nosa. Ale przynajmniej order dali. – Zademonstrował złotą gwiazdę na kolorowej wstążeczce.

Pułkownik podziwiał ją, a potem pokazał swoje odznaczenia. Obaj wojskowi nie zauważyli, że przez ciało przywiązanej do krzesła dziewczyny przebiegł dziwny dreszcz. Nogi kilka razy zadrżały, a potem głowa opadła na piersi...

Z zamyślenia wyrwał ich dopiero brzęczyk przy windzie. Otworzyła się klapa i we wnęce ukazało się kolejne tekturowe pudełko. Generał pospieszył i wydobył je wraz z jakąś kartką. W kartonie siedziała tylko jedna żaba.

– To nasz najlepszy agent – pułkownik zreferował treść kartki przyczepionej do pokrywki. – Musieli go pilnie ewakuować...

– No to do dzieła, towarzyszu agencie, zaraz będziecie tacy jak dawniej. – Generał uśmiechnął się do żaby. Ruszyli w stronę księżniczki.

– Coś kiepsko wygląda – mruknął Tichobzdiejew.

– Delikatna, psiakrew. – Dłoń generała zacisnęła się ze złości, a żaba zarechotała rozpaczliwie. – Zabiorę ją jutro do kołchozu. Jak porobi w polu kilka dni, to doceni jeszcze naszą opiekę i wygody...

– Wydaje mi się, że ona nie żyje. – Pułkownik pochylił się, zajrzał jej w twarz.

– Cholera, tak szybko się zużyła? – zdumiał się jego towarzysz. – Na pewno nie żyje?

Pułkownik przyłożył jej dłoń do piersi, a na twarzy odmalował mu się wyraz rozmarzenia.

– Mmmm – mruknął.

– Ty mi nie badaj anatomii, tylko sprawdzaj, czy żyje!

– Nie żyje, ale jeszcze ciepła. Dajcie tę żabę, towarzyszu Kałmanawardze, może jeszcze zadziała?

Przyłożyli żabę do stygnących ust, ale nic z tego nie wyszło.

– Cholera – generał rzucił agenta z powrotem do pudełka – do dupy z taką robotą. Zamówię następną, to chłopaki się wściekną. Nie zamówię, zginie nasz najlepszy człowiek. Wtedy dopiero się wściekną...

Wyjął z kieszeni pistolet i wykręcając rękę, przytknął sobie lufę z tyłu głowy.

– Co wy robicie? Towarzyszu! – zdumiał się jego gość.

– Jak to co? Popełniam samobójstwo dla uniknięcia odpowiedzialności – wyjaśnił z godnością generał.

– Ale tak?

– Tradycja naszej służby zobowiązuje. W taki sposób popełnił samobójstwo sam Feliks Dzierżyński. Czytałem w książkach historycznych. Zabił się trzykrotnym strzałem w potylicę... A tobie radzę to samo. Lepsza śmierć z własnej ręki niż zamiatanie do końca życia poligonu atomowego w Kazachstanie...

– A może by ją jakoś ożywić? – zadumał się pułkownik.

Generałowi ścierpła wykręcona ręka, więc opuścił ją i uważnie słuchał gościa.

– Nasza przodująca radziecka nauka jeszcze nie potrafi ożywiać zmarłych – zauważył.

– Ale z Leninem przecież się udało. – Pułkownik spojrzał na kolegę świdrującym wzrokiem.

– A wy skąd o tym wiecie?

– A myślicie, że co? Mamy swoje źródła... Skoro ten cały Wędrowycz potrafił unieszkodliwić Lenina, to może umie też podziałać w drugą stronę?

– Może i faktycznie warto spróbować – mruknął generał.

A potem zdjął słuchawkę czerwonego telefonu wiszącego na ścianie i zaczął wykręcać numer.

– Swoją drogą, to skoro Lenin ożył, dlaczego nie wypuściliście go na wolność? – zagadnął pułkownik.

– A po co? Jeszcze by uciekł i zrobił rewolucję światową...

– To chyba dobrze... Nie byłoby kapitalistów...

– I od kogo byśmy pożyczali pieniądze na zbrojenia? – Generał uśmiechnął się z politowaniem.

W słuchawce rozległ się głos dyżurnego. Trzeba było wydać odpowiednie dyspozycje...

Tymczasem gdzieś daleko od Moskwy... Oskarżyciel odchrząknął i zaczął mówić. Jakub Wędrowycz oparł brodę na skutych kajdankami rękach i wsłuchał się w jego słowa. Jednocześnie rozmyślał o manierce leżącej pod krzesłem, na którym siedział w ławie oskarżonych. Manierkę umieścił tam zapewne któryś z jego kumpli obecnych na sali.

– W toku śledztwa ustalono, co następuje. Oskarżony zakupił w bazie rolniczej w Wojsławicach uszkodzony elewator. Fakt sprzedaży mienia państwowego osobie prywatnej jest jawnym pogwałceniem kodeksu karnego PRL i w tej sprawie toczyć się będzie osobne postępowanie. Następnie oskarżony przetransportował elewator na teren swojego gospodarstwa i wyremontowawszy, zaraz po żniwach wypełnił go zbożem. Elewator ma pojemność pięćdziesięciu ton. Biorąc pod uwagę, że przechowywanie zboża w ilości większej niż dwie tony podpada pod paragraf o gromadzeniu zapasów spekulacyjnych...

– Veto! – krzyknął Jakub, ale zignorowano go.

Spuścił wzrok w dół i podziwiał manierkę. Trącił ją lekko butem. Była pełna.

– Ponadto do zakupu zboża od rolników upoważnione są jedynie punkty skupu.

– Proszę o głos – powiedział Jakub, wstając.

– Udzielam głosu oskarżonemu – sędzia ocknął się z zamyślenia.

– Proszę, aby oskarżyciel udowodnił, że ja to zboże kupiłem.

– Nawet zapłaciłeś dolarami – odgryzł się oskarżyciel.

– Wypraszam sobie. Czy może w materiale dowodowym są jakieś dolary z moimi odciskami palców?

– To skąd oskarżony wytrzasnął pięćdziesiąt ton jęczmienia? – zapytał łagodnie wysoki sąd.

– Ja go rozmnożyłem wegetatywnie w elewatorze.

Sala wybuchła śmiechem. Sędzia też się śmiał.

– Oskarżony zechce podzielić się tym wynalazkiem z narodem. Kto wie, może to recepta na nasze przejściowe problemy...

– Wysoki sądzie – rzekł Jakub – sekret rozmnażania pszenicy przez pączkowanie przekazali mi przodkowie i poprzysiągłem zachować go na potrzeby mojej rodziny! – Uśmiechnął się zadowolony z aliteracyjnego żartu.

– Pięćdziesiąt ton lewego zboża to dopiero początek – głos oskarżyciela ociekał jadem. – Najważniejsze jest to, co oskarżony z nim zrobił.

– Słuchamy – zezwolił sędzia.

– Oskarżony zalał jęczmień wodą i dodał drożdży, po czym odczekał miesiąc. Następnie umieścił pod elewatorem piecyk gazowy, zresztą bez atestu...

– A skąd miałem mieć atest, jak sam go zbudowałem? – zaprotestował Jakub, ale i tym razem nie dostał odpowiedzi.

– ...Zaś ze szczytu elewatora poprowadził rurę długości dwudziestu metrów, kończącą się w jego plugawej siedzibie.

– Sprzeciw! – wrzasnął Jakub.

– Przyjmuję sprzeciw – powiedział sędzia. – Nawet jeśli ten dom przypomina dawno niesprzątany chlew, należy zachować odrobinę szacunku dla oskarżonego – pouczył prokuratora.

– Proszę o głos – odezwał się podsądny.

– Udzielam.

– Wysoki sąd przyjmuje za dobrą monetę twierdzenia oskarżyciela?

– A ma pan jakieś wytłumaczenie?

– Ależ, wysoki sądzie! Pięćdziesiąt tysięcy litrów zacieru?

– Proszę wobec tego przedstawić swoją wersję wydarzeń.

Jakub był na lekkim kacu i pewnie dlatego miał taką fantazję.

– Wysoki sądzie. To było tak. Pewna ilość wody znajdowała się w elewatorze już wcześniej. Była niezbędna w procesie rozmnażania. Zresztą to szczegóły techniczne o drugorzędnym znaczeniu. Bezpośrednio po napełnieniu się zbiornika spadł gwałtowny deszcz, ja zaś zapomniałem zamknąć pokrywę i woda opadowa zalała...

– Mam pytanie do oskarżonego – odezwał się oskarżyciel.

– Zezwalam.

– Jak wy, obywatelu Wędrowycz, wyjaśnicie nam taką okoliczność? Elewator ma sześć metrów wysokości. Woda deszczowa nie mogła go napełnić z tej prostej przyczyny, że wedle wskazań stacji meteorologicznej w Krasnymstawie suma opadów z miesiąca, w którym podejmował pan swoje niezgodne z prawem i poczuciem ludzkiej przyzwoitości...

– Krócej – polecił sędzia.

– ...działania, suma opadów wyniosła zaledwie dwadzieścia centymetrów?

Jakub pociągnął bimbru z manierki, aby rozjaśnić sobie umysł. Milicjanci zaraz mu ją odebrali.

– Co było w tym bidonie? – zaciekawił się sędzia.

– Bimber – wyjaśnił milicjant, wąchając z wyraźnym obrzydzeniem zawartość.

– Czy oskarżony może nam wyjaśnić pochodzenie tego przedmiotu?

Jakub mrugnął kilkakrotnie oczami.

– Nie, wysoki sądzie.

– Na pewno nie?

– Wrogowie podrzucili, aby mnie skompromitować.

Sędzia ukrył na chwilę twarz za stołem. Gdy ją podniósł, był lekko zaczerwieniony.

– Wróćmy do sprawy – polecił.

– Tak więc silos nie mógł napełnić się wodą deszczową – zakończył oskarżyciel.

– Proszę o głos.

– Udzielam.

– Wysoki sądzie. Mamy tu do czynienia z nadinterpretacją mojej wypowiedzi – głos bimbrownika ociekał godnością. – Z tego, co powiedziałem, a co można z całą pewnością sprawdzić w protokole, nie wynikało, że elewator napełnił się wodą deszczową w całości. Co więcej, wspomniałem o obecności w nim wody użytej w procesie namnażania ziarna. Ponadto oskarżyciel nie wyjaśnił, czy elewator wypełniony był wodą w całości, czy może na przykład w jednej trzeciej.

– Przyjmuję protest. Zechce pan kontynuować.

– Para z elewatora skraplała się w rurze i spływała do wanny oskarżonego.

– To także mogę wyjaśnić – zaprotestował Jakub.

– W celu rozlania i dystrybucji uzyskiwanej cieczy oskarżony naszykowane miał dwieście butelek półlitrowych. Według mnie podane fakty wskazują jednoznacznie na działanie z zamiarem przestępczym.

– Proszę o głos – odezwał się Jakub.

– Udzielam.

– Wysoki sądzie. Prawdą jest, że podgrzewałem elewator, jednak bynajmniej nie pędziłem w nim niczego. Fakt istnienia dwudziestometrowej rury prowadzącej do mojej wanny mogę wyjaśnić w bardzo prosty sposób. Otóż uwielbiam gorące kąpiele, a nie mam siły dźwigać wiader z wodą z pieca. Mając do dyspozycji parę, skraplałem ją, uzyskując ciepłą wodę. Uprzedzając następne pytanie oskarżyciela, spieszę wyjaśnić, że woda w wannie zawierała istotnie około pięćdziesięciu procent alkoholu, jednak bynajmniej nie pochodził on z silosu. W toku prac śledczych znaleziono u mnie dwieście butelek po spirytusie. Mając możliwość zanurzenia się w ciepłej wodzie, zapragnąłem przy okazji wygubić gnębiące mnie choroby skóry i pasożyty. W tym celu napełnioną do połowy wannę dopełniłem spirytusem zakupionym w sklepie. Co więcej, nie złamałem tu nawet ustawy o ilościach spekulacyjnych, gdyż nie gromadziłem go, lecz natychmiast zużyłem dla podratowania swojego wątłego zdrowia. No a butelki zostały. Oddałbym je do skupu, ale mnie capnęli.

– Aresztowali – sprostował odruchowo sędzia.

– Aresztowali. Przepraszam, wysoki sądzie.

– W jakim celu podgrzewał pan elewator? – zapytał sędzia.

Jakub zrobił minę niewiniątka.

– Jestem zbyt stary i słaby, aby wybierać wodę wiadrami. Postanowiłem ją odparować.

Dwadzieścia osób nie potrafiło zachować powagi mimo perswazji sędziego i usunięto je z sali. Następnie sąd udał się na naradę. Oskarżony z braku innego zajęcia przechylił się przez barierkę i podjął rozmowę ze swoim kumplem Józefem Paczenką.

– Jak cię wypuszczą, to zapraszam na balangę. Będzie jesiotr.

– Fajnie. Czym oblejemy?

– Bimbrem Mariusza. Miałeś rację, żeby przegonić adwokata i bronić się samemu.

– Hy!

Jakub wyciągnął z kieszeni gazetę i rozłożył ją. Na pierwszej stronie wielkimi literami kłuł w oczy tytuł: „Maleją szanse na okrągły stół". Zaczął powoli sylabizować tekst artykułu.

Wrócił sędzia.

– Sąd, rozpatrzywszy zdania oskarżyciela i oskarżonego oraz wysłuchawszy świadków, uznaje obywatela Jakuba Wędrowycza winnym produkcji pięćdziesięciu tysięcy litrów zacieru, kradzieży mienia państwowego, nielegalnych operacji finansowych z użyciem walut pochodzenia kapitalistycznego, gromadzenia nadwyżek spekulacyjnych w ilości pięćdziesięciu tysięcy kilogramów ziarna...

W tym momencie na salę wbiegł zaaferowany woźny sądowy i położył przed nim kartkę papieru. Sędzia zamilkł i wpatrywał się w nią przez chwilę w osłupieniu. Następnie nabrał w płuca metr sześcienny powietrza i zmienił kolor twarzy na zupełnie czerwony. Potem spuścił powietrze, popatrzył w zadumie na wiszące na ścianie godło.

– W imieniu Polskiej Rzeczypospolitej Ludowej uwalniam obywatela Jakuba Wędrowycza od wszystkich zarzutów. Obywatelu Wędrowycz, jesteście wolni.

Sala osłupiała. Jakub uśmiechnął się i wyjąwszy z rąk skamieniałego milicjanta manierkę, uniósł ją do góry.

– Piję zdrowie wysokiego sądu.

Sędzia nic nie powiedział, tylko rzucił w podsądnego młotkiem. Nie trafił, bowiem Jakub wymknął się już wejściem dla oskarżonych i wyszedł na korytarz. Czekało tu na niego dwóch barczystych wachmanów w radzieckich mundurach wojsk MSW, którzy wykręcili mu bez słowa ręce i skuli je kajdankami.

– Protestuję! – wrzasnął. – Znikąd nie uciekłem! Puścili mnie! Znaczy niewinny jestem!

– No to będziesz miał okazję dowiedzieć się, dlaczego cię puścili – powiedział jeden z nich. – W Moskwie.

– Gdzie? – zdumiał się Jakub.

– To takie miasto w Rosji – wyjaśnił drugi wachman, troskliwie zaklejając mu usta taśmą.

A potem wpakowali go do samochodu i powieźli w nieznane.

Mężczyzna w kucharskiej czapce z wysiłkiem otworzył oczy. Jego wzrok przetoczył się po pomieszczeniu.

– *Sacre bleu* – jęknął – gdzie ja właściwie jestem?

Przyłożył rozpalone czoło do betonu.

– Ano przypomnijmy sobie – mruknął. – Przyjechałem razem z innymi kucharzami z hotelu. Podawałem duszone raki na przyjęciu w radzieckiej ambasadzie. Konsul poczęstował mnie szklanką wódki, potem jeszcze butelką... Potem zakradłem się do piwnicy, gdzie siedzieli ruscy szpiedzy. Równe chłopaki, wypiliśmy i powiedzieli mi, jak zrobić bombę atomową. Potem była jeszcze jedna flaszka, potem pokazali mi tajne dokumenty, potem jeszcze flaszka i powiedziałem, że ja też jestem szpiegiem, tylko angielskim. Potem wypiliśmy za partię komunistyczną, potem za pokój na świecie, potem żeby królową szlag trafił. Potem poszliśmy odwiedzić jakąś staruszkę w sąsiedniej piwnicy, następnie ganiały mnie małe białe myszki. No, nie były takie małe, jak pociąg na wielkość... A teraz jestem tutaj, cholcra wie gdzie...

Rozejrzał się wokoło i spostrzegł krzesło z ciałem księżniczki. Wstał chwiejnie na nogi i podszedłszy, potrząsnął ją delikatnie za ramię.

– Halo, mademoiselle, proszę się obudzić...

Głowa dziewczyny przetoczyła się bezwładnie z ramienia na ramię. Cofnął się przestraszony.

– O kurczę, ona nie żyje!

Nieoczekiwanie coś sobie przypomniał. Uniósł jej główkę do światła i przez chwilę wpatrywał się w stężałe rysy. Potem wyjął z kieszeni ulotkę i porównał.

– Hej! – wrzasnął uradowany. – To przecież zaginiona księżniczka von Schlezwig-Holstein, za której odnalezienie wyznaczono milion dolarów nagrody! Jestem bogaty!

Z radości podskoczył kilka razy. Nieoczekiwanie znieruchomiał.

– Zaraz – mruknął – jeśli ona nie żyje, to może nie zapłacą wszystkiego? Ile może być warta martwa księżniczka? Może dziewięćdziesiąt procent, a może tylko siedemdziesiąt?

Wyjął z kieszeni telefon komórkowy.

– Po co się martwić na zapas. – Wystukał numer z ulotki. – Sprawdzę... Halo? – Przyłożył aparat do ucha. Zaraz cofnął go i zaskoczony spojrzał na wyświetlacz. – Co się dzieje? Nie łapie pola...

Zniechęcony usiadł na krzesełku.

– Nudno, cholera – westchnął. – I zjadłoby się coś...

Wzrok jego spoczął na tekturowym pudełku ciągle stojącym na stole. Podniósł pokrywkę i zobaczył dorodną żabę.

– Francuski przysmaczek. – Oblizał się. – Coś w sam raz dla mnie.

Pod krzesłem leżał widelec. Kucharz wytarł go o spodnie i nadział żabę.

– Ratunku! – rozległ się cichy pisk.

Szpieg rozejrzał się wokoło. Zwłoki księżniczki nie poruszyły się. Piwnica była pusta.

– Kto to mówi? – zaciekawił się.

– Ja. Masz mnie na widelcu. Jestem agentem KGB...

– Czego to żaba nie wymyśli, żeby uniknąć zjedzenia – mruknął z podziwem, a potem przystąpił do konsumpcji.

Zostało mu już tylko jedno udko, gdy nieoczekiwanie stalowe drzwi zazgrzytały i zaczęły się odsuwać. Kucharz porzucił żarcie i padłszy pod ścianę, udał nieprzytomnego. Ostrożność ta nie była zbyteczna, bowiem do piwnicy weszli Jakub, pułkownik i generał. Bystre oczy wioskowego egzorcysty omiotły pomieszczenie.

– A więc w czym problem? – zapytał.

– Widzisz Jakub – generał nachylił się do niego konspiracyjnie – testujemy tu unikalny system transformacji ożywionej materii rozumnej.

Oczy Wędrowycza spoczęły na martwej księżniczce.

– To znaczy zamieniliście kogoś w żabę i nie możecie odczarować – przełożył słowa generała na bardziej zrozumiały język.

– Skąd wiesz? – zdumiał się pułkownik.

Egzorcysta machnął ręką.

– Nie wy pierwsi. – Uśmiechnął się do swoich wspomnień.

– A więc mamy problem z księżniczką. – Generał wskazał na dziewczynę. – Jak widzisz, zużyła się...

– Za intensywnie eksploatowaliście – pouczył Jakub. – I co by tu teraz zrobić...

– Możecie, towarzyszu egzorcysto, zrobić z niej zombie? – zapytał pułkownik.

– W sumie dałoby się – odparł Jakub. – Ale wtedy odczarowani przez nią też zrobią się zombie. A w zasadzie tylko jedna noga zombie... – Zajrzał do pudełka.

Zaaferowani wojskowi nie zwrócili na to uwagi.

– Cholera – zaklął generał. – Niepotrzebnie wlekliśmy go taki kawał...

– Hm. Agenci zombie – rozważał pułkownik. – Będzie trudno ich zabić...

– Ale z czasem zaczną się rozpadać – wyjaśnił Jakub. – Poza tym śmierdzieć będą padliną na kilometr... I te rybie oczy, wyszczerzone zęby, zapadnięte nosy, rozczapierzone palce... A szpiedzy nie powinni się chyba aż tak wyróżniać z tłumu...

– Dobra – zadecydował generał. – Zastrzelmy go i składamy zamówienie na nową księżniczkę.

– Zaraz, zaraz – zdenerwował się Jakub. – Przecież...

– To nic osobistego – wyjaśnił Kałmanawardze. – Po prostu takie są przepisy o zachowaniu tajemnicy państwowej.

Wargi Jakuba wykrzywiły się w pogardliwym uśmiechu.

– Macie strasznie niehumanitarne metody zachowywania tajemnicy państwowej – powiedział.

Obaj mundurowi spojrzeli na niego zaskoczeni.

– A jakie są te humanitarne? – zapytał pułkownik.

– A o! – Egzorcysta wyjął z kieszeni manierkę bimbru. – Jak się narąbiemy, to zapomnimy wszystkie tajemnice – wyjaśnił.

Tichobzdiejew wzruszył ramionami.

– Może to i humanitarne – powiedział generał – ale nasze sposoby są o wiele bardziej skuteczne.

Uniósł broń do strzału.

– Jakub, użyj mocy – wrzasnął po polsku leżący pod ścianą kucharz.

Jakub użył mocy. Huknęło, błysnęło i zgasło światło. W ciemnościach padł strzał, po chwili drugi. Jakub wyjął z kieszeni obgryzioną świeczkę oraz zapalniczkę. Skrzesał ognia, poświecił. Obaj dzielni agenci, i ten z KGB, i ten z GRU, leżeli martwi. Kucharz nabijał pistolet.

– Zastrzelił kumpla, a potem popełnił samobójstwo. – Uśmiechnął się wrednie.

– Jaaasne, doktorku – mruknął Jakub. – Niech i tak będzie. A coś ty za jeden?

– *I'm Bond, James Bond...*

– Aha. A ja jestem Wędrowycz, Jakub Wędrowycz – przedstawił się egzorcysta. – Ale skoro wiedziałeś, że mam moc, to pewnie mnie znasz...

– Wspominano nam na szkoleniu – wyjaśnił. – Choć nie sądziłem, że będzie mi kiedyś dane poznać osobiście.

– Jak się stąd wydostaniemy?

– Proponuję wspiąć się szybem windy i wyciąć dziurę w suficie – powiedział poważnie szpieg. – To zwykły beton, a ja mam laser w zegarku...

Pomacał się po przegubie i zaklął wściekle.

– Musieli mi rąbnąć, jak byłem pijany – westchnął.

Jakub pochylił się nad trupem generała.

– Przebierzmy się – zaproponował, rozpinając poplamiony krwią mundur nieboszczyka.

Po chwili dwaj wysokiej rangi funkcjonariusze radzieckich służb specjalnych wyszli z piwnicy. Zatrzasnęli za sobą ciężkie stalowe wrota.

– Dokąd teraz? – zagadnął egzorcysta.

– Hm. Skoro już tu jesteśmy, to co powiesz na to, żeby trochę zmienić losy świata? – zapytał Bond.

– Jestem za. Tylko jak?

– Zobaczysz...

Po kilku minutach stanęli przed kolejnymi stalowymi drzwiami. Szpieg wsunął klucz kodowy w szczelinę i wystukał szyfr.

– Ty, skąd wiesz, jak się to otwiera? – zdumiał się egzorcysta.

– To już dawno wyszpiegowałem, tylko nie było okazji, żeby się tu dostać i wykorzystać.

– A ja znam kod do głowic – pochwalił się Wędrowycz. – Jak się je stąd odpali, to możemy zrobić trzecią wojnę światową. A to się ludziska zdziwią...

Wreszcie drzwi ustąpiły. Stało tu biurko pokryte dźwigniami i przełącznikami. Kolorowe światełka mrugały delikatnie. Jakub zawsze kochał technikę. Miał już taką analityczną naturę, że lubił różne rzeczy rozbierać na części. Ale Bond go ubiegł. Zasiadł za biurkiem i założył słuchawki na uszy.

– Stąd komuniści rządzą połową świata – powiedział. – To znaczy rządzili. Teraz nasza kolej.

Wędrowycz zatarł ręce z uciechy. Od dawna chciał sobie porządzić, tylko jakoś nigdy nie było okazji. Bond wcisnął pierwszy z brzegu przycisk. Nad przyciskiem widniał napis „Polska".

– No to żegnaj, komunizmie – uśmiechnął się agent. – Ty będziesz mówił – polecił egzorcyście – bo ja po polsku raczej słabo...

– Komitet centralny, słuchamy! – rozległo się z głośnika.

Taki obrót spraw trochę Jakuba zaskoczył. Jednak stanął na wysokości zadania.

– Mówi Moskwa – powiedział grobowym głosem.

– Tak jest! – ryknął służbiście głośnik. – Słuchamy poleceń...

– Dajcie towarzysza Cioska – polecił.

– Kiedy, towarzyszu konsultancie, towarzysz Ciosek śpi w swoim gabinecie. Miał ciężką naradę.

– To go, do cholery, obudźcie! My tu w Moskwie też mieliśmy ciężki dzień, a pracujemy.

– Tak jest.

Po chwili w słuchawce rozległ się zaspany głos.

– Ciosek. Słucham.

– Co tam z tym okrągłym stołem, towarzyszu? Długo mam czekać?

– Towarzyszu konsultancie, ale trzy dni temu mówiliście, żeby nie...

– Naradziliśmy się tu w Politbiurze i zdecydowaliśmy, że jednak ma być tak, jak teraz mówię...

– Ale generał Jaruzelski...

– Kto tu jest, do cholery, ważniejszy, ja czy on?

– Wy, towarzyszu konsultancie...

– Rozmowy mają się zacząć jutro. Stół stoi przecież w Magdalence?

– Tak jest, ale generał...

– To powiedz generałowi, żeby się nie pieklił, bo go zaprosimy w gości – głos Jakuba zabrzmiał naprawdę złowróżbnie.

– Tak jest.

– Zaczniecie o ósmej rano.

– Ale to już tylko trzy godziny.

– Co to, do cholery, za wykręty? Wyciągnąć towarzyszy z łóżek. Zapewnić wojskowy transport lotniczy. Chyba że chcecie pokarmić białe niedźwiedzie.

– A jak się od tego zawali socjalizm? – zaniepokoił się rozmówca.

– To już nasz problem. Wykonać!

Wyłączył mikrofon i rozparł się w fotelu.

– Jak mi poszło? – zapytał.

– Kurczę, Jakub, jesteś urodzonym szpiegiem – westchnął z podziwem Bond. – Teraz poczekaj, muszę pogadać z Honeckerem.

Przysunął do siebie mikrofon i zaczął wyrzucać krótkie rozkazujące zdania po niemiecku. Jakub, myszkując po pomieszczeniu, znalazł butelkę Stolicznej. Wypił kilka łyków i nalał szpiegowi do szklanki po herbacie. Była to prawdziwa szkocka whisky, ale nie miał o tym pojęcia. W głowie przyjemnie mu zaszumiało. Bond wcisnął kolejny guzik i zaczął gadać po czesku. Następnie polecenia wydał po rumuńsku, jeszcze kolejny...

– Szkoda, że nie znam amharskiego – powiedział wreszcie, wyłączając urządzenie.

– A to gdzie ta Amharia? – zaciekawił się Jakub.

– Po amharsku mówią w Etiopii. Ale cóż, tam, miejmy nadzieję, poradzi sobie lokalna partyzantka...

– A jak się KGB dowie, ale będzie cyrk – mruknął egzorcysta i pociągnął jeszcze raz z gwinta.

– No, będzie zadyma – uśmiechnął się Anglik. – Lepiej stąd znikać... Tylko najpierw... – Wypiął spinki z koszuli, nastawił na nich czas i podpiął je pod konsoletę. – Żeby nie mogli już niczego odwołać – wyjaśnił.

Ruszyli przez betonowe korytarze. Od czasu do czasu otwierali jakieś drzwi, ale nigdzie nie mogli znaleźć wyjścia. Musiała być noc, bo w laboratoriach nie było nikogo. Jakub zaopatrzył się tu w pudełko uniwersalnego ogłupiacza, Bond też coś upychał po kieszeniach. W innym magazynie znaleźli całe stosy worków z różnymi walutami.

– Kurde, tyle forsy się marnuje – westchnął Jakub.

– Chcesz, to weź. – Bond rzucił mu worek z polskimi banknotami. – Po co ma się tu kisić...

Jakub wsadził sobie prezent za pazuchę. Wreszcie stanęli przed znajomymi drzwiami.

– Kurczę, jaki tu może być szyfr? – zamyślił się szpieg.

– A ja wiem – uśmiechnął się Jakub.

W tym momencie gdzieś w głębi lochów rozległ się głuchy huk wybuchu.

– No to spinki zadziałały – mruknął Bond. – Zaraz zaczną nas szukać.

Faktycznie zawyła syrena. Gdzieś z oddali dobiegł narastający tupot nóg. Jakub wykręcił na tarczy kombinację cyfr: 1-2-3-4-5. Drzwi ustąpiły. Weszli do sporej sali. Pod ścianą znajdował się kołowrót.

– Cholera, nie da się tego zatrzasnąć od środka. – Szpieg obmacywał drzwi.

– Zaraz sobie poradzimy...

Egzorcysta uruchomił kołowrót. Z sufitu powoli zjechała platforma. Stał na niej sarkofag z mumią jakiegoś łysola.

– Rany, to przecież Lenin! – zdumiał się Bond.

– A pewnie, że Lenin. To zapasowe wejście do mauzoleum i tamtędy wyjdziemy na wolność. Tylko najpierw...

Tupot podkutych butów zbliżał się... Egzorcysta, szarpiąc, rozpiął kamizelkę na piersi wodza. Wymacał osikowy kołek i wyrwał go jednym ruchem. Lenin otworzył oczy.

– Co się stało? – wymamrotał.

– Nastała rewolucja światowa. – Jakub pomógł mu wstać i wetknął pistolet generała w dłoń.

Wypchnęli mumię za drzwi, następnie wsiedli do trumny. Zaterkotał kołowrót i platforma pojechała do góry.

Dwunastu wachmanów, specjalnie przeszkolonych do zwalczania szpiegów, wypadło zza zakrętu. W wąskim korytarzu ktoś szedł im naprzeciw.

– Rany boskie! – jęknął jeden z agentów, choć był ateistą. – Co to jest?

Lenin przechylił łysą głowę.

– Co tu się dzieje? – huknął. – Władza ludowa powołała was, byście jej strzegli, a wy sobie biegi po korytarzach urządzacie?

– Wodzu, wybacz – jęknął jeden z agentów. – Jacyś szpiedzy wysadzili dyspozytornię...

– To jak niby mam pokierować rewolucją światową? – wściekł się Lenin. – Mieliście pilnować, a nie upilnowaliście... Za takie przewinienie może być tylko jedna kara, kara śmierci. – Automatycznym ruchem uniósł rękę ze spluwą.

Dowódca oddziału oprzytomniał pierwszy.

– Może to i Lenin, ale rozwalcie go! – wrzasnął.

W betonowym lochu ponuro zabrzmiały salwy z dwunastu pistoletów maszynowych i pojedyncze suche strzały parabellum ósemki...

Jakub wszedł do gospody w Wojsławicach.

– Pryta truskawkowa ze spirytusem – zadysponował – wstrząśnięte, niemieszane.

Barman wytrzeszczył na niego oczy. Kumple też popatrzyli zdumieni. Nigdy nie słyszeli o takim napoju. Jakub zauważył ich spojrzenia pełne nagany, ale zinterpretował to nieco inaczej.

– Wszystkim stawiam! – wrzasnął na całe gardło. – Chłopaki, właśnie załatwiłem nam koniec komuny, musimy to oblać...

– A masz czym zapłacić? – zaciekawił się ajent.

Jakub wyciągnął zza pazuchy bankowy worek, zerwał plombę i wysypał zawartość na stół. Takiej kupy banknotów jeszcze w swoim życiu nie widzieli. Sala zamarła w bezruchu. Tylko jeden człowiek poderwał się dziarsko ze swojego miejsca. Posterunkowy Birski. Podszedł cicho i położył Jakubowi ciężką rękę na ramieniu.

– No cóż, obywatelu Wędrowycz. Za wcześnie widać puścili.

– Ale to legalnie!

– W bankowym worku, robaczku? Skąd to masz?

– Dał mi James Bond w kwaterze głównej KGB! – Jakub lubił mówić prawdę...

Wszyscy zgromadzeni parsknęli śmiechem i rechotali jeszcze, gdy posterunkowy wyprowadził skutego kajdankami Jakuba. Worek zabrał ze sobą.

Okazja

Paweł Bardak orał zagon za stodołą. Dychawiczna szkapa leniwie ciągnęła pług przez rozmiękłą po deszczach ziemię. Oracz żuł wygasły niedopałek zwisający mu z kącika warg. W ustach mełł przekleństwa. Pośrodku pola lemiesz zatrzymał się nieoczekiwanie, uderzywszy w coś twardego. Do zamroczonego bimbrem umysłu Bardaka przeniknęła myśl, że w tym miejscu co roku trafiał na jakąś przeszkodę. Może kamień? Zaklął siarczyście i cofnął się nieco, ciągnąc za rączki pługa. Następnie machnął batem i zdzielił szkapę. Koń szarpnął się. Coś zazgrzytało, po czym uwolnione zwierzę pobiegło do przodu, ciągnąc za sobą drewnianą ramę. Lemiesz został w ziemi. Bardak zaklął wściekle, a potem poszedł do chałupy. Po półgodzinie wrócił uzbrojony w szpadel. Klnąc pod nosem, wykopał sporą dziurę. Wyrwał z ziemi żelazo. Oglądał dłuższą chwilę stępiony grot i pękniętą odkładnicę. Z kieszeni wyciągnął flaszkę, pił chciwie. Letni bimber dodał mu sił. Zaczął machać szybko szpadlem i po godzinie z okładem odsłonił leżący w ziemi dwumetrowej długości kamienny słup.

– Kurde – powiedział w zadumie. – Musi pogański bałwan.

Słup pokrywały jakieś zapaćkane ziemią, wydłubane w kamieniu rysunki. W pierwszej chwili chciał je oczyścić, ale zrezygnował. Ziemia była wilgotna, a on, człowiek *oczeń kulturalnyj*, nie lubił brudzić się bez powodu.

– Przewróciło się, niech leży. – Machnął ręką, a potem troskliwie przysypał posąg cienką warstwą ziemi. – Siem sprzeda – wydedukował. – Musi co archeologi kupiom.

Z kieszeni wyciągnął kalkulator. Zrogowaciałym paznokciem zaczął wystukiwać na nim różne numera. Przeliczał złotówki na dolary, a dolary na irackie dinary i stawał się coraz weselszy. Dopił resztkę bimbru, cisnął butelkę w stronę stodoły. Trafił w drzwi. Flaszka rozprysła się na tysiące odłamków. Ruszył do chałupy. Jego zamroczony mózg prowadził obliczenia. Taki posąg wart jest co najmniej z tysiąc zielonych. A może tysiąc pięćset? Nim doszedł do stodoły, był już święcie przekonany, że nie może oddać posągu za mniej niż pięć tysięcy baksów.

Ból, który nieoczekiwanie przeszył jego stopę, na chwilę przerwał precyzyjny tok myślenia. Zawył i przewrócił się. Padając, poczuł, jak coś wbija się w jego łopatkę. Uniósł ubłoconego gumofilca do oczu i spostrzegł, że depnął na denko przed chwilą opróżnionej flaszki. Sterczało z niego kilka paskudnych szklanych drzazg i jedna z nich, widocznie przebiwszy podeszwę, ugodziła go w podbicie. Z niejakim trudem wyrwał denko, a potem wydobył nogę z buta. Stopa krwawiła, a dziurawa skarpetka zgniłozielonego koloru zrobiła się w kilku miejscach czerwona.

– Diabli nadali – zaklął.

Poczuł, że coś ścieka mu po plecach. Sięgnął dłonią i stwierdził, że gdy upadł, inny kawałek szkła wbił mu się w plecy. Wyrwał go, kalecząc palce, a potem wsparł się drugą ręką o ziemię, aby łatwiej wstać. Odłamek szkła rozciął mu dłoń. Kulejąc i brocząc krwią jak szlachtowana świnia, poczłapał do domu, mniej pokiereszowaną ręką nadal obliczając przyszłe zyski. Nim otworzył drzwi chałupy, zaklejony krwią kalkulator odmówił posłuszeństwa.

Jakub Wędrowycz szarpnął się gwałtownie do tyłu, ale już było za późno. Aparatura eksplodowała, obsypując go gradem odłamków deflegmatora, chłodnicy i termometru. Goła żarówka zawieszona u powały piwnicy zamigotała, ale nie zgasła. Z rurki biegnącej od pokrywy kotła z zacierem nadal wydobywały się obłoczki pary niosącej alkohol, ale obecnie marnowały się bezproduktywnie. Cały układ skraplający diabli wzięli. Egzorcysta przez chwilę wpatrywał się ze smutkiem, jak dopiero co przedestylowany samogon pali się błękitnym płomieniem, a potem z kąta pomieszczenia wziął łopatę i nabrawszy piasku, sypnął nim hojnie, gasząc pożar. Coś okrągłego potoczyło się po ziemi.

Kartofel, pomyślał w pierwszej chwili genialny egzorcysta, ale zaraz rozpoznał w tym przedmiocie granat typu cytrynka. Widocznie przez ostatnie kilkadziesiąt lat leżał spokojnie w kącie i dopiero teraz... Płomień z sykiem przedarł się przez piasek i liznął śmiercionośny przedmiot. Jakub wpatrywał się przez chwilę, jak stalowa skorupa staje się coraz bardziej czerwona, a potem rozpaczliwie runął w stronę drabinki biegnącej na górę. Wyskoczył z bunkra w ostatniej chwili. Wybuch wyrwał strop wraz z maskującymi go krzewami porzeczek. Następnie cała konstrukcja zapadła się w ziemię. Jakub stał przez chwilę, wpatrując się ponuro w pogorzelisko. Nieoczekiwanie zaobserwował niecodzienne zjawisko. Na trawie koło jego stóp pojawiały się czerwone plamki. Przybywało ich z minuty na minutę. Popatrzył w niebo, ale nic nie wskazywało, by akurat zaczął padać deszcz krwi.

– To ze mnie. Krwawię – wydedukował Jakub, po czym ruszył do chałupy.

Przejrzał się w lustrze wiszącym koło drzwi. Lustro było bardzo mętne i przy odrobinie dobrej woli można się w nim było dopatrzyć wielu nieistniejących szczegółów własnej fizjonomii. Eksbimbrownik spostrzegł, że całą twarz ma pociętą drobnymi rankami, które powstały zapewne w chwili wybuchu chłodnicy. Z szuflady wyjął pęsetę i wytarłszy ją o spodnie, pousuwał z ran odłamki szkła.

– Cholera – powiedział w zadumie. – Coś mi tu nie gra. Już sześćdziesiąt lat pędzę bimber i nigdy jeszcze nie wyleciałem w powietrze. Coś się nieuważny na stare lata zrobiłem?

Wsiadł na motor i pojechał do Wojsławic. Tak doniosły problem należało dokładnie przemyśleć nad kilkoma kuflami Perły.

Semen Korczaszko rzucił kłodę drewna na cyrkolatkę i puścił prąd. Silnik zawył. Stary kozak szarpnął ręką pas transmisyjny. Koło zamachowe zaczęło się obracać. Wbił siekierę w krawędź belki i naprowadził ją na właściwy tor. Piła tarczowa z jękiem wgryzła się w drewno. Semen, zręcznie manipulując trzonkiem siekiery, poprowadził kloc. Wreszcie puścił i naszykowaną żerdką popchnął kłodę. W tej chwili piła wydała dziwny dźwięk i rozsypała się na kawałki. Odłamki tarczy nadal posiadały znaczną szybkość. Gwizdnęły we wszystkich kierunkach. Pechowy drwal zasłonił się ręką i to prawdopodobnie uratowało mu życie.

Gdy w pięć minut później Jakub wjechał na podwórze, staruszek siedział i wpatrywał się w dłoń, której brakowało jednego z palców.

– Co się stało? – Zdziwiony Jakub przełączył pokrętło i silnik, pracujący dotąd bezproduktywnie, zamilkł. Koło zamachowe kręciło się jeszcze przez chwilę, a potem znieruchomiało. U stóp Semena powstała spora kałuża krwi.

– Upitoliło mi palec – powiedział stary kozak.

Egzorcysta podniósł z ziemi kawałek tarczy i unikając jej ostrych jak brzytwa krawędzi, zbliżył ciekawie do oczu.

– Dziwne – powiedział.

– Co dziwne? – Semen, stosując ucisk, powstrzymał wreszcie krwawienie.

– Czasami zdarza się, że piła pęknie od korozji wzdłuż porów metalu albo w odlewie był pęcherzyk powietrza i materiał jest w tym miejscu słaby. Ale tu nie widać nic takiego.

Obejrzał inny kawałek.

– Tu też nic.

– Może wpadła w rezonans molekularny – podsunął Semen.

– Albo uderzenie spowodowało pęknięcie wibrującego ze znaczną częstotliwością metalu – dokończył fachowo Jakub.

– Co ja teraz zrobię bez palca? – jęknął Semen.

– Ty już kumplu niedługo pociągniesz – Jakub bywał czasami rozbrajająco szczery. – Więc i tak niedługo by się przydawał.

– Lepiej mieć, a nie potrzebować, niż nie mieć i nie potrzebować – odgryzł się ranny. – A kto cię tak uślicznił po twarzy?

– Tresowałem kota – mruknął egzorcysta.

Na płycie znalazł dziwny ślad. Jakby zadrapanie pazurem. Potem popatrzył na krew przyjaciela wsiąkającą w pył podwórza.

– Ziemia spragniona jest krwi – powiedział w zadumie.

Odrzucił głowę do tyłu i węszył w powietrzu. Aura okolicy powoli się zmieniała. Wróg nadciągał.

– Chodźmy się napić – zaproponował Semenowi. – Dziś ja stawiam.

Poszli.

Posterunkowy Birski dostojnie sunął poboczem drogi, usiłując utrzymać się w pionie. Wracał właśnie z akcji likwidacji bimbrowni na Witoldowie. Trzeba przyznać, że do zadania tego przyłożył się niezwykle sumiennie. Dla ustalenia, czy naprawdę chodzi o samogon, wypił pół wiaderka produktu i jeszcze wziął kilka butelek ze sobą, żeby przeprowadzić specjalistyczne badania laboratoryjne. Wdrapał się na wzgórze koło kapliczki i właśnie przed jego oczyma zarysowała się panorama doliny i leżące na jej dnie miasteczko, gdy niespodziewanie minął go pędzący z zupełnie niedozwoloną szybkością samochód.

– Ażebyś wylądował w rowie! – wrzasnął za nim gliniarz.

Musiał wymówić to w złą godzinę, bowiem sto metrów dalej pojazd zniosło z szosy i rąbnął z całym impetem w drzewo. Posterunkowy przyczłapał po chwili. Pechowy kierowca wyrzucony przez okno siłą uderzenia leżał w rowie. Ciekła z niego krew. Birski popatrzył ponuro. Uczyli go, oczywiście, udzielania pierwszej pomocy, ale teraz, wpatrując się w liczne rany cięte i tłuczone, zwątpił w możliwość opanowania wycieku krwi.

– Wykrwawi się – wydedukował wreszcie. – Będzie odstraszający przykład dla innych.

Wyjął z kieszeni radiotelefon i wezwał Rowickiego. Ktoś musiał tu posprzątać.

Jakub siedział w kącie gospody i wlewał w siebie piąty kufel. Czuł się coraz lepiej. Leniwie przysłuchiwał się rozmowom prowadzonym przy sąsiednich stolikach. Ludzie naradzali się między sobą, szeptali i popatrywali w jego stronę. Wreszcie Tomasz i Semen wystąpili jako coś w rodzaju delegacji.

– Jakub – powiedział Semen – wyliczyliśmy to statystycznie. Każdy z tu obecnych dzisiaj się poharatał. W skali wsi daje to setki litrów krwi. Coś nam się tu nie zgadza.

Jakub oderwał zamglone spojrzenie od kufla.

– Mnie też się coś nie zgadza – powiedział z pewnym ociąganiem. – I poziom się nie zgadza – westchnął, patrząc na prawie pusty kufel.

Ktoś z miejsca pobiegł go napełnić. Z wdzięcznością umoczył usta. Delegacja nadal stała.

– Jakub, co się dzieje? – zapytał Tomasz. – Dlaczego tak?

– Ziemia łaknie krwi – powiedział egzorcysta, po czym ze zmartwieniem stwierdził, że kufel znowu jest pusty.

Napełniono go w mig.

– Od czego tak się zrobiło? – zagadnął ktoś z tłumu otaczającego stolik zwartym kręgiem.

– Czasami tak bywa – zauważył Jakub i znowu się napił.

– Czy to niebezpieczne? – zaniepokoił się ajent.

Jakub kiwnął poważnie głową.

– Jeśli nic nie zrobimy, połowa z was umrze w ciągu trzech dni – powiedział.

– Połowa z was? – zdziwił się ktoś. – To ty nie jesteś nasz?

– Połowa z was – powtórzył. – Ja jestem wiedzącym, więc wiem, jak się uchronić.

W powietrzu zakotłowało się od wściekłych okrzyków, a kilka butelek roztrzaskano na „tulipany".

– Odłóżcie to – ostrzegł Jakub – bo będzie jeszcze gorzej. Dużo gorzej. To pożąda krwi.

Zamilkli. Z jakichś pociętych palców już kapały na podłogę czerwone krople.

– Kto jest winny? – zapytał Semen. – Przez kogo to wszystko? I co się dzieje?

Jakub w zadumie popatrzył w kufel, jakby w pianie szukał odpowiedzi.

– Zaraz tu wejdzie – zapowiedział – nie możecie go zabić, nie tutaj. To otworzy nam drogę prosto do piekła.

Jego bełkotliwy głos zabrzmiał bardzo poważnie.

Czekali, milcząc, a on wypił jeszcze kufelek. Nieoczekiwanie otworzyły się drzwi. Do knajpy wszedł rozpromieniony Paweł Bardak.

– Dziś jest mój wielki dzień – powiedział. – Wkrótce dostanę trzy tysiące dolarów. Wszystkim stawiam.

Odpowiedziało mu milczenie.

– To on – oświadczył spokojnie Jakub – To wszystko przez niego, choć nie ma w tym jego winy. On ucierpiał pierwszy...

– Co ty bredzisz, pomerdało ci mózg? – Paweł spostrzegł nienaturalny spokój panujący w karczmie. Egzorcysta wstał zza stolika i podszedł do gościa.

– Gdzie to jest? – zapytał, patrząc mu prosto w oczy.

– Co? – zdziwił się Bardak.

– Wiesz, o co pytam – warknął egzorcysta. – O naszego starego boga, któremu nie stało wyznawców. I ofiar – dodał po chwili ciszej.

Paweł cofał się powoli, ale trafił plecami na twardy mur stłoczonych ludzi.

– Zaprowadź nas – rozkazał Wędrowycz. Miękko, ale tonem wykluczającym sprzeciw.

Pół godziny później stanęli na polu za stodołą Bardaka. Zadzwoniły o kamień łopaty. Posąg udało się odsłonić w całości. Otaczały go potrzaskane naczynka wylepione ręcznie z gliny. Mimo upływu tysiąca lat widać w nich było jeszcze ciemną, zaskorupiałą masę. Jakub wyjął z kieszeni buteleczkę z wodą święconą.

– Masz pecha – powiedział do posągu – za dwadzieścia lat nikt nie wiedziałby już, jak to zrobić. Trafiłbyś do muzeum i niósłbyś śmierć między nas. Ale na szczęście są jeszcze po wsiach odpowiednio ciemni ludzie. Ludzie, którzy nie szanują pamiątek przeszłości. Wredni niszczyciele zabytków. Nazywaj nas, jak chcesz.

Posąg milczał. Leżącą w ziemi statuę zaczął otaczać świetlisty pancerz.

– Odsuńcie się – rozkazał Jakub – to się robi niebezpieczne.

– Ale co się dzieje? – zaniepokoił się Tomasz.

– Wypił sporo krwi przez dzisiejszy dzień. Pożąda więcej.

– Co mamy robić? – jęknął ktoś.

– Jest głodny, więc będzie bił na oślep. Ale jeśli sobie troszkę podje, zaśnie. Wtedy go wykończymy.

– Mówisz tak otwarcie – zauważył Semen.

– Spokojnie. I tak nie rozumie po naszemu.

Kamienne powieki posągu podniosły się ze zgrzytem, odsłaniając żywe, choć nieludzkie oczy.

– Pora – mruknął Jakub, popychając skamieniałego ze zgrozy Bardaka bliżej brzegu wykopu. Następnie wyjął z kieszeni starą jak świat, wyszczerbioną fryzjerską brzytwę i przejechał mu po gardle, przecinając obie tętnice. Ludzie odwrócili głowy. Paweł runął na posąg. Krew lała się z niego strumieniami. Wsiąkała w kamień i ziemię bez śladu.

– To nic osobistego – rzekł Jakub do konającego – ale sam rozumiesz, że ten, kto zakłóca spokój dawnych bogów, musi ponieść konsekwencje. Pewnie pójdziesz prosto do nieba, jako męczennik za wiarę złożony na pogańskim ołtarzu...

Urwał, widząc, że śmiertelne drgawki już ustały. Ciało Bardaka znikało, roztapiało się w kamieniu. Demon przetrawi jego myśli, odczyta wspomnienia i zgodnie z wiedzą i logiką zabitego będzie wyznaczał kolejne ofiary. Na razie posąg utracił pozory życia. Zapadł w sen, trawił.

– No to do roboty – warknął egzorcysta.

Chlusnął wodą święconą na krzyż. W miejscach, gdzie upadła na kamień, wypaliła dziury.

– Do dzieła – powiedział, odsuwając się.

W powietrze uniosły się siekiery, kilofy i młoty. Echo uderzeń niosło się przez wieś. Sam egzorcysta cofnął się kawałek. Z kieszeni wygrzebał woreczek z tytoniem i kawałek szarego papieru pakowego.

– Nie mogłeś od razu wodą święconą? – zapytał szeptem Semen. – Po cholerę go wykończyłeś?

Jakub zaciągnął się skrętem z machorki.

– Widzisz, mogłem oczywiście, bez wody też byśmy sobie poradzili, ale z Bardakami to mam jeszcze od czasów wojny porachunki i teraz trafiła się dobra okazja...

Ostatnia posługa

Jedynym uczuciem, jakie Semen Korczaszko żywił dla lekarzy, była totalna pogarda. Był to i tak pewien postęp, bo gdy był młodszy, czuł do nich nienawiść. Korzenie jej były głębokie i sięgały pierwszej wojny światowej, kiedy to ranny podczas bitwy na Białej Górze trafił do niemieckiego szpitala polowego. Wyszedł z niego żywy, co przypisać należy nie tyle zasługom konowałów, ile wrodzonej odporności organizmu, który przetrwał zarówno odniesione obrażenia, jak i późniejsze zakażenie ran gronkowcami i epidemię tyfusu, która wycięła ponad połowę personelu, o pacjentach nie wspominając.

Opuszczając szpital, Semen poprzysiągł nigdy więcej nie zadawać się z tymi rzeźnikami i zapewne dotrzymałby słowa, gdyby nie przykry fakt kolejnej wojny światowej. Gdy podniesiono go z pola koło Wojsławic, na którym padł trafiony w głowę odłamkiem uprzednio przez siebie zestrzelonego niemieckiego samolotu, był nieprzytomny i tylko dlatego nie protestował. Gdy doszedł do siebie w radzieckim szpitalu polowym, brakowało mu obrączki, papierośnicy, trzech złotych zębów z kieszeni (zęby były zdobyczne, bowiem z dentystami także się nie zadawał) oraz innych wartościowych drobiazgów.

Ponadto ktoś, a on oczywiście podejrzewał personel, ukradł mu spodnie, buty i skórzany pas, w którym zaszytych miał trochę dolarów. Nawiasem mówiąc, towarzysze felczerzy po pijanemu zrobili mu trepanację czaszki dla sprawdzenia, czy uderzenie nie uszkodziło mu rozumu, zaś odłamka, który utkwił w bebechach, nie usunęli. W każdym razie i tym razem zdołał przeżyć, co osobiście uznał za życiowy sukces. Opuściwszy szpital, zaopatrzył się w ampułkę cyjanku i nosił ją pod kołnierzem ze szlachetnym zamiarem rozgryzienia jej natychmiast po kolejnym wypadku kwalifikującym go do przyjmowania pomocy lekarskiej.

Pewnego dnia, jakieś trzydzieści lat po ostatnim kontakcie ze służbą zdrowia, Semen wraz w wnukiem ładowali siano na wyżki w stodole. Stodoła, jak to było często praktykowane w tamtych stronach, zbudowana była z materiału dość wybrakowanego. Deska, o którą opierał się koniec drabiny, pękła i Semen zwalił się na ziemię. Tym razem, pomny na poprzednie doświadczenia, ocknął się sam, i to niemal natychmiast. Stał nad nim jego wnuk Mychajło.

– Kiepska sprawa – powiedział – otwarte złamanie. Leż, dziadku, zaraz wracam.

Semen popatrzył na swoją nogę, a potem wyciągnął z kieszeni odrapany rewolwer.

– Nigdzie nie pójdziesz! – wrzasnął.

– A ja do chałupy, po opatrunki.

– Kłamiesz. Chcesz tu sprowadzić lekarza. Ale po moim trupie. A właściwie po twoim. Tylko się spróbujesz ruszyć...

W tym momencie nagły przypływ bólu odebrał mu przytomność. Gdy otworzył oczy, wnuka już nie było. Razem z wnukiem zniknęły rewolwer, kosa i widły. Nikt nie mógł powiedzieć, żeby Mychajło nie był przewidującym człowiekiem. Ale wszystkiego oczywiście nie sposób przewidzieć.

Semen zawył z wściekłości. Nie spodziewał się po swoim potomku takiego braku posłuszeństwa wobec starszych. Zaraz potem zaczął myśleć. Nawyk myślenia miał zakorzeniony od czasów, gdy jakieś osiemdziesiąt lat wcześniej studiował w Sankt Petersburgu biologię. Rozwiązanie problemu zaświtało mu po pięciu minutach intensywnej pracy umysłowej. W jakim celu wnuk pojechał po lekarza? Oczywiście po to, aby ten ostatni nastawił mu złamaną nogę, a potem ją zagipsował. Staruszek uśmiechnął się lekko. Gdyby tak udało mu się naciągnąć ją sobie samodzielnie, miał przecież cały worek cementu, który powinien być równie dobry jak gips. To było tak proste, aż się zawstydził, że tak długo nad tym myślał. Trzeba było działać. Niestety, jak się już na wstępie przekonał, nastawienie złamanej nogi było trudniejsze, niż mu się wydawało. Ciągnięcie ręką wobec dość ograniczonego pola działania nic nie dawało. Poskrobał się z frasunkiem po głowie, a potem wpadł na kolejny ambitny pomysł. Ze ściany ściągnął zwój liny, po drugiej drabinie wdrapał się z powrotem tam, skąd dziesięć minut wcześniej spadł. Usiadł na belce i obwiązawszy sobie nogę w kostce liną, przymotał drugi jej koniec do belki, na której siedział. Teraz pozostawało już tylko jedno.

Przeżegnał się zamaszyście, po czym rzucił z belki w dół. Ciężar ciała powinien naciągnąć złamanie. Ponownie stracił przytomność. Gdy ją odzyskał, wisiał głową w dół, do ziemi miał jakieś dwa metry, do belki tam, na górze, kolejne dwa, noga bolała go tak, że niemal wył z bólu, a w dodatku wcale nie wyglądało na to, żeby się specjalnie poprawiła. Tylko kość wyszła trochę przez skórę, co widział, bo objechały mu nogawki. Z tamtego miejsca ściekał cieniutki strumyczek krwi.

– Oj, niedobrze – powiedział do siebie.

Znowu ocknął się w szpitalu. Pierwszą rzeczą, jaką zrobił, gdy zorientował się, gdzie się znajduje, było wydobycie ampułki cyjanku spod kołnierzyka koszuli, która dziwnym trafem wisiała na krześle obok łóżka. Ułamał jej szyjkę i wytrząsnął zawartość na dłoń. Cyjanek miał biały kolor i nieprzyjemny zapach. Staruszek zlizał starannie proszek, po czym przybrał pozę godną nieboszczyka, to znaczy położył się na wznak i skrzyżował ręce na piersi. Upływały minuty, ale nic się nie działo. W ustach miał paskudny smak, nadal jednak był żywy.

– Cholera – zdenerwował się – to chyba nie był cyjanek.

A potem przyszedł całkiem sympatyczny lekarz. Semen został wypisany do domu trzy dni później. Noga zrosła się w ciągu pięciu miesięcy wprost znakomicie. Od tamtej pory Semen kłaniał się miejscowym lekarzom, gdy ich spotkał na ulicy, zamiast spluwać na ich widok, jak to miał dotychczas w zwyczaju. A gdy pewnego lata pojawiły się silne bóle w rejonie wątroby, rad nierad udał się na czwarte spotkanie z tą białą mafią.

Gabinet był biały. Wszystko w szpitalu w Chełmie było białe. Semen siedział na wygodnym metalowym krześle i wpatrywał się mętnym wzrokiem w zdjęcie rentgenowskie. Patrząc pod światło, widział szereg różnych plam. Przeniósł wzrok na lekarza.

– *Znaczit* nie da się tego w diabły wyciachać?

– Niestety. Cud prawdziwy, że pan jeszcze żyje. Zostało panu nie więcej niż dwa, trzy miesiące życia. I to cały czas na środkach przeciwbólowych.

Semen wściekł się. Wściekłość jego była całkowicie zimna i od zewnątrz ciężko było jej się domyślić.

– *Znaczit, szto ja* przeżyłem sto sześć lat, w tym trzy wojny, żeby teraz zabiło mnie jakieś takie niewielkie gówno w moim środku?

Lekarz bezradnie rozłożył ręce.

– Nic się już nie da zrobić. Nikt nic już nie może zrobić.

Semen spokojnie pokazał mu figę.

– Nie takie choroby się leczyło – powiedział spokojnie. – Mam jeszcze ochotę zobaczyć dwudziesty pierwszy wiek.

Rzucił z pogardą zdjęcie na stół i wyszedł z gabinetu. Dwie godziny później był już w domu w Wojsławicach. Skoro oficjalna medycyna nie mogła mu pomóc, pozostawały jeszcze ludowe metody. Osiodłał swoją klacz Karolinę. Wybił się lekko ze strzemion i delikatnie ściągnął cugle.

– Przejedziemy się do Dubienki – powiedział.

Klacz popatrzyła na niego zaskoczona. Jej spojrzenie mówiło wyraźnie: „To ponad dwadzieścia kilometrów. Czy jesteś pewien, że pekaesem nie byłoby szybciej?”.

– No, szkapko. Nie zastanawiaj się, tylko w drogę.

No i pojechali. Na miejsce dotarli gdzieś około ósmej wieczorem. Na widok wsi Semenowi włosy stanęły dęba. Fakt, że jakoś nie bywał w tych stronach przez ostatnie sześćdziesiąt lat, ale zmiany i tak były uderzające.

– Cholera, co się z tą wiochą porobiło – mruknął sam do siebie.

Wyjechali na łąki nad Bugiem i pojechali w stronę Uchańki. Po drodze powinien być las, ale zdaje się, że go w międzyczasie wycięto. Góry za lasem też nie było widać. W każdym razie chałupa Waciuka, zbudowana kiedyś na polanie, stała obecnie w szczerym polu. Podjechał spokojnie do furtki i zeskoczywszy na ziemię, zapukał do drzwi. Z wnętrza wylazł jakiś facet około trzydziestki, z zaczerwienionymi oczyma i splątanymi włosami.

– Nu, o co chodzi? – zapytał.

– Franko doma?

– Już ze dwadzieścia lat, jak dziadek pochowany.

– Nie żyje? Przecież był młodszy ode mnie.

– Nu, nie żyje. Ale może ja pomogę. Coś dolega, jak mniemam. Jestem Omelajn.

– Aha. Semen Korczaszko.

– Proszę do środka.

Wnętrze jednoizbowej chałupy umeblowane było w sposób typowy dla domostw znachorów. Pod sufitem wisiały pęczki ziół, na kuchni kipiało kilka kotłów. Na półkach stały słoje z zakiszonymi żabami, końskimi pączkami i innymi takimi. Na ścianie, niczym dyplomy, wisiały oprawione w ramki wyroki sądowe dla czterech czy pięciu kolejnych pokoleń za prowadzenie pokątnej praktyki lekarskiej.

– Proszę się położyć. – Znachor gestem wskazał zdezelowaną kozetkę.

Semen położył się. Omelajn zaczął wykonywać nad jego ciałem osobliwe gesty.

– U, niedobrze – powiedział.

– Wyleczysz? Zapłacę złotem. Lekarze postawili już na mnie krzyżyk.

– Znaczy nowotwór. Ciężka sprawa. Nie da się zoperować?

– Niestety. Myślałem, że znachorzy z Dubienki leczą wszystkie choroby.

– Może tak było kiedyś. Dzisiejsze choroby są trudniejsze do wyleczenia. Zresztą jacy znachorzy. Ja jestem ostatni, a poza tym i tak robię kurs dla bioenergoterapeutów. Bardziej modne, lepiej płacą i nie idzie się siedzieć.

Semen wstał. Czuł pogardę dla medycyny. Zarówno tej oficjalnej, jak i dla tej, której przedstawiciel zdiagnozował go bez użycia rentgena.

– To co mogę zrobić? – zapytał.

– Podobno pomaga picie nafty.

– A, to się dobrze składa, bo mam w chałupie całą butelkę.

Rzucił na stół srebrnego rubla w charakterze honorarium i wsiadł na konia. W domu był dopiero po północy. Następne dni były podobne do siebie. Semen pił bimber na przemian z naftą do prymusa. Oczywiście efekty, które w ten sposób osiągnął, nie przyniosły niczego dobrego. Nafta, zgodnie ze swoją naturą, działała przeczyszczająco, i to do tego stopnia, że mało mu bebechów nie wyrwało, a bóle się nasiliły.

Ósmego dnia przyjechał Omelajn.

– O? – Semen wyraził zdziwienie na jego widok.

– Wpadłem, bo coś mi się przypomniało.

Znachor był najwyraźniej na najlepszej drodze do zostania bioenergoterapeutą, gładko przyczesany, miał na sobie garnitur, a pod pachą trzymał nowiutką skórzaną aktówkę. Semen zaprosił go do środka.

– Jak samopoczucie? – zapytał gość, biorąc ze stołu flaszkę z naftą. Popatrzył na etykietkę i skrzywił się.

– Ta nafta jest do dupy. Wypiłem sobie dwie szklaneczki i mało ducha nie wyzionąłem.

– Pije się nie taką. Trzeba kupić w aptece specjalnie oczyszczoną. Ale może będę miał coś lepszego.

Zza pazuchy wydobył litrową butlę pełną jakiejś mętnej cieczy.

– Zostało po dziadku – wyjaśnił. – Wprawdzie ma już ponad trzydzieści lat, ale było w szczelnie zakręconym słoiku, więc może się nada.

– Mogę spróbować. A co to?

– Balsam galicyjski. Lek na wszystkie choroby. Tylko po tym traci się przytomność na parę godzin. I głowa od niego boli.

Znachor nie zasiadywał się. Poszedł sobie. Na stole została butelka. Semen odkręcił korek i powąchał. To wewnątrz było gęste jak śmietana i miało zapach ciepłego poranka na bagnach. Na etykietce nabazgrolono:

Eliksir bagienny, pół szklanki na raz.

– Miał być balsam galicyjski – powiedział sam do siebie. – Ano dobra. Zobaczymy. Zaszkodzić to już mi nic nie może.

Poskrobał się po głowie, a potem przypomniał sobie jeszcze coś. Koty. Jeśli do chorego człowieka przyłoży się kota, to człowiek wyzdrowieje, za to kot... Semen powesełał. Pogwizdując sobie walca „Na sopkach Mandżurii", poszedł do apteki. W aptece kupił dziesięć butelek waleriany. Następnie polał tym swoje łóżko i otworzył szeroko okno. Przeżegnał się i wypiwszy pół szklanki preparatu, ułożył się wygodnie na wierzchu. Preparat ciął go z nóg momentalnie. Odpływając w ciemność, poczuł, jak pierwsze koty, zwabione zapachem, układają się wokół.

Ocknął się po dwu dniach. Był głodny, a stada kiciorków nadal pokrywały jego łóżko warstwą. W powietrzu unosił się intensywny koci zapach. Tarzały się po nim i po pościeli. Czuł się już zdecydowanie lepiej. Tylko jego skóra była dziwnie sina i pokryła się jakąś lepką warstwą. Przejadł co nieco i powtórzył kurację. Minęły jeszcze dwa dni. Był dziwnie osłabiony, ale poza tym miał się świetnie. Włosy, których miał na głowie dość niewiele, wyrosły gęściej. Były też mniej siwe. Za to wyleciały mu dwa zęby. Specjalnie się tym nie zmartwił, bo w ich miejsce rosły mu nowe. Podreptał do stajni. Karolina przez te cztery dni zjadła półtorej beli siana i wyczyściła całe wiadro owsa. Ile wypiła, nie był w stanie powiedzieć, bo miała automatyczne poidło. Uśmiechnął się do niej. W tym momencie złapał go gwałtowny paroksyzm bólu. Zwinął się wpół i upadł na ziemię. Ocknął się, gdy klacz polizała go po twarzy. Wstał. Zamyślił się na chwilę. Sto sześć lat. Prawie nikt nie dożywa tak sędziwego wieku. Popatrzył na swoją szkapę. A potem podjął decyzję.

– Tu się nie ma co bawić – powiedział cicho do siebie.

Nasypał klaczy świeżego owsa. Dorzucił jeszcze dwie bele siana. Następnie wrócił do domu. Napisał kartkę, uwalił się na łóżku pomiędzy kotami i pewnymi przejawami ich czynności życiowych, po czym zdecydowanym ruchem przytknął do ust butlę i wytrąbił blisko litr za jednym zamachem. Umysł eksplodował mu pod czaszką z oślepiającą jasnością.

Następnego dnia zaszedł do niego Jakub Wędrowycz, miejscowy egzorcysta amator. Ponieważ nikt nie odpowiadał na pukanie, wszedł do chałupy. Zobaczył pagórek miauczących kotów na łóżku kumpla i zdecydowanymi ruchami wyekspediował większość z nich przez okno. Pochylił się. Leżący był martwy. Wyglądał dość dziwnie. Skóra napięła mu się na twarzy, zniknęła część zmarszczek. Twarz nabrała lekko różowego odcienia, jak u nałogowego alkoholika. Rysy znikły i starzec wyglądał o dobre czterdzieści lat młodziej. Tyle tylko, że nie oddychał i nie można było wyczuć jego pulsu. Ciało wystygło zupełnie. Ze stolika przy łóżku wziął kartkę.

Drogi Jakubie.
Wóz albo przewóz. Zażyłem końską dawkę pewnego świństwa. Jeśli umrę, cała moja forsa, zakopana wiesz gdzie, jest twoja, pod warunkiem że pochowasz moją klacz Karolinę w jednym grobie ze mną. Niech Bóg cię prowadzi.

Semen

PS. Twój bimber to straszne świństwo.

Egzorcysta poskrobał się po głowie, a potem poszedł po gliniarzy i doktora. Kartkę schował. Po co postronni mają wiedzieć, że należy mu się jakieś złoto. I że nadal pędzi bimber. Milicja starannie wszystko obejrzała i spisała jego zeznania. Lekarz potwierdził zgon. W tej właśnie chwili Jakubowi coś zaświtało.

– Nie ma stężeń pośmiertnych – zauważył.

– To normalne – uspokoił go lekarz. – Zgon musiał nastąpić niedawno. Jeszcze się nie pojawiły.

Egzorcysta poskrobał się po głowie, ale nic nie powiedział. Jego wzrok przykuła butelka z resztką cieczy.

– A to co? – zaciekawił się.

Lekarz podążył za jego spojrzeniem.

– A, to. Semen miał raka. Miał bóle, zostało mu parę tygodni życia. Chyba próbował się leczyć jakimś świństwem.

Brwi Jakuba uniosły się do góry. Korzystając z chwili nieuwagi, ukradł butelkę z resztą zawartości.

Zmarły leżał w trumnie. Przyjechała cała jego rodzina. Sześciu synów, osiemnastu wnuków, ponad dwudziestu prawnuków. Było też kilku praprawnuków. Stali, milcząc ponuro. Jakub przykląkł i modlił się. Kościelny szykował wszystko do mszy. Niespodziewanie do uszu egzorcysty doleciał cichy dźwięk, jak gdyby ciało w trumnie poruszyło się.

– Jestem przewrażliwiony – mruknął do siebie.

Wieko nie było jeszcze przykręcone. Przyszedł lekarz. Nie wiedzieć dlaczego, od trzech dni pił na umór. Teraz kroczył, lekko się zataczając. Synowie Semena na jego widok skrzywili się jak na komendę.

– Dziadek nie chciałby, żeby jakiś lekarz przyszedł na jego pogrzeb – powiedział jeden z wnuków.

Lekarz czknął potężnie.

– Pomylili zdjęcia – jęknął. – On miał odłamek, a nie raka.

– Co!? – zawył Jakub. – Ty gnido!

– Ja bym go zaraz... – rzucił któryś z prawnuków z nienawiścią.

– Spokój – wrzasnął kościelny – to Dom Pański, a nie knajpa.

Ale egzorcysta już go nie słuchał. Kruszył właśnie krzesło na maczugę. Lekarz szarpnął się w uścisku kilku silnych rąk. Niepokojący zgrzyt z tyłu utonął w ogólnym hałasie. Nawet upadek wieka trumny na podłogę przeszedł niezauważony. Dopiero gdy nieboszczyk wmieszał się do bijatyki, awantura niespodziewanie ucichła. Już tylko Semen darł się na cały regulator.

– Ty! Zaraz ci gębę skuję, felczerze od siedmiu boleści!

– Semen, tak nie wypada, ty przecież nie żyjesz – zauważył jeden z jego prawnuków.

Były nieboszczyk zasunął go pięścią w twarz.

– Co, ty też zaczynasz? Ja ci dam, że nie żyję.

Wrodzona delikatność nakazała Jakubowi oddalić się z miejsca zajścia. Wśród drzew spotkał księdza, który biegł w stronę kościoła.

– Co tam się dzieje? – zapytał zaniepokojony.

– Semen był w letargu. Właśnie się ocknął i bije lekarza. Może lepiej tam nie wchodzić.

Ksiądz popatrzył na Jakuba z niechęcią.

– To niedobrze – powiedział – będę musiał mazać w księgach.

Jakub wzruszył ramionami. Los nikomu nie szczędzi rozczarowań. Z wnętrza świątyni dobiegały właśnie odgłosy waśni rodzinnej.

– Zobaczyli dziadka w trumnie i co? Ostatni raz pytam, łachmyty, który z was rąbnął mój srebrny zegarek?

Znalezisko

Jakub Wędrowycz ocknął się niespodziewanie. Spojrzał na swoje przedramię. W szarym blasku świtu widział wyraźnie, że czarna szczecina porastająca jego łapy nastroszyła się jak u dzikiego zwierza.

– Jasna cholera – mruknął – znowu się zaczyna... Pociągnął łyk karbidówki. Przeciągnął się, ale jeszcze nie wstawał. Żal mu było opuszczać ciepły dołek wygnieciony w sienniku. Nad głową brzęczały sennie muchy. Wyciągnął rękę spod kożucha, którym był nakryty, i w zadumie poskrobał się w ciemię.

– Cholera – powtórzył. – Przecież przez ostatnie pięćdziesiąt lat był spokój...

Powoli zmęczenie wzięło górę i egzorcysta zasnął.

Cadyk Mojsze Apfelbaum stał na lotnisku im. Kennedy'ego w Nowym Jorku. Przymknął oczy. Szukał informacji. Mrowienie skóry było tak silne, że ledwo mógł wytrzymać. Wreszcie otworzył oczy.

– Dokąd teraz? – rzucił pytanie w przestrzeń.

Jak do tej pory znaki doprowadziły go na lotnisko. Nie wątpił, że wskażą mu dalszą drogę...

Koło niego zatrzymała się kobieta z walizką na wózku. Do rączki bagażu przyczepiony miała kwit. Kilka cyfr, dla laika jedynie numer lotu, dla znawcy matematyki sefiriotycznej bezcenna wskazówka. Wytrenowany w tajnikach kabały umysł natychmiast podstawił pod cyfry odpowiednie litery alfabetu.

– Polska – odczytał półgłosem.

Zsumował wszystkie cyfry i gwizdnął cicho przez zęby. Dwójka. Niebezpieczeństwo. Podszedł do kontuaru.

– Chciałbym się dostać do Polski – powiedział, kładąc na ladzie platynową kartę kredytową.

– Jest lot do Warszawy, ale za dwadzieścia minut – wyjaśniła dziewczyna. – Nie zdąży pan przejść odprawy bagażowej.

– Nie mam bagażu.

Punkt ósma rano otworzyłem furtkę w płocie zabezpieczającym teren wykopalisk. Przed sobą miałem ulicę Lwowską. Ruscy, Ukraińcy i Białorusini przewalali się popękanymi chodnikami na trasie dworzec PKS – centrum miasta. Ciągnęli za sobą torby wypełnione wszelakim przeszmuglowanym dobrem – papierosami i spirytusem. Snuła się za nimi woń jaśminowej wody kolońskiej, tandetnych perfum, dziegciu i juchtowej skóry. Kolejny piękny lipcowy dzień.

Studenci pojawili się po chwili, wchodzili na teren, niepewnie popatrując w moją stronę. Część usiadła na stosikach cegieł. Liczyłem ich wzrokiem. Wreszcie przybyła cała dwunastka.

– W szeregu zbiórka! – huknąłem nieoczekiwanie.

Przestraszyli się i zdezorientowani usiłowali wykonać polecenie. Wreszcie jakoś się ustawili. Popatrzyłem na nich ciężko, z wystudiowaną nienawiścią.

– Nazywam się magister Tomasz Olszakowski – powiedziałem – i przez najbliższy miesiąc będę waszym kierownikiem. Oznacza to, że macie wykonywać moje polecenia. Wszelkie polecenia, i to natychmiast. Za uchybienia będę bez litości wlepiał punkty karne. Kto zbierze piętnaście, wylatuje z praktyk. Czy to jasne?

Mruknęli coś ni to potakująco, ni to zaczepnie.

– Jest godzina ósma siedemnaście. Mieliście się tu stawić na ósmą. Zostaniecie dziś za karę pół godziny dłużej. Od jutra za każdą minutę spóźnienia będzie jeden punkt karny.

Wpatrywali się w ziemię. A więc udało mi się ich skutecznie przestraszyć. Cóż, ze studentami archeologii, zwłaszcza tymi przybyłymi z Warszawy, tak trzeba. Jeśli się na początku nie huknie, później nie chcą pracować...

– Spocznij – rzekłem już nieco łagodniej. – Czy ktoś z was był już wcześniej na wykopaliskach?

Pokręcili przecząco głowami.

– To dobrze, jest szansa, że nie staliście się jeszcze alkoholikami – mruknąłem bardziej do siebie niż do nich. –

A zatem parę słów na początek o miejscu, w którym się znajdujemy. To parcela miejska przy ulicy Lwowskiej. Gdyby ktoś nie pamiętał, jesteśmy w Chełmie – dodałem złośliwie. – A więc ulica Lwowska została wytyczona jako podmiejska prawdopodobnie w XVII wieku. Sprawdzenie tej informacji będzie między innymi naszym zadaniem. Od strony ulicy – wskazałem resztki cegieł pozostawione przez ekipę rozbiórkową – stała niewysoka, dwu- lub trzypiętrowa kamieniczka. Zbudowano ją w XVIII lub XIX wieku. Domy przy ulicy były podpiwniczone, z piwnic mogły być przebite przejścia do słynnych chełmskich podziemi kredowych. W ciągu najbliższego miesiąca wykonać musimy odgruzowanie tych piwnic, następnie przekopiemy cały ten kawałek aż do płotu – wskazałem im glinę, na której staliśmy – to około czterystu metrów kwadratowych...

– To po czterdzieści na każdego – zauważył student z żółtymi włosami.

Wyglądały na farbowane. Paskudna gęba, trzeba będzie zwrócić na niego uwagę.

– Jak sądzę, archeologiczny calec, czyli warstwa nietknięta przez człowieka, znajduje się około półtora metra pod nami – powiedziałem ze sztucznym spokojem – co oznacza, że przekopać będziecie musieli po około sześćdziesięciu metrów sześciennych na osobę. Mam nadzieję, że poważnie podejdziecie do tego zadania, bo w razie niewypełnienia planu nikt z was nie dostanie zaliczenia praktyk...

– To chyba niemożliwe – zauważył ten w kowbojskim kapeluszu.

Przez ramię miał przerzuconą skórzaną torbę.

– Ależ możliwe, panie Indiana Jones – powiedziałem – i wy to wykonacie... Albo zdechniecie. Tu macie identyfikatory – rzuciłem im tekturowe pudełko – przypinać na widocznym miejscu, najlepiej po lewej stronie piersi.

Byli na tyle przestraszeni, że żaden się nie roześmiał. Bardzo dobrze.

– Narzędzia są w szopie. – Wskazałem małą drewnianą komórkę. – Obok macie kibel, drzwi zaopatrzone są w zatrzask. Jeśli któryś będzie siedział w środku dłużej niż dwie minuty, zostanie zablokowany. Oczywiście go wypuszczę, ale zainkasuje trzy punkty karne.

– Dobra – odezwał się Indiana, wyjmując z torby ładny pędzelek do odkurzania znalezisk – to od czego mamy zacząć?

– Łopaty w dłoń, zjechać mi cały teren plantem, dziesięć centymetrów – poleciłem. – Potem doczyścicie to grackami i narysujemy. Ziemię na taczki i wsypywać tam – wskazałem kąt podwórza – potem koparka zabierze. No, na co czekacie? – Rzuciłem spojrzeniem jak cegłą.

Pobiegli po łopaty. Wziąłem w dłoń listę uczestników i za pamięci przy każdym nazwisku wpisałem punkty karne. Pięć minut później przeszedłem się pomiędzy nimi. Skrobali ziemię z zapałem, tyle że zupełnie nieprawidłowo...

Wyjąłem łopatę z ręki Jonesa.

– Popatrzcie na mnie i postarajcie się zapamiętać, bo nie będę powtarzał! – huknąłem. – Prowadzimy płasko, podcinając warstwę ziemi, i lekkim ruchem odrzucamy ją do przodu. Potem przesuwamy się krok i znowu... Rozumiecie?

Pokiwali głowami. Podszedłem do jednego. Miał mocno zarysowane wały nadoczodołowe i lekko się garbił.

– Ty, neandertalczyk, punkt karny.

– Za co? – tak się przestraszył, że nawet nie obraził się za tego neandertalczyka.

– Brak znajomości podstawowego sprzętu archeologicznego! – zawyłem. – To co trzymasz w ręce, to szpadel, a nie łopata...

– O, a czym to się różni?

Faktycznie neandertalczyk.

– Porównaj z narzędziami kolegów i sam zgadnij!

Wycofałem się w cień szopki i usiadłem na krzesełku. Z zadowoleniem patrzyłem, jak skrobią ziemię. Minęła godzinka, gdy ten z żółtymi włosami wyciągnął z kieszeni paczkę papierosów i wsadziwszy jednego do ust, zajarał.

– Ty, blondas! – huknąłem na niego. – Pięć punktów karnych!

– Za co? – jęknął.

– Sabotaż! – wrzasnąłem ochoczo.

– Jak to sabotaż? – przeraził się.

– Popiół z papierosa może zakłócić wyniki analizy radiowęglowej – wyjaśniłem z sadystycznym uśmieszkiem.

Skrajny idiotyzm, ani kawałek drewna stąd nie trafi na badania radioizotopu C-14, ale skąd mieliby o tym wiedzieć studenci pierwszego roku? Nienawidziłem palenia papierosów...

O jedenastej zarządziłem czterominutową przerwę śniadaniową.

Jakub siedział na ławie przed domem. Dziwne mrowienie ustąpiło, ale on wiedział, że to tylko na jakiś czas...

Przymknął oczy. 1942 rok, Chełm, ulica Lwowska. Dom cadyka Aarona Goldberga. Młody Jakub stoi po drugiej stronie ulicy. Esesmani wyłamują drzwi. Przyszły egzorcysta wie, co stanie się za chwilę. Trzask pękającego drewna. Sześciu wpada do środka. Tupot podkutych buciorów na kafelkach podłogi. Trzask drzwi prowadzących na wewnętrzne podwórko. Dziki skowyt hitlerowców pozbawianych kończyn potężnymi szarpnięciami rąk... Ich kumple czekający na ulicy wpadają do środka. Wybucha dziki tumult. Przez okno, wybijając szybę, wylatuje oderwana głowa w hełmie.

– Rozwalcie to! – krzyczy po niemiecku dowódca.

Długie serie z broni maszynowej, eksplodują granaty, jeden, drugi, piąty... Rozpryskują się szyby. Pękają mury...

I nagle zapada cisza. Słychać tylko tupot patrolu nadbiegającego z góry ulicą. W wyłamanych drzwiach pojawia się jeden jedyny esesman. Lewą ręką podtrzymuje kikut prawej. Stracił dłoń... Brakuje mu połowy szczęki. Mózg z cichym plaśnięciem wysuwa się z pękniętej głowy i upada pod jego nogi. Niedoszły zdobywca świata przewraca się na chodnik. Nowo przybyli zaglądają ostrożnie do środka, a potem wrzucają granaty przez okna. Podłogi z łoskotem zapadają się do piwnic. Pękają ściany, sufit osuwa się na gruzowisko... Jeszcze przez chwilę w powietrzu unosi się biały kredowy pył... A potem zapada świdrująca w uszach cisza. Jakub cofa się głębiej w bramę, w zbawczy cień. Niemcy rozglądają się po ulicy, szukając świadków masakry. Na szczęście nie widzą go...

Ocknął się jakby z głębokiego snu. Wtedy na Lwowskiej czuł to nieznośne mrowienie, czuł włoski prostujące się na przedramionach. Czuł ten ohydny lęk podchodzący do gardła. Zanim nadbiegli ci z góry, widział przez chwilę sylwetkę sunącą przez zasnute dymem wnętrze domu. I wie, że do końca życia nie zapomni tego widoku.

Mrowienie nasila się. Pora jechać. Zostawić nastawiony w piwnicy zacier, zostawić suszący się na strychu kukurydziany słód. Jakub pociągnął jeszcze jeden maleńki łyczek bimbru. Tylko tyle, by odpędzić od siebie dominujące przeczucie zagłady.

Po przerwie zebrałem całą grupę w północnej części podwórza, przy płocie oddzielającym nas od ulicy.

– Skupcie się – powiedziałem. – Jak widzicie, mamy tu zarys ścian budynku...

– To fundament? – zapytał neandertalczyk.

– Nie, to ściany zachowane na poziomie około dwudziestu centymetrów nad ziemią – wyjaśniłem. – Fundament jest niżej. Jak widzicie, po tej stronie poniewiera się cała masa odłamków gruzu i kredowych bloków, z których wzniesiono ściany. – Wskazałem podwórko nieistniejącego domu.

– To kawałki, które poupadały tam, gdy budynek się walił – zauważył Jones – a tu w środku jest jednolite zasypisko...

– Właśnie – potwierdziłem. – Tu w środku nie będzie żadnych warstw kulturowych. To po prostu piwnica zawalona resztkami domu, który na nią runął. Zaczniemy od wybrania całego tego rumowiska. Odsłonimy aż do podłogi. Może nawet uda się tam coś znaleźć... Jakieś graty, które zostały zasypane. Może nawet rytualne judaica... Ale specjalnie bym na to nie liczył. Nie wiem, jak to się stało, że ten dom uległ zniszczeniu, ale przypuszczam, że po prostu w czasie wojny trafiła tu bomba... Tak czy inaczej, zdejmiemy niwelacje na tym poziomie, a następnie te dwa czy trzy metry niżej...

Wspomnienie o skarbach było bardzo sprytnym posunięciem. Gwarantowało, iż ze zdwojoną uwagą będą patrzyć na wybierany gruz, dzięki czemu rosła szansa, iż nie przeoczą niczego ciekawego...

Zabraliśmy się do roboty. Połowa wyciągała kamienie rękami, reszta wywoziła taczkami na hałdy. Zarządziłem zmiany co pół godziny. Słońce stało wysoko i przygrzewało coraz ostrzej, więc wysłałem dwie dziewczyny po wodę mineralną. Kreda była lekko wilgotna, brudziła dłonie na biało. Zapewne pierwotnie mury budynku wzniesiono z kamiennych bloczków spajanych gliną zamiast wapnem. Gdzieniegdzie w gruzie leżały kawałki desek.

– Dziwne to jakieś – mruknął blondas, podnosząc jedną. – Niech pan zwróci uwagę, szefie... – Podał mi.

Na desce widać było ślad osmalenia układający się wyraźnie we wzór liścia paproci.

– To ślad, jaki zostawia trotyl – wyjaśniłem. – Ktoś to wysadził w powietrze albo wybuchła tu bomba. Ewentualnie granat. – Wygrzebałem z gruzu zardzewiały kawałek metalu. – Proszę o uwagę.

Znieruchomieli natychmiast. Dobrze ich wytresowałem.

– Czy ktoś z was domyśla się, co to jest?

Pokazałem znalezisko. Milcząc, pokręcili głowami.

– To łyżka od granatu – powiedziałem. – Fakt, że tu leży, zmusza nas do zwiększenia ostrożności. Patrzcie uważnie na to, co wygrzebujecie, mogą tu być niewypały.

Pokiwali głowami i ostrożnie znowu wgryźli się w głąb. Bryły kredy były coraz większe. Można się w nich było domyślać kawałków ścian zwalonych eksplozją.

Cadyk Mojsze wysiadł z pekaesu na dworcu autobusowym w Chełmie. Mrowienie znikło. A to znaczyło, że znalazł się na miejscu. Rozejrzał się bezradnie. Miasto przypominało jeden wielki plac targowy. Ulicą Lwowską ciągle przetaczały się tabuny ludzi. Szukał znaków. Patrzył na tablice rejestracyjne jadących ulicą samochodów.

Jesteś. Miejsce. Tutaj – informowały go obojętnie.

– Czy jestem za wcześnie? – zapytał.

Przeskakujące na świetlnym zegarze cyfry. Za wcześnie...

– Kuźwa, nie lubię takich, oj, nie lubię – mruczał do siebie Jakub. Autobusem trzęsło, podskakiwał na wybojach. Jechał powoli, a przecież miasto zbliżało się w przerażającym tempie.

– A może sobie odpuścić? – Zamyślił się.

Nie, nie wolno. Obiecał przecież kiedyś, że będzie sprawy pilnował.

Koło południa oczyściliśmy z grubsza zarys ruin. Od strony ulicy znajdowały się dwa spore pomieszczenia, być może pełniące pierwotnie funkcję sklepu. Rozdzielał je korytarz. Z niego wchodziło się do dwu kolejnych pomieszczeń i na podwórze. Wszystkie cztery pokoje zapadły się wraz z podłogami do piwnic, ale posadzka korytarza, wyłożona niebieskimi płytkami z kamionki, wytrzymała. Odsłonili ją na prawie całej długości, tylko gdzieniegdzie pozostały kupki kredowego gruzu. Jedna z nich zwróciła moją uwagę.

– Indiana Jones, doczyść tu swoim pędzelkiem. – Wskazałem dziwną, nieregularną plamę.

W pokojach studenci zagłębili się mniej więcej na metr poniżej poziomu gruntu. Stanąłem na resztce ściany i zrobiłem z góry zdjęcie.

W sumie nie było tu absolutnie nic ciekawego, ale dokumentacja musi być... Nieoczekiwanie dobiegł mnie dziwny odgłos. Odwróciłem się gwałtownie i omal nie spadłem z muru. Jones odskoczył kilka kroków i rzygał prosto do jednej z piwnic. Był zupełnie zielony na twarzy.

– Co się stało? – Podszedłem i delikatnie położyłem mu dłoń na ramieniu.

– Trup – wyjęczał i znowu zwymiotował.

– Jeden punkt karny za zanieczyszczanie stanowiska archeologicznego – powiedziałem ciepło.

Podszedłem do kupki ziemi i podniosłem porzucony przez niego pędzel. Ostrożnie omiotłem pył. Faktycznie pod warstwą gruzu leżała zgnieciona ludzka czaszka. Wyjąłem z kieszeni szpachelkę i zacząłem odsłaniać resztę szkieletu.

Studenci porzucili pracę i obstąpili mnie kołem. Obok czaszki znalazłem kawałek sparciałej skóry i fragmenty materiału. Resztki wojskowej czapki?

– Ktoś widocznie stał w tym miejscu i przygniótł go walący się sufit – wyjaśniłem. – No cóż, nieprzyjemne znalezisko, ale takie rzeczy się zdarzają. Ochotnik do pomocy...

Blondas przykucnął koło mnie.

– Odsłaniaj tam – wskazałem mu dłonią.

Kości ramion i resztki butów.

– Sufit złamał mu kręgosłup i podwinął nogi równolegle do pleców – powiedziałem. – Mówiąc obrazowo, gość złożył się jak scyzoryk, tylko w drugą stronę. Zginął na miejscu, więc przynajmniej nie cierpiał...

Urwałem. Wprawne oko spostrzegło w rumowisku kawałek zaśniedziałego metalu.

– Zresztą, należało się sukinsynowi. – Podniosłem i pokazałem im małą srebrną trupią czaszkę. – To jakiś esesman – wyjaśniłem.

– Mamy problem – powiedział blondas.

Spojrzałem.

– Wszyscy w tył – wrzasnąłem.

Hitlerowiec przygnieciony sufitem trzymał w zaciśniętej dłoni granat. Łyżka nadal opleciona kośćmi palców niebezpiecznie odskoczyła od korpusu. Na palcu drugiej ręki, jak pierścionek, rdzawą barwą odznaczała się wyrwana zawleczka.

– W tył – poleciłem raz jeszcze.

Cofnęli się znowu kilka kroków. Wyjąłem z kieszeni komórkę i zadzwoniłem do jednostki saperów.

– Godzina przerwy – zakomenderowałem. – Możecie połazić sobie po mieście, a za to zostaniecie godzinę dłużej po robocie... – Obdarzyłem ich promiennym uśmiechem.

Rozeszli się, został tylko Indiana.

– Dlaczego nie wybuchło wtedy? – zapytał.

– Wyrwał zawleczkę i chciał cisnąć granatem. W tym momencie solidny kawał muru przydzwonił mu w czachę, rozbijając ją, i uszkodził mózg. Najwidoczniej palce w śmiertelnym skurczu zacisnęły się wokół... Strop przygniótł go, a przy okazji ręka została przywalona tak, że łyżka nie mogła wystarczająco odskoczyć. Nawet po kilku dniach, gdy ustąpiło stężenie pośmiertne – dodałem.

– Często znajduje się takie rzeczy? – zapytał.

– Nie, nie tak często – powiedziałem – ale tu mogą się trafić. To były budynki żydowskie, a w wojnę, jak wiesz...

Kiwnął głową.

– Nie przejmuj się, przywykniesz... A co do rzygania, każdemu może się zdarzyć za pierwszym razem...

– Ciekawe, po co chciał rzucać granatem wewnątrz budynku – zauważył student.

– Może planował wrzucić go do piwnicy, aby pozabijać tych, którzy się w niej ukryli – zasugerowałem. – A może chciał zburzyć szopki gdzieś w ogrodzie. – Wskazałem pustą część parceli. – Trudno powiedzieć. Faktycznie dziwne znalezisko.

Saperzy przyjechali i zabrali granat. Studenci wrócili pięć minut przed czasem.

– Kopiemy dalej – poleciłem.

Odsłoniłem z Jonesem i blondasem cały szkielet. Założyliśmy siatkę sznurków ciągniętych co pięćdziesiąt centymetrów. Narysowaliśmy na papierze milimetrowym dokładny rysunek dokumentacyjny. Wreszcie zebraliśmy do pudła kości, guziki od munduru, klamrę od pasa i pozostałe drobiazgi. Na lekko zaśniedziałej blaszce identyfikacyjnej dało się jeszcze odczytać nazwisko esesmana.

– I co z tym dalej będzie? – zapytał blondas, gdy schowałem pudełko do komórki.

– Skontaktuję się z Czerwonym Krzyżem – wyjaśniłem – podam jego nazwisko. Jeśli żyje jeszcze jakaś jego rodzina, to może zechcą zabrać sobie zwłoki. Jeśli nie, to trafi do instytutu osteologii i będziecie się na tym uczyli części szkieletu podczas zajęć z antropologii. Swoją drogą, to ja swój grób odpowiednio zaminuję – mruknąłem – żeby jacyś zakichani archeolodzy za dwieście lat się nie dobrali...

– Kolejny! – zawołał neandertalczyk ze swojego wykopu.

Faktycznie, spod gruzu wystawała ręka szkieletu. Odsłoniłem ją z grubsza. Nie była do niczego przyczepiona.

– Hmmm – mruknąłem – widocznie wybuch oderwał ją od korpusu... Zwróćcie uwagę na to – pokazałem pękniętą kość – to tak zwane złamanie zastawne. Powstaje w przypadku, gdy ktoś zasłania się ręką przed ciosem.

Wyciągnąłem z tłumu jednego studenta i zademonstrowałem na nim, oczywiście na tyle delikatnie, żeby był w stanie dalej pracować...

– Czyli, jeśli dobrze rozumiem, najpierw ktoś mu złamał rękę w walce, a potem wybuchło i oderwało ją na aut? – zapytał ktoś ponuro.

– Właśnie – potwierdziłem.

Do wieczora znaleźliśmy jeszcze dwie kości piszczelowe, obie złamane, oraz połówkę szczęki.

– Nie podoba mi się to – mruknąłem, pakując fragmenty szkieletu do plastikowych torebek.

– Dlaczego? – zaciekawił się neandertalczyk.

– Jeśli ci ludzie zginęli na skutek wybuchu granatu albo podczas bombardowania, to rodzaj złamań powinien być inny – wyjaśniłem. – Pęknięcia rozszczepiające kości, szarpane przebicia od odłamków, zmiażdżenia od uderzeń w ściany... Tu tymczasem wygląda, jakby psychopata uzbrojony w kij do bejsbola łamał im kości, a potem rozrzucał kawałki ciał na wszystkie strony... Fajrant. Jutro na ósmą – przypomniałem.

Radośnie ruszyli w stronę furtki.

– Gdzie!? – huknąłem za nimi. – Narzędzia pozbierać! I do komórki!

Pozbierali i poukładali. A potem zniknęli...

Jakub wysiadł z ostatniego pekaesu do Chełma. Rozejrzał się ponuro, a potem ruszył Lwowską pod górę. W miejscu domu cadyka spostrzegł płot.

– Kurde – mruknął – musi co roboty budowlane...

Pomajstrował przy kłódce i po chwili wślizgnął się do środka.

– Wot te na – warknął, spoglądając na odkopaną tego dnia część domu. – No i wszystko się zgadza.

Ruszył po błękitnych płytkach. Zamknął oczy. Esesmani wbiegają do budynku. Kilku wpada do pomieszczeń na prawo i lewo korytarza. Jacyś biegną na piętro? Tak, chyba było piętro. A może dwa?... Gdzie go spotkali? W ogrodzie?

Dotarł na obszar, który rano został splantowany. Warstewka węgli drzewnych układała się w prostokąt. W tym miejscu w czasie wojny stała nieduża szopa. W niej... Któryś esesman otworzył kopnięciem drzwi. Skoczyło na nich... Dwieście, może dwieście pięćdziesiąt kilogramów masy. Siła byka, przy nieprawdopodobnej szybkości poruszania się. Palce twarde jak stal, bez trudu przebijające ludzką tkankę... Egzorcysta rozglądnął się wokoło i wypatrzył komórkę na narzędzia. Zawrócił i zajrzał do częściowo odgruzowanych piwnic.

– Jeszcze głęboko – mruknął – może się zniechęcą? Zresztą nawet jeśli, nic z tego chyba nie może być...

Włoski na ręku podniosły mu się.

– To tylko bezrozumna siła, ale jeśli poskładają to do kupy, może być niebezpieczne... Ale pewnie nie będzie im się chciało. Budowlańcy to leniwa, zapijaczona banda. – Pociągnął bimbru z bidonka. – Tylko dlaczego mnie to niepokoi?

Wyszedł na ulicę. Nieoczekiwanie poczuł na sobie świdrujące spojrzenie. Złożył palce w znak Naqet.

Mojsze stał w bramie. Spostrzegł palce Jakuba składające się charakterystycznie i zacisnął z całej siły powieki. Mimo to rozbłysk prawie go oślepił. Zatoczył się i oparł o ścianę. Jakub podszedł do niego.

– Czego tu szukasz? – zapytał spokojnie. – To moja ziemia.

Obaj mieli włączoną telepatię, więc rozumieli się, choć mówili różnymi językami.

– Tu jest coś ukryte – mruknął Mojsze, trąc oczy. – Jesteś wiedzącym... Obdarzonym?

– Tak. Nazywam się Wędrowycz.

Mierzyli się wzrokiem. Chasyd w długim czarnym płaszczu, szerokim kapeluszu i drucianych okularkach oraz troll w spodniach od ortalionowego dresu, czarnej esesmańskiej kurtce, zszarganej do nieprzyzwoitości, i gumofilcach na nogach. Twarz ozdobiona czarną, długą brodą i przepisowymi pejsami oraz zakazana morda porośnięta pięciodniową szczeciną. Czarne, świetliste oczy płonące wewnętrznym blaskiem i głęboko osadzone, błękitne jak porcelanowe kulki, zaropiałe, kaprawe ślepia. A mimo to obaj natychmiast zorientowali się, że należą do tego samego gatunku ludzi wędrujących po ziemi, posiadających dar...

– Wiesz, co tu jest – zauważył Mojsze.

– Widziałem w działaniu... – pochwalił się egzorcysta. – Co robimy? Bo pewnie masz ten sam cel. Nie dopuścić, by znowu wyrwało się na wolność...

– Wolę o tym mówić w rodzaju męskim... Sądzę, że trzeba czekać. Głęboko leży?

– Niemcy rzucili granaty. Zerwało podłogi, zawaliło ściany. Dwa metry, może głębiej...

– Granaty... Więc rozleciał się na pył...

– Też tak mi się wydawało, ale dlaczego w takim razie czujemy odbicia mocy?

– Może to, co się zachowało, wystarczy...

– Może – westchnął Jakub. – Budowlańcy wywiozą to na hałdę albo gruz pójdzie na budowę dróg... Nie zaszkodzi nam.

– To nie budowlańcy tu kopią. – Mojsze wskazał tabliczkę. – To archeolodzy.

– Aha. Tacy, co grzebią w ziemi i garnki stare znajdują... Bo od dinozaurów to są ci, palantolodzy? – Jakub popisał się fachowym słownictwem.

– Właśnie. Jeśli znajdą kawałki, to może zechcą poskładać go do kupy? Musimy być czujni... – Żyd skłonił poważnie głowę.

Ulicą przejechała spóźniona ciężarówka.

Niebawem – powiedziały numery na ukraińskiej tablicy rejestracyjnej.

– Myślę, że możemy pracować razem. – Na twarzy Wędrowycza wykwitł szeroki, szczery słowiański uśmiech.

Przybysz poważnie skinął głową.

Ten kawałek muru był naprawdę spory. Musieliśmy podważyć go drągami, aby można go było złapać, opleść pasami i wyciągnąć z eksplorowanej piwnicy. Jak się okazało, po stronie przylegającej do ziemi zachowały się resztki tynku pokrytego błękitną farbą. Od góry zdobił go złoty szlaczek odbijany wałkiem. Poniżej namalowano tuszem kilka znaków. Sfotografowałem je.

– Niezły zestaw kolorków. – Blondas trzymał w ręce inny kawałek, dla odmiany intensywnie czerwony.

– Żydzi lubili mocne zestawienia barw – wyjaśniłem. – Na hałdę – zakomenderowałem.

– To przecież cenny zabytek – zaprotestował ktoś.

– To nie są freski Brunona Schulza, on mieszkał w Drohobyczu – zażartowałem.

– A co? – zaciekawił się ktoś.

– Dwudziestowieczny tynk z resztką napisu – odpowiedziałem. – To zbyt świeże, by było dla nas cenne. Ale jeśli ktoś z was chce to przechować dalsze pięćset lat, to nie widzę przeszkód, można sobie zabrać.

Wywlekli bryłę muru i wywieźli taczkami. Ogłosiłem przerwę śniadaniową. Studenci rozsiedli się na murach i powyciągali kanapki, a niektórzy puszki z ukraińską chałwą. Uśmiechnąłem się lekko. Biedacy nie wiedzieli jeszcze, że jest to podróba zrobiona z nasion słonecznika... Indiana stanął koło leżącego na hałdzie kawałka ściany i kontemplował znaki.

– To mi nie wygląda na hebrajski – powiedział, wyjmując z torby książkę. – Däniken...

– Dwa punkty karne za wymówienie na wykopaliskach nazwiska największego wroga archeologii. I jeszcze trzy za przemycenie na teren bazy naukowej dzieł tego popaprańca.

Student zrobił się blady jak ściana.

– Dobra, tym razem ci daruję – mruknąłem. – To alfabet samarytański. Używa go ciągle kilka tysięcy mieszkańców Izraela...

– I co tu jest napisane?

Przyjrzałem się literom.

– *I będziesz się strzegł istoty bez duszy* – odczytałem.

Jakub i Mojsze siedzieli na strychu budynku położonego opodal terenu wykopalisk. Jakub trzymał przy oczach solidną lornetkę, którą w czasie wojny zabrał hitlerowskiemu zwiadowcy. Zwiadowca nie zaprotestował, widły wbite w wątrobę utrudniały mu mówienie...

– Znaleźli? – zapytał cadyk.

Egzorcysta pokręcił głową.

– Jak do tej pory nic – powiedział.

– Może ktoś to wykopał? – zastanawiał się jego towarzysz.

– To skąd by się brały te fluktuacje mocy? – parsknął egzorcysta. – Nawet jeśli ktoś zabrał część, to i tak zostało wystarczająco dużo.

Milczeli przez chwilę. Wreszcie egzorcysta sięgnął do torby i wydobył wałówkę.

– Na, żryj i niech ci dupą wylizie. – Podsunął schabowego towarzyszowi.

– Nie mogę. To wieprzowina... Religia mi zabrania.

Egzorcysta spojrzał mu prosto w oczy. Jednak próba hipnozy nie powiodła się.

– Zabrania to zabrania – mruknął zniechęcony. – To ty z głodu nogi wyciągniesz... Może łyczek śliwowicy? – Wyciągnął flaszkę mętnego bimbru.

– Niekoszerne – skrzywił się przybysz. – Ale spróbuj mojej. – Podał mu piersiówkę.

Pejsachówka, sześćdziesiąt procent mocy, spłynęła w głąb gardła egzorcysty i przyjemnie rozgrzała jego stare kości.

– A koszerne jak się robi? – Jakub z miejsca nabrał ogromnego uznania dla żydowskich wyrobów spirytusowych.

– Trzeba naczynia i produkty umyć siedem razy, nie wolno przygotowywać zacieru ani pędzić podczas szabasu, przy produkcji nie mogą brać udziału kobiety. Wreszcie proces technologiczny musi nadzorować przeszkolony odpowiednio rabin – wyjaśnił cadyk.

– Sporo roboty – mruknął Jakub. – Ale chyba warto. – Pociągnął jeszcze jeden łyk i uniósł lornetkę do oczu.

– Coś dziwnego, szefie. – Blondas położył na stoliku bryłkę błękitnego koloru.

Ująłem ją w dłoń.

– Faktycznie – mruknąłem. – To chyba glinka kimberlitowa, wypalona na cegłę...

Z jednej strony kawałek był zagładzony.

– Nie mam pojęcia, co to jest, poza jednym, to glina zawierająca naturalną domieszkę kobaltu. Tylko mamy problem, bo takie gliny występują może w dwu miejscach w Polsce. A i na świecie jest ich niewiele... Glinki kimberlitowe to pozostałości starych, zerodowanych stożków wulkanicznych – wyjaśniłem.

– W takich glinach w Kimberley w RPA szuka się diamentów... – dodał Indiana, pojawiając się obok. – Mam jeszcze kawałek...

Trzymał na dłoni palec utoczony z tego samego surowca i starannie wypalony.

Palec był naturalnej wielkości...

– Jakaś rzeźba – zawyrokowałem. – Ciekawe. Zwróćcie na to uwagę przy odgruzowywaniu, może znajdzie się więcej fragmentów. Jak ktoś znajdzie ponad dziesięć, anuluję mu jeden punkt karny.

Za szybko zaproponowałem. Do wieczora wszyscy mieli czyste konta. Odłamki błękitnej gliny wypełniły całe pudło po telewizorze. W warstwie nieco ponad poziomem piwnicy znaleźliśmy jeszcze trzy szkielety. Resztki pasów, skórzane buty, pistolety w zaciśniętych dłoniach, blaszane pudełko po papierosach, wszystko to zdradzało ich narodowość.

– Dziwne – mruknąłem, omiatając je starannie miotełką.

– Znowu ktoś im połamał kości? – zainteresował się blondas.

– Gorzej – wycedziłem, patrząc na żebra rozszczepione na długie, ostre drzazgi. – Ci goście zostali jak gdyby wgnieceni w ziemię...

– Sufit spadający z góry? – zaciekawił się blondas.

– Trudno powiedzieć, sądząc po złamaniach kości obręczy barkowej, raczej coś ich gwałtownie ścisnęło, a potem uderzyło w ziemię z taką siłą, że popękały kości udowe, a warto wam wiedzieć, że każda z nich wytrzymuje nacisk pół tony...

– Może jakiś wyjątkowo krzepiasty Żyd rozprawiał się z tymi esesmanami po kolei – mruknął Indiana.

– Musiałby mieć siłę kilku chłopa – mruknąłem.

Zrobiłem fotografie szkieletów in situ.

– Najdziwniejsze jest co innego – powiedziałem. – Dlaczego ich kamraci nie wydobyli zwłok? Ich odkopanie nie powinno być problemem... Tymczasem zostawili ich tu pod gruzami, jak gdyby czegoś się bali...

Opodal szkieletów znaleźliśmy jeszcze stopę z niebieskiej gliny.

– Sądzisz, że znaleźli wszystkie detale? – zaciekawił się cadyk.

Jakub opuścił lornetkę.

– Nie, raczej za wcześnie, ale chyba połowę już mają... Na dziś skończyli. Pora wkraczać. – Podniósł się z desek poddasza.

Skrzypnęła furtka. Obaj wiedzący weszli na teren wykopalisk. Kierownik siedział na składanym krzesełku koło szopy. Na sporym roboczym stole porozkładane miał kawałki dokładnie wypalonej błękitnej gliny.

– Teren wykopalisk, nieupoważnionym wstęp wzbroniony – warknął, nie podnosząc wzroku.

Jakub spojrzał na niego ponuro. Archeolog nie spodobał mu się.

– Ja tam jestem upoważniony – mruknął.

– Niech pan przestanie – odezwał się Mojsze po angielsku. – Pan nie wie, co pan robi.

Olszakowski podniósł głowę.

– A tak właściwie to coście za jedni? – zainteresował się.

– Mojsze Apfelbaum, cadyk, bełszentow, cudotwórca – przedstawił się przybysz z Ameryki.

– Jakub Wędrowycz, egzorcysta – warknął drugi z intruzów.

– Miło mi, a teraz won. – Kierownik wpasował kolejny brakujący element.

– Pan nie wie, co to jest – zauważył łagodnie Mojsze.

– Jak to nie wiem? – obraził się Olszakowski. – To golem. Ktoś z tutejszych rabinów próbował go zbudować. I właśnie dlatego to cholernie ciekawe znalezisko. Żadne muzeum żydowskie na świecie nie ma czegoś podobnego w swoich zbiorach. Nawet jeśli to tylko XIX-wieczna kopia. Choć sądzę, że jest starszy...

– Wypalono go w Lublinie w XVI wieku – powiedział cicho Jakub. – Wówczas ożywiony, został następnie unieruchomiony. Mój przyjaciel cadyk Goldberg odszukał go tuż przed wojną i przywiózł tu. A potem ożywił.

– Usiądźcie. – Archeolog zaciekawiony wskazał im krzesła. – A więc ta figura ma swoją historię...

– Ma – mruknął Wędrowycz – i najwyższy czas ją zakończyć. Znalazłeś trupy?

– Jakie trupy? – zdziwił się Olszakowski.

– Niemieckie trupy. Ciała esesmanów, którzy wdarli się do tego domu i zostali rozerwani na strzępy przez golema... – wyjaśnił Mojsze.

– Ja się nie zajmuję bajkami – mruknął archeolog. – Ja się zajmuję historią...

– A jakże. – Wędrowcz otarł usta wierzchem dłoni. – A poodrywane ręki i nogi w gruzie leżą...

Magister spojrzał na niego spod oka.

– A czego wy chcecie?

– Oczywiście zniszczyć to, zanim dojdzie do nieszczęścia – wyjaśnił przybysz z Ameryki. – Golem nie czuje bólu, nie ma rozumu, dysponuje potworną siłą, jest odporny na zranienia... Dziś jest piątek. Jeśli ożyje, będzie się próbował wedrzeć do najbliższej synagogi.

– A to się zdziwi, bo w tej, która ocalała, urządzili bibliotekę – zażartował Olszakowski.

Obaj intruzi milczeli poważnie.

– Niemiaszkom udało się tylko dlatego, że użyli granatów – wyjaśnił Jakub. – Rozprysł się na kawałki, ale nie starto z niego napisów dających mu życie... Jeśli złożysz to do kupy, znowu powstanie... A nad nim nie można zapanować. A przynajmniej nikomu się nie udało.

– Zniszczyć bezcenny zabytek – prychnął kierownik – i to w imię starych żydowskich bajek... Jesteście naiwni albo szaleni...

Mojsze wyjął z kieszeni pistolet gazowy i spokojnie wystrzelił jeden ładunek.

– No to przeciwnik zneutralizowany – mruknął Jakub. – Jak to kasujemy?

– Tradycyjnie. – Żyd wyjął zza paska sztylet z brązu. – Ścieramy formułę i po problemie, a resztę niech sobie nawet skleją do kupy...

– Gówno – mruknął Jakub. – Mój kumpel, cadyk Goldberg, mówił, że formułę można zetrzeć tylko wtedy, gdy jest żywy. Inaczej nie zadziała.

– Pierdoły. Jeśli usuniemy formułę teraz, to w ogóle nie ożyje...

Archeolog doszedł do siebie, ale związany i zakneblowany mógł tylko rzucać im spojrzenia pełne nienawiści...

– Wystarczy napis – powiedział stanowczo cadyk Mojsze i zeskrobał ciąg błękitnych znaków.

– Zasrani niszczyciele zabytków – warknął Olszakowski, któremu udało się wreszcie wypluć knebel. – Czekajcie, ja was urządzę – zagroził – tylko się stąd wydostanę, a dostaniecie takiego kopa...

– Pora na nas. – Żyd podniósł się z krzesła. – Miło było poznać. – Uśmiechnął się do leżącego na ziemi magistra.

Skierował się do furtki. Jakub wyjął z kieszeni zaiwaniony w supermarkecie nożyk introligatorski i rzucił na ziemię koło rąk związanego.

– Może to i fachowiec – gestem wskazał oddalającego się wspólnika – ale ja na twoim miejscu nie ruszałbym tego...

Obaj wyszli na ulicę.

– Nadal sądzę, że się mylisz – powiedział poważnie Wędrowycz.

– Jestem cadykiem – zaprotestował Mojsze. – Studiowałem kabałę, matematykę sefiriotyczną, Talmud, Zohar, księgę Sefer Jecirach... I wiem, jak obchodzić się z golemami.

– Ta... – Egzorcysta otarł usta dłonią. – I dużo ich załatwiłeś?

– Kilku – skłamał przybysz.

– Zasrane świry – powiedział Olszakowski pod adresem nieobecnych już intruzów. – Na szczęście uszkodzenia tylko powierzchniowe...

Nakapał w szczelinę kleju i wpasował ostatni brakujący element. Siódma wieczorem. Pora wracać na kwaterę. Z walizki wyjął pudełko z tuszem i pędzelkami. Na dłoni posągu widać było jeszcze ślady niedokładnie zdrapanych liter.

– Poprawimy – mruknął – i nikt się nie zorientuje...

Zanurzył pędzelek w kałamarzu. Z zadowoleniem stwierdził, że pamięta jeszcze zajęcia z hebrajskiego i sztukę kaligrafowania żydowskich liter. Po chwili było po wszystkim. Podmuchał na napis, aby tusz dobrze wysechł. Wstał i zaczął składać narzędzia. Odniósł krzesło do składziku. Nieoczekiwanie usłyszał jęk. Odwrócił się na pięcie. Stół był pusty. Golem stał obok.

Młody mężczyzna o lekko semickich rysach, wyglądał jak ulepiony z pyłu. Uniósł nogę i postąpił krok. Jego ciało stało się mokrą gliną. Potem przybrało cielistą barwę. Mięśnie zagrały pod opaloną, śniadą skórą.

Olszakowski patrzył, nie wierząc własnym oczom. Stwór mrugnął glinianymi powiekami. Gdy je otworzył, jego oczy były już żywe. Wyglądały jak u normalnego człowieka.

Golem był nagi. Podszedł do magazynu i wyciągnąwszy ze środka drelichowy sort odzieżowy, ubrał się spokojnymi, miarowymi ruchami. Po chwili wyglądał jak zwyczajny robociarz, tylko lekka sztywność ruchów sprawiała, że wyglądał obco, niepokojąco. Zbliżył się do skamieniałego magistra.

– Dziękuję za odkopanie – powiedział spokojnie po polsku. – Cholerni partacze – mruknął pod adresem nieobecnych egzorcystów. – Nieuki...

Spojrzał na niebo. Słońce powoli zapadało w stronę horyzontu. Zbliżał się czas szabasu. Potem odwrócił się na pięcie.

– Ty, zaczekaj! – huknął Olszakowski, łapiąc oddalającego się za ramię.

Miał wrażenie, jakby gołą ręką usiłował zatrzymać odjeżdżający pociąg. Golem łagodnie, ale z nieprawdopodobną siłą oderwał jego palce.

– Pora na mnie – powiedział pogodnie. – I nie wchodź mi w drogę. – Gestem wskazał cztery kartonowe pudełka z połamanymi kośćmi esesmanów.

A potem wyszedł przez skrzypiącą furtkę. Archeolog przez chwilę patrzył za nim.

– Kurde, jak ja to odnotuję w protokole wykopalisk? – jęknął.

Stara, zrujnowana synagoga drzemała w ciepłym letnim półmroku. Bibliotekarze skończyli pracę i poszli do domów. Jakub i Mojsze wyleźli z kibla.

– I po jaką cholerę mnie tu przywlokłeś? – warknął Żyd.

– Żebyś, kurde, zobaczył, do czego prowadzi nieuctwo – parsknął egzorcysta.

– Powinienem o tej porze być w synagodze – wyjaśnił cadyk – zaczął się już szabas...

– Jesteś w synagodze – Jakub zażartował ponuro.

– Fakt – mruknął.

Stanął pomiędzy regałami i kołysząc się na piętach, pogrążył w modlitwie. Jakub zdjął pokrywkę z wiaderka. W powietrze buchnął zapach kwasu fluorokrzemowego. Ustawił go w kącie. Na wszelki wypadek.

Drzwi uderzone pięścią golema popękały na szczapy. Stwór stanął u wejścia do głównej sali. Wyglądał jak człowiek i tylko jego skóra połyskiwała dziwnie. Jednak gdy ruszył do przodu, podłoga zatrzęsła się pod jego stopami. Ćwierć tony, niesamowita szybkość, gibkość tygrysa, siła słonia. Cadyk przerwał modlitwę i odrzucił tałes. W jego dłoni błysnęła lufa rewolweru magnum. Egzorcysta z uznaniem spostrzegł, że w oczach jego przyjaciela nie widać lęku. Bez wahania zastąpił drogę żywemu posągowi i wystrzelił pięć razy w glinianą pierś. Kule przeszyły tkankę i wyszły z tyłu, wyrywając wielkie kawały mięcha.

Ołowiane czubki bez stalowego płaszcza, skonstatował Wędrowycz.

Ochłapy padły na podłogę, rozsypując się w gliniany pył. Golem nawet tego nie poczuł. Rany zabliźniły się momentalnie. Cadyk wystrzelił ostatni nabój w głowę monstrum. Kula oderwała kawałek policzka, lecz znowu ubytek natychmiast zarósł. Stwór odrzucił zagradzającego mu drogę człowieka i ruszył naprzód. Kopniakiem wyrzucił w powietrze regał. Książki poleciały na wszystkie strony. Jakub ominął go bokiem i dopadł do przyjaciela.

– Żyjesz? – Pochylił się na Żydem.

– Połamał mi żebra – wyjaśnił Mojsze. – Walnął, jakby miał łapę z kamienia...

Egzorcysta podał mu rękę i pomógł wstać. Monstrum z gracją poruszało się pomiędzy regałami, niszcząc te, które zagradzały mu drogę.

– Czego on, u licha, szuka? – zapytał Wędrowycz.

– Nie mam pojęcia. Nasze legendy mówią tylko, że będzie próbował wedrzeć się do środka... Ale dotąd nie odnotowano...

– To może warto poobserwować? – zamyślił się Jakub.

– Nie. Musimy go zniszczyć, zanim dojdzie do jakiegoś nieszczęścia... Tylko jak?

– Zniszczyć to zniszczyć – westchnął egzorcysta.

Pobiegł na koniec biblioteki i uniósł z ziemi wiaderko z kwasem. Ruszył pomiędzy regałami na spotkanie przeznaczenia. Golem nadciągał. Wyglądał na mocno wkurzonego.

– Stój! – krzyknął do niego Jakub. – Ustąp i giń!

Nawet nie zwolnił kroku. Egzorcysta chlusnął z wiadra i natychmiast odskoczył. Kolejny regał wyleciał w powietrze. Obaj wspólnicy starali się schodzić z drogi glinianej istocie. Było to trudne. Golem poruszał się bardzo szybko, a liczba wywróconych regałów rosła.

– Nie zadziałało – powiedział cadyk. – Może gdyby walnąć go od tyłu czymś ciężkim... Cholera, gdybyśmy mieli granat...

– Mam – mruknął Jakub, ale nie rozwijał tematu.

Nieoczekiwanie potwór zwolnił. Powoli odwrócił się w ich stronę. Z wysiłkiem uniósł kolano. Skóra pękała mu, odsłaniając głębsze warstwy ciała. Kolano złamało się z trzaskiem i po chwili runął jak długi. Na jego twarzy odmalował się ból, a z gardła wydarł krótki, ochrypły krzyk.

Jedno ramię ciągle miał sprawne. Walił nim z wysiłkiem w podłogę. Kawałki ceramicznych płytek bryzgały naokoło. Cementowa posadzka popękała promieniście. Na drugiej ręce, niczym siny tatuaż, odznaczały się cztery hebrajskie litery. Cadyk, ryzykując życie, dopadł jej i jednym pociągnięciem brązowego nożyka usunął pierwszą.

Na podłodze leżał gliniany posąg w podartym drelichu. Martwy.

– Jak tyś to zrobił? – Mojsze wbił świdrujące spojrzenie czarnych oczu w Jakuba.

– Kwas fluorokrzemowy, nie? To się używa w budownictwie do osuszania ścian. Wiąże wilgoć w murze i robi z niej krzemionkę. Skoro było żywe, to miało w sobie wodę. Jak polałem, przepaliło mu skórę i zaczęło ścinać na kamień, dlatego przestał się ruszać...

– Sprytne...

Praktykanci przyszli piętnaście minut przed czasem.

– O, a gdzie posąg? – zdziwił się blondas.

Uch, jak ja nie lubiłem wścibskich studentów.

– To tak cenne znalezisko, że zdecydowałem się je natychmiast zabezpieczyć – wyjaśniłem. – Jeszcze wieczorem przyjechali od generalnego konserwatora zabytków i zabrali go do Warszawy – zełgałem.

Chyba uwierzyli. Zresztą jak mogliby nie uwierzyć swojemu kierownikowi?

– Piwnica odgruzowana? No to zabierajcie się za następną – huknąłem – szkoda czasu!

Pobiegli po łopaty. Minęło może pół godzinki. Telefon milczał. Zaczynałem się już denerwować.

– Szefie, są żydowskie skarby. – Indiana wyskoczył z wykopu z siedmioramiennym świecznikiem w ręce. – Drewniana beczka zgnieciona cegłami... Pełno w niej różności pozawijanych w gazety.

– Blondas, neandertalczyk, pędzle w garść, odczyścić warstwę – poleciłem, – a wy, dziewczyny, nie obijajcie się. Ty, ruda, po aparat, a ty, cielątko, polecisz do redakcji Tygodnika Chełmskiego, niech dadzą natychmiast jednego dziennikarza...

Zadzwonił telefon komórkowy. Paweł. Nareszcie.

– Słuchaj, Tomasz, ugadałem już tego artystę. Rzeźba będzie gotowa na poniedziałek. Kimberlitu nie zdobyliśmy, ale mamy białą glinę, zabarwimy kobaltem.

– Kurde, dzięki, stary, ratujesz mi życie...

– Od tego ma się kumpli. Aha, jeszcze jedno. Przyślij mejlem znaczki, co ma mieć wypisane na ręce...

Zamyśliłem się na chwilę.

– Wiesz co, zróbcie bez znaczków. Jak będzie potrzeba, później sam je sobie domaluję...

Wyłączyłem telefon i schowałem do kieszeni.

Jakub i Mojsze stanęli nad gardzielą potężnej kruszarki mielącej margiel w Cementowni Chełm.

– Hy, rozetrze na proszek – ucieszył się Wędrowycz.

Po kolei rzucali na walce maszyny błękitne bryły.

Starzy chełmscy budowlańcy wspominają, że nigdy w życiu nie trafili na tak dobry materiał jak ten lekko niebieskawy portlandzki cement z partii W/821c.

W kamiennym kręgu

Wrześniowe niebo było ciemne i zaciągnięte chmurami. W licznych wyrwach szpecących drogę do byłego pegeeru stały kałuże. Odbijały się w nich rachityczne choinki rosnące po obu stronach szosy oraz ołowianej barwy nieboskłon. Z jednej szczególnie głębokiej wyrwy, zajmującej ponad połowę szerokości, wystawał zardzewiały wrak wojskowej ciężarówki. Najwidoczniej wpadła kiedyś do dziury i nie zdołano już jej wyciągnąć.

Szosą jechał piętnastoletni maluch na warszawskich numerach. Rdza odsadziła lakier w miejscu, gdzie karoseria łączy się z podwoziem, silnik rzęził upiornie, ale pojazd niestrudzenie pruł do przodu. Mężczyzna siedzący za kierownicą spokojnym spojrzeniem lustrował okolicę. Umierający las, dziurawa droga, to wszystko nie robiło na nim najmniejszego wrażenia. Wreszcie pojazd, wyjąc silnikiem, wjechał na wzgórze. Roztaczał się stąd wspaniały widok. Na dnie rozległej doliny leżał były PGR – kilkadziesiąt baraków wymurowanych z pustaków, krytych eternitem. Większość budynków była opuszczona. Straszyły wyrwanymi oknami. Na kolejnym wzgórzu stał spory budynek otoczony wysokim murem. On także wyglądał na opuszczony.

Pola wokoło wsi zarastał łan perzu, gdzieś pod lasem stał kompletnie zardzewiały kombajn. Większość części rozkradziono, przechylił się na bok. Ile lat temu porzucono go, by sczezł pod gołym niebem? Na skraju wsi i na polu widać było kilkanaście dziwnych okrągłych jeziorek otoczonych niskim wałem piachu.

Kierowca zatrzymał pojazd i wyciągnąwszy ze schowka sztabówkę, przez chwilę porównywał ją z okolicą. Zabudowania na wzgórzu były prawdopodobnie opuszczonym pałacykiem myśliwskim hrabiego Zygfryda von Hosendufta. Tajemnicze jeziorka zaznaczono na mapie. Czerwona linia biegnąca jej krawędzią wyznaczała granice dawnego radzieckiego poligonu.

Mężczyzna złożył mapę i zwolniwszy hamulec, powoli zjechał do wsi.

Idzie majster ciemną nocą,
Ma w koszyczku pół litra.
W buteleczkach tak chlupoce,
Aż wyjrzały ptaszki z gniazd.
Jak wyjrzały, zobaczyły,
To nie chciały więcej spać.
Kaprysiły, grymasiły,
Żeby im pół litra dać!

Wesoła pieśń masowo wywrzaskiwana przez czterdzieści gardeł wprawiała w drżenie szyby w knajpie. Semen wybijał rytm, waląc pięścią w stół. Jakub w kącie sączył drugie dopiero piwo. Nieoczekiwanie drzwi otworzyły się ze skrzypnięciem i wewnątrz lokalu pojawił się obcy. Tłum zamarł i wrogo spojrzał na wysokiego, jasnowłosego mężczyznę w garniturze. Ten przetoczył po wnętrzu spokojnym wzrokiem. Któryś krewki tubylec trzasnął flaszką o kant stołu, ale obcy tylko spojrzał na niego chłodno. Tubylec poczuł ból i spojrzawszy na dół, ze zdumieniem spostrzegł, że wbija sobie tulipana we własną nogę.

Egzorcysta odstawił kufel. Odsunął krzesło gestem zapraszającym przybysza do zajęcia miejsca. Ludzie milczeli ponuro, ale Wędrowycz cieszył się opinią człowieka, któremu lepiej nie podskakiwać. Skoro zapraszał tego przybłędę, tak widać musiało być. Gość usiadł naprzeciwko Jakuba. Spojrzeli sobie w oczy. Myśli Wędrowycza splątały się lekko, ale zaraz mu przeszło.

– Tancerz Umysłu – mruknął.

Gość poważnie skinął głową.

– A ty jesteś wiedzącym – powiedział z szacunkiem.

Mówił po angielsku, ale ponieważ obaj przełączyli się na telepatię, rozumieli się bez trudu.

– Czego tu szukasz? To moja ziemia – warknął Jakub.

– Jadę do Lwowa. A potem dalej na Wschód – wyjaśnił przybysz. – Wpadłem, aby cię ostrzec.

– Coś się dzieje? – mruknął Jakub ponuro. – Czuję to od kilku dni. Coś dziwnego. Nowe, a jednocześnie stare...

– Słyszałeś o instalacji?

– Żartujesz? – zdenerwował się.

– Znowu ją uruchamiają. Wytłucze wszystkich obdarzonych w promieniu dwóch, może trzech tysięcy kilometrów.

– Kurde!

– To nie wszystko. Prawdopodobnie będą usiłowali przywrócić Zygfryda von Hosendufta.

– Kurde – powtórzył Jakub. – Trzeba temu zapobiec!

– Ciekawe jak – parsknął gość. – Wszyscy, których zawiadomiłem, uciekają teraz jak zające.

– Jeśli sprowadzą go na ziemię, to wcześniej czy później dorwie was wszystkich. Trzeba działać teraz.

– Jesteśmy za słabi. To najpotężniejszy mag zakonu Thule. Ale spokojnie, jeśli nawet go przywrócą, to nie pociągnie długo. Pole śmierci nie utrzyma go przy życiu dłużej niż dwadzieścia lat... Pamiętasz, co było ostatnim razem?

– No to spierdalaj, frajerze – warknął egzorcysta. – Jeśli jedyne, co umiesz zrobić, to zaszyć się daleko, to wynoś się...

– A ty, co ty możesz zrobić? – parsknął rozeźlony gość.

– A ja będę walczył... Barman, temu frajerowi flaszkę na drogę, a wy, chłopaki, wsadźcie go do pekaesu – dokończył.

Chłopaki wyciągnęli noże, tasaki, łańcuchy do krów...

– Dzięki – odwarknął Anglik – jestem samochodem.

Tłum powoli rozstąpił się, robiąc wąskie przejście. Jakub splunął w ślad za odchodzącym. A potem wlał do kufla jeszcze jedną butelkę piwa. Gdy zacisnął na nim dłoń, spostrzegł, że drżą mu palce. Od kiedy w czasie wojny upitolił esesmanowi głowę sierpem, nie bał się niczego. Aż do teraz. Lęk złapał go stalowymi kleszczami za gardło. Zygfryd... Jeśli to prawda... Po raz pierwszy w życiu przyszło mu na myśl, że ucieczka nie jest chyba takim głupim rozwiązaniem.

– Jakub, co z tobą? – Semen klepnął go po ramieniu. – Wyglądasz, jakbyś ducha zobaczył. A właściwie znacznie gorzej – dodał, poważniejąc.

– Mamy kłopoty – powiedział w zadumie egzorcysta. – I to poważne.

– Co się stało? – zaniepokoił się kozak.

– Nie chce mi się o tym gadać – westchnął Jakub. – Jest impreza, więc nie martwmy się, tylko bawmy. A problemom czoła stawimy jutro.

Wicher wył w kominie pałacu. Z trzewi budowli rozległ się jęk. Mark wstał z fotela. Z żalem oderwał wzrok od płomieni tańczących w kominku. Niechętnie opuścił swój pokój. Ruszył przez zimne, ponure korytarze. Kapłanka leżała, tak jak ją zostawił, w salonie.

Tu także było zimno. Wprawdzie zamurowano okna, ale wicher odnajdywał jakoś drogę do wnętrza. Pośrodku pomieszczenia spoczywał wielki blok granitu ozdobiony zatartymi nieco napisami. Wiek mijał od czasu, gdy magowie Thule wydobyli go z jednej z okolicznych wydm.

Pochylił się nad nieprzytomną, nagą dziewczyną. Jej czoło pokrywały kropelki krwi. Krwawy pot. Ostrzegała go, że tak będzie... Przyniósł z kuchni kawałek czystej szmatki i delikatnie przetarł jej twarz. Kończył już, gdy wyszła z transu. Spojrzała na niego żółtymi oczyma.

– Moc narasta – powiedziała chrapliwym, starczym głosem. – Za tydzień będzie pełnia. Zygfryd powstanie z krainy cieni. A twój kontrakt dobiegnie końca.

Skinął poważnie głową. Dziewczyna usiadła. Nakrył ją obszernym szlafrokiem. Póki była pogrążona w transie, jej ciało nie traciło ciepła. Teraz, przebudzona, bardzo zmarzła.

– Pamiętasz punkt trzynasty? – zapytała.

– Pamiętam wszystkie. – Uroczyście skinął głową.

– Przygotuj się... Kto wie? – mruknęła. – Szczury opuszczają tonący statek. Fluktuacje mocy przeraziły wszystkich, którzy byli w stanie je odbierać, ale nie wszyscy uciekli.

– On został? – zaniepokoił się Mark.

– Gorzej. Chyba wybiera się do nas z wizytą...

Wrócił do swojego pokoju i zapadł w fotel. Ze skórzanej teczki wyjął kartę pergaminu opatrzoną swoim podpisem. Kontrakt z zakonem Thule czynił go na pięć lat ich niewolnikiem. W zamian miał otrzymać milion euro. Jeśli tylko Unia Europejska przetrwa, będzie bogaty... Gotycka czcionka była trudna do przeczytania, ale znał cyrograf prawie na pamięć. Punkt trzynasty obligował go do zabicia człowieka nazywającego się Jakub Wędrowycz, gdy tylko ten pojawi się w pobliżu...

Zdezelowany fiacik zatrzymał się przed sklepem monopolowym pośrodku wsi. Tubylcy leżący malowniczo na schodach podnieśli głowy i przez chwilę obserwowali człowieka, który wysiadł.

– Hy, miastowy – rzucił jeden i wszyscy wybuchnęli gromkim śmiechem.

Nic tak dobrze nie rozpuszcza mózgu jak truskawkowa pryta na siarce. Na sklepie wisiała czerwona tabliczka oznaczająca, że wewnątrz można znaleźć sołtysa wsi. Mężczyzna już miał nacisnąć klamkę, gdy drzwi gwałtownie się otworzyły i z wnętrza wyszła potężna, zwalista baba. Miała co najmniej dwa metry wzrostu i sto pięćdziesiąt kilo wagi. Znaczną część tej masy stanowiły mięśnie. Kobieta niosła jednego z pijaczków; trzymała go jak szczeniaka za pasek od spodni. Stanąwszy na schodkach, wykonała energiczny wymach. Niesiony zawirował w powietrzu i skowycząc, runął prosto w kałużę błota.

Koledzy spoczywający przed sklepem wybuchnęli śmiechem. W tej wiosce najwyraźniej niewymuszona wesołość była normalnym stanem ducha... Babsztyl otrzepał ręce i splunął w ślad za wyrzuconym.

Obróciła się na pięcie i wtedy zobaczyła przybysza.

– A ty tu czego? – warknęła.

– Szukam sołtysa – powiedział.

Kobieta obrzuciła go miażdżącym spojrzeniem.

– Ja jestem sołtysem – powiedziała ponuro. – Jeśli przysłał cię syndyk, to lepiej spierdalaj, pókiś cały...

Na dźwięk słowa „syndyk" tubylcy pospiesznie dopili prytę i zaczęli kruszyć butelki na tulipany.

– Magister Paweł Kowalski – przedstawił się przybysz. – Jestem nauczycielem biologii. Mam założyć tu filię szkoły podstawowej...

Baba odrobinę złagodniała.

– Małgorzata Piącha – przedstawiła się. – Znaczy dzieciaczki chcesz uczyć... Kurde, było pismo coś dwa tygodnie temu. – Poskrobała się po głowie, aż posypał się łupież.

Pogrzebała w kieszeni i wydobyła zmiętą kopertę z urzędowym nadrukiem. Ze środka wyjęła wydruk komputerowy.

– M-i-n-i-s-t-e-r-s-t-w-o E-d-u-k-a-c-j-i – przesylabizowała z trudem. – Aha, tak myślałam, że to o tobie... Zapraszam do biura.

Weszli do sklepu. Spod lady wydobyła wytłuszczony zeszyt i otworzyła go gdzieś pod koniec.

– Dzieciaków w wieku szkolnym jest około dwudziestu, może dwudziestu pięciu – powiedziała, sylabizując zatarte zapiski – może trochę mniej lub więcej.

– Nie wiecie? – zdumiał się.

– A kto by to zliczył? – Wzruszyła ramionami. – Mnożą się jak wszy. We gminie pewnie mają dokładny wykaz, bo były rejestrowane, jak się rodziły, żeby zasiłki dostać – wyjaśniła – a tak to nawet rodzice pewnie się nie doliczą, ile tego się pląta. Zresztą mamy ważniejsze sprawy – mruknęła. – Lokal na szkołę chceta?

– Właśnie – przytaknął. – Gmina obiecała mi tu służbowe mieszkanie.

Baba popatrzyła na niego zaskoczona.

– A to się nawet i da załatwić – fuknęła. – Chodźta.

Wyjęła z kieszeni pęk kluczy na drucie. Poszli między baraki. Otworzyła zaśniedziały zamek jednego. Korytarz na przestrzał, pokoje po obu stronach. Budowniczowie socjalizmu zaadaptowali twórczo zasady konstrukcji dworskich czworaków...

– A o! – Otworzyła drzwi. – Jest mieszkanie.

Ciasny pokój, podłoga z płyty wiórowej pomalowanej olejną farbą. Obtłuczona miska i wiszący nad nią kran. Poobijane drzwi z dykty prowadziły do małej kuchni. W kącie piecyk typu koza z rurą wychodzącą przez ścianę na zewnątrz. Łóżko z desek, stolik i dwa krzesła.

– Na, tu możecie mieszkać – powiedziała – a na szkołę to będzie dobry magazyn chyba...

Na końcu budynku znajdowała się spora sala. Sufit pokrywały tu i ówdzie zacieki, podłogę stanowiła betonowa wylewka. Okna wychodziły na główny placyk przed sklepem. Były w nich nawet szyby. W kącie poniewierało się kilka szkolnych ławek, a na ścianie wisiała tablica.

– Tu była kiedyś szkoła? – zdziwił się.

– A gdzie tam. Kursy dla analafabe... no, dla niepiśmiennych robione, ale to jeszcze w pięćdziesiątych latach.

– Trzeba by tu uprzątnąć – mruknął, patrząc po kątach.

– A to za dwie flaszki pryty można kogoś nająć – doradziła.

Nauczyciel pociągnął nosem. W powietrzu unosiła się silna woń myszy.

– Wesoło – mruknął.

Rozpakował się, wkręcił w drzwi nowy zamek – jakoś nie dowierzał pani sołtys. Zasłał łóżko kocem i śpiworem. Teraz trzeba było zwiedzić osadę...

Wyszedł przed budynek i przybił koło drzwi tablicę z napisem „Szkoła". Kilkoro brudnych i obdartych dzieci obserwowało go ze zgrozą.

– No, skończyły się wakacje – wycedził. – Wszyscy w naszym kraju mają obowiązek chodzić do szkoły...

Jakiś dzieciak splunął i wszystkie zarechotały ponuro. No cóż, będzie widać problem... Ruszył spokojnym krokiem przez wieś. Tubylcy odprowadzali go znudzonymi spojrzeniami. Wyszedł na ledwie widoczną ścieżkę prowadzącą przez zarośnięte pola w stronę lasu. Wyjął sztabówkę i przez chwilę ją oglądał. Kilkanaście metrów w lewo, za niewielkim zagajnikiem, powinien znajdować się jeden z tajemniczych kraterów.

Przeciął łan zielska. Pomiędzy drzewami poniewierały się różne śmieci. Wyszedł po drugiej stronie zagajnika. Z bliska okazało się, że krater ma co najmniej dwadzieścia metrów średnicy. Był lekko elipsoidalny.

– Meteoryt? – zdziwił się.

W pobliżu Poznania, w rezerwacie Morasko, widział kratery meteorytowe. Były niezwykle podobne. Na okolicznych polach kolekcjonerzy i geolodzy parokrotnie znajdowali bryły kosmicznego żelaza... A gdyby tak...

– Cztery złote za gram – szepnął do siebie.

Czy to możliwe? Czy ta piaszczysta ziemia mogła kryć skarby?

Ruszył brzegiem leja, uważnie patrząc pod nogi. Może trzeba pojechać do Warszawy pożyczyć od znajomych archeologów wykrywacz metali i przeczesać okolicę... Gdyby tak znaleźć kilka kilogramów... Jak ci Niemcy, którzy pod Moraskiem natrafili na bryłę ważącą prawie dwadzieścia kilo...

Kawałek rudego, zardzewiałego metalu tkwił w ściance krateru, tuż nad wodą. Ryzykując stoczenie się w błoto, zszedł i wyrwał go z piachu.

– Cholera – mruknął rozczarowany.

Trzymał w ręce kawałek żelaza, odłamek oderwany wybuchem od korpusu pocisku rakietowego. Wdrapał się na wierzch wału. Jakiś staruszek pędził ścieżką dwie dychawiczne kozy.

– Co, nauczyciel? – zagadnął. – Historię okolicy badamy?

Kiwnął głową na potwierdzenie.

– Co to za dziury? – zapytał.

– A to musi z siedemdziesiątego roku, jak Ruski robili próby... Pamiętam jak dziś, nocka spokojna była, wypłata dwa dni wcześniej, tośmy jeszcze wszystkiego nie przepili. Siedzimy w stodole przy flaszkach, a tu jak nie pizdnie. Pierdut. Belki na głowę lecą, Osucha to na miejscu ubiło. A potem łup, łup, i tak dwanaście razy... Chałupy rozniosło, potem nam te baraki postawili. Elewator z ziarnem się przewrócił, dyrektora wołgę zgniótł na placek... A to Ruski walili rakietami, tylko trochę nie trafili. Hy. A jaki dyrektor miał problem w centrali, żeby się wytłumaczyć, bo ten poligon to ściśle tajny był, to nawet nasi wojskowe nie bardzo wiedzieli, że oni tu siedzą... A my to milczeć mieliśmy, papiery podpisalim... A tam do lasu pójdzie – zmienił temat – na uroczysko. Tam to historyczna pamiątka stoi. Złe miejsce, ale wy, miastowi, nie wierzycie... – Machnął ręką w nieokreślonym kierunku i podreptał z kozami.

Paweł ruszył w stronę lasu. Po drodze minął jeszcze dwa kratery. W pobliżu jednego leżał wciąż jeszcze statecznik rakiety. Wiatr toczył po niebie ciężkie chmury. Była może szesnasta.

Drzewa rosły chaotycznie, ale dość szybko odkrył pomiędzy nimi wąską ścieżkę. Pomiędzy pniami znalazł prawdziwki, ale nie miał siatki. Postanowił wrócić tu następnego dnia. Rozwinął raz jeszcze sztabówkę. Uroczysko było na niej zaznaczone. Przyspieszył kroku i po kilku minutach dotarł na polanę.

Krąg ułożony z kilkunastotonowych głazów miał może czterdzieści metrów średnicy.

– A niech mnie – mruknął.

Trzy częściowo obrobione bloki stały pośrodku, tworząc trylit – charakterystyczny dla konstrukcji megalitycznych.

Obok czerniały ślady ogniska. Obszedł krąg wokoło. Przysiadł na jednym z głazów. Bolała go głowa, pewnie od świeżego powietrza. Przeciągnął się. Był głodny. Wracając, zdjął kurtkę, zawiązał rękawy i nazbierał dobre trzy kilogramy grzybów. Ciekawe, dlaczego tubylcy nie interesowali się nimi.

– Mark! – Kapłanka stanęła w drzwiach jego pokoju.

Podniósł się z fotela.

– Czym mogę służyć? – zapytał.

– Zbliża się czas – powiedziała. – Chyba pora wezwać naszych.

Skłonił z szacunkiem głowę.

– Na kiedy wyznaczyć im termin przybycia? – zapytał.

– Za tydzień. Będziemy mieli dzięki temu jeszcze kilka dni na przygotowania.

Przeciągnęła się kusząco.

– Dziś wieczorem zamierzam zażyć trochę seksu – powiedziała. – Wpadnij po kolacji.

– Tak jest. – Ponownie skłonił głowę.

Punkt dwunasty kontraktu jasno precyzował jego obowiązki także w tej dziedzinie.

Jakub siedział w swojej chałupie i kompletował wyposażenie.

– Może pojadę z tobą? – zaofiarował się Semen.

Egzorcysta zamyślił się na chwilę.

– Możesz zginąć – powiedział wreszcie poważnie.

– E tam. Przeżyłem dwie wojny światowe, pomagałem ci z upiorami, to miałbym się bać... no właśnie, czego?

Egzorcysta milczał dłuższą chwilę. Wreszcie jakby się obudził. Jego twarz straciła normalny głupkowaty wyraz. Oczy nie przypominały już porcelanowych kulek. Zgarbiona sylwetka wyprostowała się. Niezwykle rzadko porzucał kamuflaż.

– Była taka banda – powiedział powoli – nazywali się magami z Thule. I faktycznie zajmowali się magią... Zygfryd był ich przywódcą. Mieszkał na Pomorzu, na tych ziemiach, gdzie przed wojną siedzieli Niemcy. Był doradcą cesarza Wilhelma i Adolfa. Jeśli dobrze kapuję, to on popchnął ich do wojny... A zatem to przez tego – tu rzucił bardzo niecenzuralny wyraz – mieliśmy dwie wojny, o których wspomniałeś.

– O karwia – zaklął Semen.

– To nie wszystko. Pamiętasz, jak zaciągnąłem się do wojska?

Stary kozak kiwnął głową. Czterdziesty czwarty rok... On też chciał do armii, ale uznali go za niepewnego politycznie... Jakoś ludowe wojsko polskie nie kochało białogwardyjskich oficerów. A potem jeszcze ganiali go ci frajerzy z NKWD... Jakuba też wzięli tylko dlatego, że zataił kilka faktów... No i długo z nim nie wytrzymali.

– A więc poszedłem na Wał Pomorski – kontynuował egzorcysta – tam walczyliśmy u boku Ruskich. Wiedziałem, gdzie jest majątek barona, więc z moim oddziałem wpadliśmy tam z wizytą. Wszystko było zniszczone, chłopaki z Armii Czerwonej byli tam pierwsi. Czarownika ubili, leżał w ogrodzie.

– Czyli problem rozwiązany – ucieszył się Semen.

Jego przyjaciel pokręcił przecząco głową.

– Zygfryd zginął, ale jego ciało... Ruscy wyprzedzili nas o jakieś trzy dni. Przez ten czas leżał pod gołym niebem i się zmumifikował... Wrzuciliśmy go do grobowca i wysadziliśmy budynek w powietrze, żeby dobrze go zasypało... Ale jeśli ktoś wie jak, to może go ożywić...

– Ożywić mumię? – zdumiał się Semen.

– Łatwe to nie jest, ale się da. Ktoś przy tym majstruje, skoro wszyscy wieją...

– Jadę z tobą – powiedział twardo starzec. – Skoro Ruscy go ubili, to i my jesteśmy w stanie. A tak swoją drogą, to dlaczego nie zlikwidowałeś tej mumii wtedy?

– Dusza czarownika uwięziona jest w jego ciele – powiedział niechętnie egzorcysta. – Nie ma ciała, dusza się uwalnia. A wtedy może być naprawdę źle...

– To znaczy?

– Może się wcielić – sprecyzował.

Wpuścił w szew spodni nową linkę hamulcową z pętlą. Posrebrzony bagnet od kałasznikowa wsunął do skórzanej pochwy. Ściągnął z nóg gumofilce i odkleił skarpetki od stóp. Założył nowe, grubsze, z dobrej bawełny. Naciągnął wysokie czarne oficerki zabrane kiedyś esesmanowi. Bagnet wpuścił w cholewę buta. Włożył koszulę i sweter, w którego splocie kryło się siedem specjalnych węzłów. Na zakończenie powiesił sobie pod lewą pachą gliniarską kaburę z pistoletem. W jednej kieszeni kurtki umieścił manierkę z bimbrem, a w drugiej identyczną z wodą święconą.

Przejrzał się w lustrze. Przygasił blask oczu.

– Umiesz prowadzić samochód? – zapytał Semena.

– Tak.

Przeszli do szopy. W kącie od nie wiedzieć jak dawna leżała wielka kupa zetlałej słomy. Gliniarze parokrotnie grzebali w niej, szukając bimbru i instalacji, ale nigdy nie chciało im się przeryć jej do dna. Obaj starcy złapali za widły i odwalili stos na bok. Ukazała się duża klapa w podłodze. Unieśli ją lewarkiem. W suchym dole pod spodem stał samochód. Opancerzona „czajka", niegdyś własność wojewódzkiego sekretarza partii z Lublina.

– Fiu – gwizdnął Semen – niezły wózek.

– Silnik od ruskiego traktora, pancerz ze stalowej blachy – pochwalił się Jakub – kuloodporne szyby... Koła z lanej gumy. Maszyna nie do zdarcia. I nie do rozwalenia. Można w nią walnąć czołgiem i nic...

Otworzył tylne drzwiczki i wywalił kościotrupa w resztkach garnituru na podłogę szopy.

– Potem się zakopie – mruknął.

Kluczyki tkwiły w stacyjce. Semen usiadł za kierownicą i przekręcił je. Spod maski dobiegł głęboki bas dwunastocylindrowego silnika.

– Rozpędza się do jakichś siedemdziesięciu kilometrów na godzinę – powiedział Jakub – ale wtedy to już trzeba uważać, bo przy siedmiu tonach wagi można nie wyhamować w razie czego...

– Siedem ton? – mruknął Semen. – Przy tak mocnej konstrukcji i takiej szybkości to w razie czego w ogóle nie musimy hamować. Przecież takie uderzenie zwali z drogi każdy pojazd... Dokąd jedziemy?

– Na razie na Kołobrzeg. – Jakub rzucił torbę z wyposażeniem na tylne siedzenie i usiadł koło kumpla.

Zapięli grube parciane pasy. Kozak wcisnął pedał gazu i pojazd z rykiem silnika wyjechał z nory. Coś zatrzeszczało i egzorcysta pomyślał, że chyba przejechali po kościotrupie wojewódzkiego sekretarza. Ale nie przejął się tym specjalnie. Pozamiata, jak wróci. A jeśli nie wróci, to i tak nie będzie to miało większego znaczenia.

W sali lekcyjnej zebrali się wszyscy rodzice. Kilku usiłowało stawić opór, ale pani sołtys Piącha przemówiła im do rozumu. Siedzieli teraz, masując podbite oczy lub trzymając się za złamane nosy. Krew kapała na beton, znacząc go czerwonymi plamkami.

– Witam państwa – odezwał się Kowalski stojący koło tablicy.

Jeden z mężczyzn zarechotał ponuro. Piącha walnęła go po łbie styliskiem od łopaty i zamilkł.

– Celem naszego zebrania jest sprawa uruchomienia we wsi szkoły podstawowej.

Ludzie popatrzyli na niego bezmyślnie. Takie spojrzenie widywał u krów swojego dziadka. Odchrząknął.

– Z tego, co wiem, wiele dzieci z waszej wsi nie realizowało obowiązku szkolnego.

Inny mężczyzna roześmiał się głośno i też oberwał kijem.

– Jak państwu zapewne wiadomo, każde dziecko, które ukończy siódmy rok życia, zobowiązane jest uczęszczać do szkoły.

– Jest pan pewien? – zdziwiła się jakaś kobieta w dziurawym swetrze z akrylu. – My o tym nie słyszeli, no nie?

Rozejrzała się po sali. Wszyscy w zadumie skrobali się po głowach.

– No nie słyszeli – powiedział facet w zjedzonej przez mole marynarce. – Tu szkoły nigdy ni było, tylko kursy obsługi traktora w pegeerze.

– Nie chodzili państwo do szkoły? – zdumiał się.

– Ni – potwierdziła baba. – A komu ta szkoła potrzebna? Czytać na kursach nas uczyli, a liczyć pieniomdze to każdy umi.

– Hy, hy, hy, hy – roześmiało się kilku mężczyzn.

Nauczyciel policzył powoli do dziesięciu.

– No dobra – powiedział – nieważne. Jutro zaczynam lekcje z waszymi dziećmi. Kazali mi uruchomić szkołę, to szkoła będzie.

– A po co? – zdziwił się ktoś.

Sołtys pogroziła mu kijem.

– Ty się, Czarek, w ogóle nie odzywaj – warknęła. – Szkoła jest po to, żeby dzieciaki potem robotę na czarno w mieście załapały. I żeby wam podania do pomocy społecznej pisały.

– A, to trzeba było tak od razu – ucieszyła się baba w swetrze. – No to szkoła w takim razie jest potrzebna. Nawet trudno, niech będzie obowiązkowa...

– A te lekcje to w jakich godzinach? – zaciekawił się spotkany wczoraj staruszek od kóz.

– Od ósmej rano do trzynastej – wyjaśnił nauczyciel.

– Wstawać tak wcześnie? – zdziwił się ktoś. – To niezgodne z prawami człowieka.

– Uch, ty durniu, nie ty, tylko twoje dzieciaki – syknęła Piącha. – A ty leż w wyrku do południa... O, i pożytek będzie, jak się będzie ta twoja szóstka za łby wodzić, to nie w domu, a w szkole, to nawet cię nie obudzą...

– Cholera – mruknął z uznaniem – to mnie się podobuje! A kosztować nie będzie? – zapytał chytrze.

– Za szkołę płaci państwo – wyjaśnił Kowalski. – Używane podręczniki dała wam opieka społeczna. Musicie kupić dzieciom zeszyty i długopisy.

Ludzie popatrzyli po sobie zaskoczeni.

– A nie lepiej ołówki? – zapytał ktoś. – Taniej będzie.

– Ty się, Malinowski, nie wtrącaj – huknęła pani sołtys. – Nauczyciel powiedział długopisy, to mają być długopisy.

– Hy, hy, hy – roześmiał się ktoś, ale zdzieliła go kijem przez plecy.

– Na tym chyba zakończymy zebranie – powiedział nauczyciel zmęczony.

Wszyscy wyszli. Została tylko Piącha.

– No, nieźle poszło – powiedziała. – A dzieciaki krótko trza będzie trzymać. Jak się który odezwie bez pytania, po łbie walić jak starych...

– Poradzę sobie – mruknął. – W pałacu nie ma żadnych dzieci? Nie widziałem nikogo stamtąd.

Splunęła na ziemię.

– Nie, tam nie ma – odparła. – Tam tylko taka blondynka mieszka i jeden facet. Ale oni nie są stąd, cudzoziemce. Tylko co jakiś czas do sklepu wpadają. Krzywo im z oczu patrzy... – dodała.

– Macie ładny krąg w lesie – zmienił temat.

– Że co? – zdziwiła się.

– Krąg. Kamienie ustawione w koło.

– A, to na uroczysku? Złe miejsce – mruknęła ponuro. – Diabelskie. Czaszki tam znajdowali po wojnie. No, ludzkie – dodała dla wyjaśnienia. – Pogany tam musi ludzi zarzynali. Lepiej tam nie łazić. A szafki oszklonej nie potrzeba?

Uniósł brwi ze zdziwieniem.

– Oszklone szafki? Na pewno by się przydały na pomoce naukowe, książki – powiedział. – Skąd można wziąć?

– A tam, za lasem, w ruskiej bazie były – wyjaśniła. – Widziałam, jak Ruskie wyjechali, tośmy łazili na miejsce, ale tam też źle. Straszno tak. Sam pójdzie i zobaczy – zasugerowała.

– Może to i dobry pomysł. – Uśmiechnął się. – Jak tam dojść?

– A ścieżką przez zasieki, a potem przez pole minowe. To jeszcze Ruskie wydeptali w latach osiemdziesiątych, jak przychodzili po wino. Bo to oni pieniądze nasze mieli. A i dziouchy ze wsi trochę zarobiły, tylko jak się takie dwa skośnookie urodziły, to mężowie w studni potopili i się skończyło.

Wyszedł ze szkoły. Dzień był pogodny, były pegeer w pełnym blasku słońca wyglądał o wiele mniej ponuro. Wprawdzie wszędzie straszyły popękane betonowe płyty, kawałki zardzewiałej siatki i błoto, ale walące się baraki wydały mu się naraz prawie ładne. Zardzewiały traktor zaryty w ziemię mógł być fajnym tematem do kolorowej fotografii.

Ścieżka na poligon zaczynała się zaraz za wsią.

– Niech uważa! – zawołała za nim kobieta. – Krok w bok i pierdut, tam wszędzie min ponakładali.

Po chwili wszedł pomiędzy drzewa. Jeszcze kilkadziesiąt kroków i pojawił się płot z rdzewiejącego drutu kolczastego. Co kilkadziesiąt metrów wisiały na nim czerwone tablice ostrzegawcze.

– *Wnimanije opasnaja zona* – odcyfrował łuszczące się literki.

Maszerował równym, spokojnym krokiem. Ścieżka była dobrze widoczna, nie groziło mu, że zboczy. Przeszedł przez dwie linie zasieków.

– Musiało tu być coś ważnego – mruknął.

Zagłębił się w sosnowy młodnik. Drzewka sięgały mu do ramion, wyrosły zapewne już po opuszczeniu bazy. Przechylona na bok wieżyczka strażnicza z pociemniałych belek groziła zawaleniem. Jeszcze jedna linia zasieków. Sądząc po izolatorach, płynął nimi kiedyś prąd.

Nauczyciel stanął na niewysokim pagórku i zdumiony patrzył przed siebie. W dolinie leżało nieduże miasteczko. Sądząc po czerwonych dachówkach pokrywających zapadające się dachy i po czerwonych ceglanych murach, zbudowali je Niemcy. Cały teren pocięty był zasiekami. W dawnych obejściach trzymano najwyraźniej więźniów. Na skraju wsi stały dwie wieżyczki strażnicze. Rozwinął sztabówkę, ale widać na niej było w tym miejscu wyłącznie las. Zaklął cicho. Jasna sprawa. Tego, co naprawdę tajne, nie umieszczano... Zszedł na dół, pomiędzy domy. Dedukując z wielkości samosiejek sosen, od co najmniej dziesięciu, może piętnastu lat to miejsce było opuszczone. Co działo się tu przedtem? Jednostka była radziecka, kogo trzymano w tym obozie? Może trzeba zawiadomić IPN? Postanowił podpytać mieszkańców wsi. Na razie kroczył przed siebie, kierując się w stronę nieco okazalszego budynku na końcu osady.

– Nieźle pali to bydlę – mruknął Semen, klepiąc maskę „czajki". Stali na stacji benzynowej. Jakub kończył tankować.

– No, trochę pali – przyznał. – Ze czterdzieści litrów na sto kilometrów... Masz lepszy pomysł?

– Sprzedać do muzeum i kupić fiacika – zasugerował kozak.

– Jasne – warknął Jakub. – A jak ci z muzeum zapytają, skąd to mam, to co im odpowiem? Że aniołki z nieba przyniosły? Choć z drugiej strony może się już przedawniło? – Zadumał się.

– A, nieważne – westchnął Semen. – Siadaj, jedziemy dalej.

Zapłacili za paliwo i ruszyli.

Minęli Warszawę, pędzili teraz szosą na północ. Egzorcysta pogwizdywał wesoło. Semen uruchomił wbudowane w tablicę rozdzielczą stare lampowe radio. Dźwięk był jednak fatalny.

– Ech, dbali kiedyś o estetykę wyrobów. – Wędrowycz poklepał tapicerkę. Była czerwona i zdobiły ją małe sierpy i młoty haftowane złotą nicią. Dodali jeszcze gazu. Pojazdem lekko trzęsło.

Nieoczekiwanie na poboczu drogi wyrósł radiowóz. Obok niego stał gliniarz. Na widok zabytkowego pojazdu machnął lizakiem.

– O cholera – mruknął Semen.

Zatrzymali się. Faktycznie, przy tej szybkości wyhamowanie nie było łatwe.

– Dzień dobry – zasalutował policjant. – Prawo jazdy, papiery wozu...

Semen łypnął rozpaczliwie na Jakuba. Ten spokojnie wyjął ze skrytki dowód rejestracyjny z 1949 roku i podał policjantowi.

– A prawo jazdy? – Gliniarz rzucił podejrzliwie okiem w dokument.

Semen z westchnieniem wyjął z portfela prawo jazdy wydane jeszcze przed drugą wojną światową. Policjant wpatrywał się w papiery nieco zaskoczony.

– Samochód panów nie ma aktualnych badań technicznych – powiedział surowo.

– Ale, panie władzo – zaprotestował kozak – myśmy go w ogóle nie używali od czasu ostatniej kontroli.

– A pan nie wie, że prawo jazdy trzeba było nostryfikować? – huknął.

– Kiedy ja przez ostatnie sześćdziesiąt lat nie siedziałem za kierownicą...

Gliniarz gwizdnął przez zęby.

– No to będzie mandacik... A tak swoją drogą, to wasz samochód?

Obaj podróżnicy popatrzyli po sobie.

– Kradziony – wyjaśnił Jakub. – Ale to było tak dawno, że już się przedawniło.

Tymczasem drugi policjant otworzył bagażnik.

– Tu jest kościotrup – zameldował.

Cholera, zapomniałem wypakować kierowcę, pomyślał egzorcysta.

– To pański szkielet? – pierwszy policjant zwrócił się do Semena.

– Nie, ja mam tylko jeden, ten w środku – oświadczył z godnością staruszek, klepiąc się po piersi.

Policjant wyciągnął radiotelefon...

Paweł Kowalski zatrzymał się na skraju wsi. Odechciało mu się wycieczki, ale poczucie obowiązku pchało go dalej... Budynek wyglądał ponuro. Wyrwane drzwi spoczywały opodal. Wszedł do mrocznego korytarza. Sufit był okopcony, jakby gdzieś w głębi szalał pożar. Po obu stronach znajdowały się niewielkie pomieszczenia, najwyraźniej biurowe. Faktycznie, w kilku stały szafy typu bibliotecznego. Opróżniono je w szaleńczym pośpiechu, o czym świadczyły szeroko otwarte drzwi i wyciągnięte na podłogę szuflady. Większość mebli, stojąc przez kilkanaście lat w nieogrzewanym pomieszczeniu, zawilgła i spaczyła się, ale lepsze takie niż żadne. W niedużej sali na końcu korytarza czerniał wielki stos spalonych papierów. Książki, skoroszyty, jakieś maszynopisy, wszystko strawione ogniem... Wydobył kawałek zwęglonej okładki. Zdołał odcyfrować dwie litery zapisane gotykiem. A więc niemiecka książka? Ciekawe...

Wyszedł z budynku i wtedy na wzgórku za miasteczkiem dostrzegł kolejny krąg kamieni. Prowadziła do niego popękana asfaltówka. Na ciężkich głazach ustawionych tu przed czterema tysiącami lat odkrył charakterystyczne ślady po kulach. Ktoś tu strzelał? Po co, do kogo? Pochylił się i spomiędzy kęp lichej trawy podniósł zaśniedziałą mosiężną blaszkę. Gotyckie literki były nadal czytelne.

– Ahnenerbe – odczytał.

Coś mu to mówiło. Zrobił jeszcze kilka fotografii. Postał przez chwilę, a potem ruszył w drogę powrotną.

Na skraju wsi spotkał Piąchę.

– I jak się udała wycieczka? – zapytała.

– Tam jest radziecki obóz – powiedział, wskazując kierunek, z którego przyszedł. – Trzeba zawiadomić Instytut Pamięci Narodowej.

Pokręciła przecząco głową.

– Dam wam dobrą radę – powiedziała ostro. – Lepiej tego nie tykać. Był tu już taki jeden, co się tym interesował, i ktoś mu głowę upitolił... To paskudne sprawy i dziś jeszcze można za to oberwać. Zwłaszcza że rządzą nami ci, których kumple o tym wiedzieli – ściszyła głos.

– Ale co tam się działo?

– Nie pytaj.

Poszła. Pokręcił w zamyśleniu głową. Nie zamierzał jej słuchać.

– Kurde – zaklął Jakub.

– Milczeć! – huknął wachman.

Egzorcysta i kozak szli ceglanym korytarzem aresztu śledczego w Kołobrzegu. Prowadził ich ponury strażnik. Obaj starcy nieśli sorty pościelowe.

– My tu w pierdlu zgnijemy, a tam pewnie mumia ożywa – zauważył Semen.

– Zamknij się – ryknął konwojent.

Egzorcysta filozoficznie splunął pod nogi. Zatrzymali się pod drzwiami celi. Strażnik przekręcił klucz w drzwiach i wpuścił ich do środka. Weszli. Trzej osadzeni dresiarze spojrzeli na nowo przybyłych ponurym wzrokiem. Najbardziej zwalisty podniósł się z miejsca.

– Wy... – tu rzucił kilka bardzo niecenzuralnych słów – wyskakiwać ... z kasy i szlugów.

– Czego on chce? – nie zrozumiał Semen.

– Zapragnął wejść w posiadanie naszych papierosów i pieniędzy – wyjaśnił mu Jakub.

– Cholera, co za brak szacunku dla starszych – zmartwił się kozak.

– Spierdalaj, ty ... bo jak cię ... w ... to ..., a jak to nie pomoże, to...! – powiedział egzorcysta do dresiarza.

– Kurczę – mruknął sam do siebie jego przyjaciel – osiemdziesiąt lat żyję w Polsce, a jeszcze takich wyrazów nie słyszałem.

Dresiarz zamachnął się potężnie. Jakub złapał go za nadlatującą pięść i ścisnął lekko. Viagra czyni cuda. Nawet wtarta w skórę... Krew i tkanka bryznęły aż na sufit. Wytarł rękę o spodnie. Jego wróg wpatrywał się w dłoń, z której zostało coś w rodzaju kotleta mielonego, a potem zawył.

Dwaj pozostali dresiarze rzucili się na winowajcę. Wędrowycz wykonał unik i stuknął ich łysymi łbami. Coś chrupnęło.

– Cholera! Jakie to teraz czaszki słabe... – mruknął, patrząc na walające się u jego stóp zwłoki.

– Niezła krzepa – zauważył Semen. – Musimy kiedyś spróbować się na ręce. Musiałeś ich zabijać?

– A komu tacy potrzebni? – Wzruszył ramionami.

Dresiarz ze zmiażdżoną ręką zemdlał. Egzorcysta załomotał pięścią w drzwi.

– Czego? – burknął wachman z drugiej strony.

– Był wypadek...

Dwaj strażnicy otworzyli celę i przez chwilę patrzyli zdumieni na trzy ciała leżące na podłodze. A nie wyglądały one ładnie...

– Co tu się stało? – jęknął jeden z nich.

– Ci dwaj rzucili się na siebie i rozwalili sobie nawzajem głowy – wyjaśnił egzorcysta. – Ten trzeci próbował ich rozdzielić i chyba zmiażdżyli mu rękę. Przepraszamy, ale nie mogliśmy temu zapobiec... Ja mam osiemdziesiąt lat, a mój przyjaciel ponad sto... Nie nam, starcom, wtrącać się do zabaw młodzieży...

Strażnik zwymiotował. Ciała oraz nieprzytomnego szybko uprzątnięto. Obaj staruszkowie siedli na zwolnionych pryczach.

– Trzeba stąd zwiać – mruknął Jakub. – Masz jakiś pomysł?

Semen poskrobał się po głowie.

– Kraty w oknach solidne – powiedział. – Może zrobimy podkop?

Na pierwszej lekcji, o dziwo, był komplet. Dzieciaki były w różnym wieku, najmłodsze powinny uczęszczać do pierwszej klasy, najstarsze do szóstej. Siedziały w ławkach sztywno, jakby połknęły kije. Ich oczy wodziły za nauczycielem spojrzeniem pozbawionym całkowicie inteligencji.

– Zanim zaczniemy poznawać historię naszego kraju, zastanówcie się przez chwilę nad dziejami najbliższej okolicy – powiedział łagodnie.

– Co to są dzieje? – zdziwiła się rudowłosa dziewczynka.

– Przeszłość naszej wsi. Co tu się działo dawniej.

– Dawniej tu był raj na ziemi, czyli pegeer – powiedział jeden chłopiec. – Dawali pieniądze.

– I ludzie nie musieli pracować, a i tak były wypłaty – dodał drugi. – I jedzenie im dawali za darmo.

– A pegeerem rządził dyrektor i on był najważniejszym facetem w okolicy – dodała inna dziewczynka, na oko dziesięcioletnia. – A jak mu ktoś podpadł, to mu zabierał premię...

– I naokoło siali zboże na polach i kombajnem je zbierali – dodał jeszcze ktoś. – A jak kto chciał założyć rodzinę, to dostawał mieszkanie.

– Dobrze. – Kiwnął głową. – A kto wie, co tu było jeszcze wcześniej?

Popatrzyli po sobie zaskoczeni.

– Wcześniej? – ktoś się zdziwił.

– A ja wiem – wyrwał się jakiś blondynek. – Wojna była, w lesie resztki czołgu jeszcze stoją... Za uroczyskiem.

– A ty tam nie łaź – upomniał go któryś. – Wiesz, że to złe miejsce...

– Dobrze. – Nauczyciel kiwnął głową. – Była wojna. A co było przed wojną?

Popatrzyli na niego zaskoczeni.

– Przed wojną było średniowiecze – powiedział wreszcie któryś niepewnie. – W pałacu żył hrabia i chłopi odrabiali pańszczyznę... A potem przyszedł Lenin i hrabiego zabił.

– Głupiś, Hitler przyszedł, a nie Lenin! – zawołała dziewczynka z warkoczykami. – I nie zabił, tylko wojnę razem robili, a nasi dziadkowie wtedy to gdzie indziej mieszkali, bo tu wsi nie było...

– Dobrze – uciął dyskusję. – Uporządkujmy sobie pewne fakty... Wiecie, co znajduje się na uroczysku.

Pokiwali ponuro głowami, a jeden splunął na podłogę.

– Pogańska bałwochwalnia – powiedziała ruda dziewczynka. – Ludzi tam zarzynali. A tam, gdzie ruska baza, to jeszcze jedna była... Ale tam nie można chodzić, bo to złe miejsce.

– A trzecia była za wioską, przed pałacem – powiedział chłopiec. – Tylko ją rozwalili, bo jak trójkąt nie jest zamknięty, to nic nam nie grozi...

– A co mogłoby wam grozić? – zdumiał się nauczyciel.

Popatrzyli po sobie, ale nikt się nie odezwał. Zadzwonił budzik zastępujący szkolny dzwonek.

– Dobra – wstał – na dzisiaj koniec. Jutro na ósmą. Przynieście książki do matematyki.

Poderwali się i po chwili klasa była pusta.

– Trzeci kamienny krąg – mruknął. – Ciekawe.

Do celi wszedł klawisz z tekturowym pudłem w ręce.

– No, bandziory, jest dla was paczka.

– Od kogo? – zdziwił się Jakub.

– Co w niej jest? – zaciekawił się kozak.

– Trochę żarcia – wyjaśnił klawisz.

Zostawił paczkę i poszedł sobie. Egzorcysta odpakował ją z papieru i zajrzał ciekawie do środka.

– Ekstra! – krzyknął. – Chleb, sernik, flaszka czegoś mocniejszego, słoik miodu i batoniki.

– E, to będzie uczta... Nie ma adresu nadawcy?

– Niestety – westchnął. – Nie wiemy, komu podziękować...

Jakub porwał kawał sernika, a jego kumpel batonik czekoladowy. Obaj ugryźli jednocześnie.

– Cholera! – zaklął Wędrowycz. – Ktoś tu wsadził pilnik! Mało zęba nie złamałem!

Jego współbiesiadnik wypluł na podłogę odgryziony przed chwilą kawałek batonika.

– To jest zupełnie gorzkie w smaku i cuchnie jak gdyby kwasem. Muszę popić – dodał, wyciągając z paczki butelkę.

Odkorkował i powąchał.

– Jakby olejem zajeżdża – powiedział zaskoczony.

– Sądzę, że to nitrogliceryna – mruknął jego towarzysz. – A to gorzkie to po prostu laska dynamitu w polewie czekoladowej.

– A to ciasto to plastik? – zapytał zgryźliwie kozak.

– Ciasto jest prawdziwe, ale jak już się zdążyłem przekonać, naćkane pilnikami.

– To co będzie w chlebie?

– Drabinka sznurowa, oczywiście. Ktoś chce nam ułatwić ucieczkę...

Semen rozerwał chleb jednym ruchem i niedowierzająco popatrzył na drabinkę z nylonowych sznurków, która opadła na ziemię.

– O choroba – powiedział cicho. – Sto lat żyję i dotąd sądziłem, że te opowieści o ucieczkach z więzienia to tylko tak dla jajec...

Jakub wzruszył ramionami i wyjął z paczki czekoladę. Na wewnętrznej stronie etykietki narysowany był dokładny plan budynku, w którego trzewiach byli uwięzieni.

– No to do dzieła.

Raźno zabrali się za piłowanie krat. Robota szła im szybko. Do obiadu załatwili połowę prętów. Po obiedzie przesłuchiwano ich, przez co stracili masę czasu. Nadrobili to wieczorkiem. Około trzeciej nad ranem krata została przepiłowana. Przyczepili drabinkę linową i za jej pomocą spuścili się na ziemię. Znaleźli się pomiędzy budynkiem a murem, na wąskiej ścieżce, którą chodziły warty.

– Ostatnia przeszkoda przed nami – powiedział egzorcysta, patrząc na mur.

Jego kompan zabrał się za obdłubywanie czekolady z dynamitu. Oddłubane kawałki pakował sobie do ust. Lubił słodycze. Syknął lont i po chwili aresztem śledczym wstrząsnęła eksplozja. W murze powstała dziura. Nie była specjalnie okazała, ale przeskoczyli przez nią zręcznie. Na uliczce stał samochód, zdezelowany duży fiat. Wskoczyli na tylne siedzenie i pojazd ruszył. Za nimi pozostało więzienie ze swoimi wyjącymi syrenami, reflektorami i bandami klawiszy biegającymi jak mrówki, którym ktoś wdepnął w mrowisko.

– Dziękujemy za uwolnienie – Jakub zwrócił się do człowieka w arabskim burnusie siedzącego za kierownicą.

– Nie dziękujcie, nie jesteście wolni. – Mrok skrył twarz kierowcy, ale akcent wskazywał, że pochodzi z Arabii Saudyjskiej. Obaj przyjaciele spojrzeli po sobie zaskoczeni.

– Banda neandertalczyków – mruknął zrezygnowany Paweł.

Po raz pierwszy, od czasu gdy został nauczycielem, poczuł tak cholerne zniechęcenie. Dzieciaki były po prostu nieprawdopodobnie tępe.

– A zatem Ziemia krąży dookoła Słońca – podjął wykład.

Ruda dziewczynka podniosła rękę.

– Panie nauczycielu, a jakie to ma znaczenie, czy kręcimy się dookoła Słońca, czy dookoła Księżyca? – zapytała. – Przecież i tak nic się nie zmieni...

Zatkało go. Uświadomił sobie z przerażeniem, że nie potrafi tego wyjaśnić. No bo i faktycznie, wiedza, dookoła czego krąży nasz glob, w tej pegeerowskiej wsi była tylko zbędnym balastem dla umysłów...

– Kupa ludzi, na przykład Giordano Bruno, została spalona na stosach tylko dlatego, że usiłowali udowodnić tę teorię... Rozumiecie, ćwoki, ludzie poświęcali swoje życie, żebyście mogli się uczyć prawdy o ruchach planet. A wam to zwisa – zakończył z bólem w głosie.

– Hy, hy, hy, a to frajerzy – powiedział jeden z chłopców.

Cała klasa ryknęła śmiechem. Już wcześniej zauważył, że cudze nieszczęścia sprawiają tym ludziom kupę radości.

– Koniec na dzisiaj – powiedział. – Won do domów.

Dzieciarnia wybiegła, radośnie tupiąc na korytarzu. Paweł poskładał swoje szpargały i też wyszedł przed budynek. Dzień był ładny, nie chciało mu się siedzieć w dusznym baraku, wiec ruszył się przejść. Nogi jakby same zaniosły go ścieżką przez pola na uroczysko. Nieoczekiwanie zatrzymał się między drzewami. W kamiennym kręgu ktoś był. Ich spojrzenia spotkały się.

Mierzyli się przez chwilę wzrokiem. Przybysz ubrany był w szarą kurtkę, w dłoni trzymał sondę geologiczną.

– Mam pewnie przyjemność z miejscowym nauczycielem – zagadnął pierwszy.

– Owszem. Paweł Kowalski.

– Tomasz Olszakowski, archeolog – przedstawił się nieznajomy.

– Jak pan poznał, że jestem nauczycielem? – zaciekawił się.

– Po okularach – wyjaśnił naukowiec. – Tu w okolicy się ich nie nosi... Tubylcy uważają noszenie szkieł za hańbę, chyba większą niż umiejętność czytania i pisania. – Uśmiechnął się z przekąsem.

– Widzę, że zaciekawił pana ten zabytek.

– Właśnie – mruknął Olszakowski. – Cholernie ciekawa rzecz. Nie sądziłem, że w naszym kraju można natknąć się na tak ładne zabytki megalityczne...

– Mamy przecież kamienne kręgi – zdziwił się Kowalski. – W Węsiorach, Odrach i Grzybowcu...

– A... – Machnął lekceważąco dłonią. – Śmiechu warte. Tamte postawili Goci na początku naszej ery. Na dziesiątki się tego w Skandynawii liczy. A to jest konkret. Leżą tu co najmniej pięć tysięcy lat...

– Wie pan, że jest jeszcze jeden?

– Tak, na ruskim poligonie. – Archeolog wyciągnął z torby fotografię lotniczą. Położył ją na płaskim szczycie jednego z głazów trylitu. – Trzeci miał być podobno za pałacem.

– A owszem, dzieciaki wspominały – przypomniał sobie Kowalski.

– Jeśli połączymy je liniami – przyłożył linijkę i pociągnął długopisem kreski – to, jak pan widzi, powstanie trójkąt równoboczny. I to wykreślony z dokładnością do kilkunastu metrów.

– Faktycznie – zdumiał się nauczyciel.

– Niestety, ci z pałacu nikogo nie chcą puścić za bramę – warknął archeolog. – Ale napisałem donos do wojewódzkiego konserwatora zabytków i domagam się wykonania inspekcji. Nie chcieli po dobroci wpuścić, trzeba będzie wejść siłą...

– Wie pan coś na temat tego ruskiego obozu? – zaciekawił się.

– Aha. Tyle co nic, na dobrą sprawę. Wieś wysiedlono jeszcze w trzydziestym ósmym roku. Przejął ją instytut Ahnenerbe.

– Co to było? – zdziwił się Kowalski, jednocześnie wyjmując z kieszeni znalezioną blaszkę. – Leżała w tym większym kręgu – wyjaśnił.

Archeolog obejrzał ją z zainteresowaniem i oddał właścicielowi.

– Ahnenerbe to był instytut Himmlera. Zajmowali się ezoteryką, wywoływaniem duchów, szukali śladów kosmitów, gromadzili relacje z procesów o czary i w ogóle robili nieziemskie szopki. A kręcił tym facet z tego pałacu, graf Zygfryd von Hosenduft, osobisty astrolog i jasnowidz Hitlera.

– O choroba – gwizdnął przez zęby nauczyciel.

– Dupa wołowa, a nie jasnowidz – uśmiechnął się doktor Olszakowski. – W każdym razie doradzał wodzowi i widać, jakie efekty to doradzanie przyniosło... Ruscy mieli tam jednostkę rakietową i chyba kompanię karną, sądząc po tych zasiekach między domkami. A może trzymali jakichś swoich naukowców pod drutami, żeby im nie zwiali. Cholera wie. Tak czy siak, asfaltówka, którą dociągnęli do kamiennego kręgu, jest ich... Może urządzali tam pikniki ruskiej generalicji? Taki megalityczny zabytek można wykorzystywać na wiele sposobów...

Uśmiechnęli się obaj.

– Będę tu na dniach robił wykop sondażowy – powiedział archeolog. – Tak się chcę trochę wgryźć w głąb ziemi. Proszę zachodzić, zawsze miło pogadać z kimś inteligentnym...

Samochód pędził wąską szosą. Reflektory łowiły dziurawy asfalt i rosnące na poboczach drzewa.

– Dokąd jedziemy? – zaciekawił się Jakub.

– Bez komentarza – powiedział kierowca. – Niedługo będziemy na miejscu, tam wam wszystko wyjaśnią.

Faktycznie, niebawem pojazd wjechał pomiędzy baraki niedużej popegeerowskiej wsi. Wysiedli z pojazdu. I rozejrzeli się ciekawie. Po prawdzie w ciemnościach nie było wiele widać. Gdzieś daleko słychać było porykiwanie krów.

– Witamy w Chlewiskach – powiedział głos w ciemności. – Panie Jakubie, jesteśmy zaszczyceni, że udało nam się pana porwać... Zapraszamy na małą imprezę z okazji pańskiego przybycia... Oczywiście pański towarzysz – postać skłoniła się przed Semenem – także jest mile widziany.

Po skrzypiących drewnianych schodkach weszli do jednego z baraków. Spora sala zastawiona była stołami. Pomieszczenie oświetlało kilkanaście lamp naftowych. Na stołach piętrzyły się stosy pieczonej wołowiny, pomiędzy nimi stały flaszki z białym denaturatem. Egzorcysta nie lubił tego akurat trunku, no ale głupio było odmawiać... Zasiedli na honorowych miejscach u szczytu stołu i zaczęła się uczta.

Mark odłożył kilof i przez dłuższą chwilę wybierał pokruszone cegły z otworu. Odkładał je na bok.

– I jak to wygląda?

Kapłanka stanęła na pryzmie ziemi.

– Chyba faktycznie to to miejsce – powiedział w zadumie. – Spory ten pagórek, teraz trafiłem na resztki sklepienia...

– Na pewno ten. – Wyjęła z kieszeni złożony kilka razy plan posiadłości. – Mały budyneczek to kaplica grobowa von Hosenduftów.

Otarł pot z czoła i ponownie zaczął kuć. Cegły ustąpiły, jego oczom ukazał się niewielki czarny otwór.

Kapłanka podała mu latarkę. Zaświecił do środka.

– Krypta wypełniona częściowo gruzem – zameldował.

– Świetnie. Poszerz dziurę, zeskoczysz na dół i będziesz mi podawał cegły – zadysponowała.

– Zniszczy sobie pani ręce – zaprotestował.

– Wezmę rękawice. – Ruszyła w stronę pałacu.

Po niebie sunęły ciężkie jesienne chmury. Nieliczne drzewa pozostałe z wyciętego dawno pałacowego parku gubiły liście. Wymarzony dzień na nielegalne poszukiwania archeologiczne... Mark ujął łopatę i odrzucił dalej pryzmę wydobytej z dziury ziemi. Odsłonił równą płaszczyznę muru. Ściana zawalona wybuchem, może płaski strop. Kując kilofem, wyłamywał kolejne cegły. Z otworu wiało wilgocią. Dziewczyna wróciła.

– Mokro tam – powiedział. – Nie wiem, czy mumia mogła się zachować...

– O to się nie bój. To nie jest zwykła mumia. – Uśmiechnęła się do swoich myśli.

Jakub Wędrowycz obudził się na kacu gigancie... Łeb bolał go, jakby ktoś wbił w niego gwóźdź. Obok na pryczy spał Semen. On także wyglądał na nieco wykończonego nocną imprezą...

– Gdzie my, kurde, jesteśmy? – zastanowił się Jakub.

A potem podszedł do okna. Kilka baraków, obory, wokoło pola obsiane lucerną i ściana lasu. Stary kozak też się obudził. Zniósł balangę lepiej niż egzorcysta.

– Cholera – powiedział. – Nie trza było tyle pić.

W tym momencie drzwi otworzyły się i stanął w nich, wysoki na co najmniej dwa metry, brodaty mężczyzna. Miał może sześćdziesiąt lat. Jego twarz wydawała im się znajoma. Jakby z telewizji albo z gazet...

– Osama bin Laden – przedstawił się.

Jakub zamknął oczy i policzył powolutku do dziesięciu. Gdy je otworzył, Arab nadal stał w tym samym miejscu, więc chyba nie było to delirium.

– Ten bin Laden? – zainteresował się.

Ostatecznie nie jednemu psu Burek.

– Oczywiście – gość dobrze mówił po polsku. – Miło mi powitać panów w Chlewiskach.

Jakub dźwignął się z łóżka. Kac powoli mijał.

– To pan nas wyciągnął z pudła? – zaciekawił się.

– Nie da się ukryć. – Gospodarz uśmiechnął się lekko. – Jest mi pan potrzebny, panie Jakubie.

– A do czego tak konkretnie?

– Wprawdzie alkohol to wynalazek szatana, ale potrzebujemy go do naszych prac i na wynagrodzenie dla robotników. Chciałbym, aby uruchomił pan tu gorzelnię. Na razie potrzebujemy około stu litrów dziennie. Do odkażania – dodał tytułem wyjaśnienia. – Śniadanie zaraz zostanie podane.

Wyszedł.

– Kurde – powiedział stary kozak. – A tośmy się wkopali.

– W życiu bym nie przypuścił, że się facet u nas ukrywa – mruknął Jakub.

– No cóż – westchnął Semen – skoro nie złapali go w Afganistanie, to gdzieś musi być. Więc dlaczego nie tutaj?

Za oknem widać było Arabów w burnusach i galabijach. Snuli się po terenie, niektórzy mieli kałasze. Pomiędzy barakami dreptali także byli kołchoźnicy w drelichach i kufajkach. Na dachu jednego z magazynów umieszczono półksiężyc.

– Tam pewnie mają meczet – wydedukował Jakub.

– Kurczę, Lepper mówił, że w Polsce jest robiony wąglik w jakiejś wiosze... Zdaje się, powiedział Klewiska...

– A my jesteśmy w Chlewiskach – przypomniał Wędrowycz. – To znaczy, że dobrze mówił, tylko pomylił nazwę albo ktoś wcześniej się pomylił i przez to nie znaleźli... Gorzej, że zbliża się pełnia Księżyca, a my utknęliśmy na dobre... Bo nie sądzę, żeby nas łatwo wypuścili...

Krypta była stosunkowo niska, a za to bardzo długa. Gruz wypełniał ją do połowy wysokości. Kapłanka, posuwając się na czworaka, dotarła pod ścianę. Reflektor w jej ręce dobrze oświetlał wnętrze lochu.

– Gdzieś tutaj – mruknęła.

– Robota na lata – pokręcił głową Mark. – Tu jest ze trzydzieści metrów sześciennych gruzu. Przypuszczam, że sarkofagi stoją rzędem wzdłuż tej ściany – wskazał. – Ale aby odnaleźć ten właściwy...

Prychnęła z pogardą.

– Nie zapominaj, kim jestem – powiedziała z wyższością.

W jej dłoni zabłysło mosiężne wahadełko, ruszyła na kolanach, trzymając je w wyciągniętej ręce. Sługa świecił reflektorkiem.

– Tutaj – wskazała miejsce.

Złocisty stożek wirował na sznurku jak zaczarowany.

– A zatem do dzieła – westchnął, ujmując w dłoń saperkę.

Godzinę później odczyścił solidne granitowe wieko kamiennego sarkofagu.

– Waży kilkaset kilo – ocenił fachowym spojrzeniem. – Jak podniesiemy?

– Lewarkiem, kretynie – prychnęła kapłanka.

Sala była nabita po brzegi. Kilkunastu byłych pegeerowców z kobietami i dziećmi. Kilku talibów w galabijach... Jakub stanął za stołem. Ktoś postawił mu karafkę i szklankę. Odchrząknął.

– Rozpoczynam niniejszym pierwszy kurs pędzenia bimbru w Chlewiskach. Uczestnicy otrzymają certyfikaty honorowane przez międzynarodowy cech bimbrowników na terenie krajów UE i NAFTA.

Zebrani nieśmiało zaklaskali.

– Na początek trochę historii. Alkohol, dla jednych „woda życia", dla innych „zbiorowe samobójstwo narodów", towarzyszy ludzkości od milionów lat. Prawdopodobnie już australopiteki obserwowały, jak słonie raczą się sfermentowanymi dyniami, a potem podochocone ruszają demolować puszczę. Po sfermentowane owoce sięgają także małpy...

Ludziska popatrzyli po sobie zdumieni. Tyle lat pili alkohol, a nie wiedzieli, że to tradycja sięgająca milionów lat wstecz...

– Alkohol w niedużych dawkach działa odprężająco, poprawia krążenie, uspokaja i rozwesela. W dużych dawkach wywołuje niechęć do pracy, spadek sił fizycznych, upośledza pracę mózgu, wreszcie prowadzi do degradacji osobowości i śmierci. Jego stosowanie, jak każda rozrywka, wymaga odrobiny zdrowego rozsądku – powiedział surowo Jakub.

– Hy, to kiedy to się zaczęło tak nie owocami, tylko w płynie? – zainteresował się któryś.

– W starożytnym Egipcie i Sumerze produkowano jęczmienne piwo. Prawdopodobnie warzono je już około trzytysięcznego roku przed naszą erą...

– O kuźwa – zaklął ktoś z uznaniem.

Uciszyli go syknięciami.

– Ze sfermentowanych winogron wyciskano pierwsze wina. Potem nauczono się zaprawiać soki drożdżami. W IX wieku naszej ery Arabowie opanowali technikę destylacji, czyli uzyskiwania alkoholu w wysokich stężeniach.

Talibowie, usłyszawszy, że o nich mówi, uśmiechnęli się szeroko. Białe zęby błysnęły w ogorzałych twarzach.

– Za odkrywcę destylacji, a zarazem spirytusu, uchodzi alchemik Gerber, żyjący na terenie Półwyspu Arabskiego. Chciał uzyskać złoto, a tymczasem odkrył coś znacznie cenniejszego. – Jakub uśmiechnął się do swoich myśli.

– A u nas? Znaczy kiedy zaczęli się Polacy zaprawiać? – zaciekawił się któryś z mężczyzn.

Jego nos miał piękny fioletowy kolor...

– Kiedy wódka dotarła do Polski, dokładnie nie wiadomo. Jak się przypuszcza, nasi dziadowie w czasach, powiedzmy, Mieszka Pierwszego znali już alkohol w wysokich stężeniach. Alkohol jest bardzo odporny na zamarzanie. Należy zatem wystawić zacier na kilka godzin na mróz, następnie powstałą lodową kaszę wycisnąć starannie i operację powtórzyć. Woda zamarza w temperaturze 0°C, alkohol pozostaje płynny znacznie dłużej... Wiadomo, strat się nie uniknie, ale po trzech, czterech operacjach uzyskać można bardzo mocną gorzałkę. Będzie to oczywiście wyjątkowo zanieczyszczony, podły w smaku bimber. W dodatku może on mieć paskudny kolor i zapach. Jeśli jednak zrobimy zacier z miodu, uzyskamy w ten sposób sycony miód pitny – tak popularny niegdyś w naszych karczmach.

Przerwał na chwilę wykład. Wszyscy pilnie notowali jego słowa. Na twarzach ludzi malowało się uniesienie. Nigdy nie podejrzewali, że chlanie wódy sięga początków naszej państwowości...

– Destylacja dotarła tu wraz z zakonnikami, którzy przeszczepili na nasze ziemie szlachetną sztukę produkcji leczniczych wódek ziołowych. Szybko okazało się, że w zasadzie zioła są zbędnym dodatkiem...

Sala ryknęła śmiechem. Talibowie nie zrozumieli, ale też wyszczerzyli zęby.

– Prawo propinacji alkoholu otrzymała, jako jeden z przywilejów, polska szlachta. Dzierżyła je godnie przez co najmniej pół tysiąca lat... Niestety, w 1863 roku, po przegranym powstaniu, zaborcy zdecydowali się przeprowadzić bezprecedensowy zamach na wolność gospodarczą naszych przodków. Wprowadzono państwowy monopol spirytusowy. Po kolejnych odzyskiwaniach niepodległości w latach 1918, 1944 i 1989 żaden rząd nie zdecydował się oddać narodowi jego praw... Warto tu dodać, że zysk „władzy" (akcyza plus VAT) na każdej butelce, wynosi ponad siedemdziesiąt procent jej ceny detalicznej.

Ludziska jęknęli ze zgrozy.

– To dlatego wóda jest taka droga! – wrzasnął ktoryś.

– Podłe zdzierstwo! – krzyknął drugi. – Nasz kumpel Osama zrobi z tym porządek...

– Nie chcę was martwić, ale on chyba jest przeciwnikiem picia alkoholu – mruknął Semen. – Religia mu zabrania.

Ludzie popatrzyli po sobie zaskoczeni. Naraz któryś palnął się w głowę.

– I co z tego? Niech nie pije, jak nie chce. Nie będziemy go zmuszali. Dla nas więcej zostanie...

Sala uspokoiła się powoli. Egzorcysta-bimbrownik mógł podjąć wykład.

– Jak powszechnie wiadomo, technika produkcji bimbru jest banalnie prosta. Należy zgromadzić ziarno, słód, melasę, wytłoki z buraków, kartofle, stare powidła, zleżałe owoce, landrynki lub temu podobne słodkości. W ostateczności można użyć też cukru. To wszystko rozmaczamy w wodzie, robiąc jakby kompot. Do tego wrzucamy drożdże... Po kilku dniach zjedzą cukier, wydalą alkohol i same od niego polegną, gdy stężenie roztworu przekroczy dziesięć procent... W razie rewizji można tłumaczyć, że wyprodukowało się wino. A że z cukru? Dlaczego by nie? Dziesięć procent w zasadzie wystarczy, żeby się tym zdrowo narąbać. Zrobienie wyższego stężenia jest już trudniejsze...

– Zaraz – ocknął się ktoś. – Mówiłeś, że to szlachta mogła robić wódę... To chłopom nie wolno było?

– Ano nie – powiedział Jakub. – Ale na szczęście sejm 1918 roku zniósł tytuły szlacheckie, więc z tego wnioskuję, że gdyby nie pazerność państwa, to każdy by teraz mógł... Prawo pędzenia bimbru jest prawem człowieka.

Rozległy się burzliwe oklaski.

– A zatem przejdźmy do pokazu praktycznego.

Na znak Jakuba dwaj asystenci wtoczyli do sali kocioł, wnieśli kuchenkę elektryczną i chłodnicę. Egzorcysta zręcznie połączył to wszystko gumowymi rurkami i przystąpił do prezentacji. Osama osobiście w dwu wiadrach przyniósł daktylowy zacier...

– A więc, drogie dzieci, Adam Mickiewicz był wielkim polskim poetą.

Dzieci popatrzyły na nauczyciela zainteresowane.

– Co to jest poeta? – zapytał chłopiec, na oko sądząc, dziesięcioletni.

– Taki facet, który pisze wiersze – wyjaśnił cierpliwie nauczyciel. – Jego najważniejszym dziełem była epopeja pod tytułem „Pan Tadeusz". – Trzydzieści par oczu patrzyło z obojętnością porcelanowych kulek. – „Pan Tadeusz" to najważniejsze dzieło w historii polskiej literatury.

Teraz dobrze trafił. Na kilku twarzach pojawiło się śladowe zainteresowanie.

– Przeczytam początek... *Litwo, ojczyzno moja...*

– Zaraz, zaraz – zdenerwował się trzynastoletni dryblas. – Co pan przed chwilą mówił, że on był Polakiem, a teraz pisze „Litwo, ojczyzno moja"?

– Co to jest ojczyzna? – zapytał jakiś siedmiolatek.

– To kraj, który musimy oczyszczać z Żydów – powiedział jego starszy kolega. – To znaczy ta okolica, w której mieszkamy. Ojczyzna to takie miejsce, gdzie się nie wpuszcza obcych, zwłaszcza kolorowych – błysnął erudycją. – Kuzyn mi powiedział. On jest skinheadem. To taki legion ludzi, którzy walczą w obronie swojego kraju. A najniebezpieczniejsi są tacy właśnie, co udają Polaków, a potem wypisują, że ich ojczyzną jest Litwa. Napiszę do kuzyna, to pomaca tego Mickiewicza bejsbolem.

Kowalski poczuł przypływ zwątpienia. W kuratorium kazali mu przygotować te dzieciaki do egzaminów kończących podstawówkę. Teraz zrozumiał, że podjął się pracy kompletnie syzyfowej...

– Na dzisiaj starczy – powiedział zniechęcony. – Won do domów.

Zamknął szkołę i powędrował na uroczysko. Była dopiero dziesiąta rano, ale nie miał siły pracować.

– Rzucę w diabły to zajęcie, niech się ktoś inny użera – powiedział sam do siebie.

Olszakowski już pracował w kręgu. Wbił cztery paliki, naciągnął sznurek i teraz usuwał darń saperką.

– A, witam pana nauczyciela – powiedział.

– Dzień dobry. I jak poszukiwania?

– W tym miejscu coś piszczy co chwila. – Wskazał gestem wykrywacz metali leżący opodal. – Sadzę, że coś tu się znajdzie. Poza tym może będą węgle drzewne, to się weźmie do analizy...

Miał naszykowanych kilka specjalnych, wyjałowionych słoiczków. Paweł ukląkł nad odsłoniętym kawałkiem.

– Może pomogę?

Archeolog podał mu grackę.

– Zacznij delikatnie odczyszczać. – Zademonstrował. – Uważaj na każdy śmieć...

Zaczęli skrobać piach. Po chwili pojawiły się pierwsze rdzawe plamki. Guziki od mundurów ozdobione hitlerowskim orłem.

– Choroba – mruknął archeolog.

Parę minut później trafili na rozgiętą klamrę od pasa ozdobioną napisem *Gott mit uns*. Obok dużych guzików z orłem coraz liczniej pojawiały się mniejsze, blaszane, z trzema dziurkami.

– A to od czego? – zdziwił się nauczyciel.

– Od kalesonów. Kurczę, co tu się działo?

– Może zwalili sorty mundurowe na kupę, materiał szlag trafił, a guziki w ziemi zostały? – zasugerował.

Doktor badał klamrę.

– Jest rozgięta – powiedział. – Sądzę raczej, że ci tutaj po prostu zdzierali z siebie ubrania, aż guziki leciały na wszystkie strony. Innymi słowy, hitlerowcy robili sobie tu jakąś imprezę... Zapewne orgię, skoro się rozbierali... Trzeba będzie pogrzebać w drugim kręgu. Ciekawe, czy tam też natrafimy na podobne ciekawostki...

– Ahnenerbe – mruknął nauczyciel. – Może odtwarzali jakieś rytuały tych megalitowców?

– To bardzo prawdopodobne...

Pod piachem zarysowały się odłamki szkła. Było ich coraz więcej. Na kawałku butelki widać było jeszcze ślady etykietki.

– A więc zaprawiali się gdańską wódą, a potem zdzierali z siebie ubrania... To chyba nie był bezpieczny seks... – zauważył filozoficznie archeolog, podnosząc z ziemi wystrzeloną łuskę z parabelki.

Jakub stał na skraju potężnej jamy wyrytej w ziemi przez koparkę. W dole leżały zdechłe krowy.

– Ciekawe – mruknął sam do siebie.

Ścieżką nadszedł Osama.

– Witaj – powiedział. – Jak tam poszły wykłady?

– Dziękuję, dobrze – mruknął egzorcysta. – A tak swoją drogą, to co wy tu kombinujecie?

– Próbujemy skrzyżować chorobę szalonych krów z wąglikiem. Chodzi nam o to, by uzyskać bojowy środek biologiczny o nowych, fantastycznych właściwościach. A potem naładujemy nim samolot i gdzieś walniemy.

– To bardzo interesujące – przyznał Wędrowycz. – Ale na nas już pora. I tak zabałaganiliśmy u was masę czasu.

Talib pokręcił głową.

– Nie wypuścimy was – powiedział.

– Nie to nie – Jakub nie widział sensu w sprzeczce z fanatykiem.

Odwrócił się i popatrzył na krowie ścierwa. Bin Laden odszedł w stronę obór. Nieoczekiwanie w chłodnym wieczornym powietrzu rozległ się ponury rechot. Na pewno nie pochodził z ludzkiego gardła. Chwilę potem huknął pojedynczy wystrzał karabinowy i śmiech umilkł.

– A więc jednak w Polsce mamy już chorobę szalonych krów – westchnął ze smutkiem egzorcysta.

Ruszył pomiędzy baraki. Semen siedział na ławce i wpatrywał się ponuro w widoczną za łąkami ścianę lasu.

– Nie chce nas puścić – poinformował go kumpel. – Trzeba wiać.

– Ba, tylko jak? – zamyślił się stary kozak. – Łazi ich tu cała kupa. I mają karabiny. Nie damy rady przebiec tej łąki, ustrzelą nas... A ja już kiedyś w Mandżurii biegłem pod ostrzałem i teraz mam uraz psychiczny...

– Trzeba będzie odwrócić ich uwagę – mruknął egzorcysta.

– Ale jak?

– Coś się wymyśli... – Gdyby Osama zobaczył wyraz jego twarzy, pewnie natychmiast by ich uwolnił.

W oczach Jakuba zabłysło coś tak strasznego, że Semen poczuł ssanie w żołądku. Zmierzchało. Jakub stanął na brzegu jamy. Krów leżało wewnątrz co najmniej kilkadziesiąt.

– Mergełe, nefey, koxa, ałut – szeptał zaklęcia.

Przez ciało jednej z krów przebiegł dreszcz. Martwe oczy otworzyły się powoli. Spłoszone muchy mięsne uciekły. Krowa powoli stanęła na dwu nogach. Uśmiechnęła się martwym pyskiem i zachichotała. Jakub też się do niej uśmiechnął. Kolejne powoli podnosiły się z grobu. Ruszył w stronę szopy, w której pracowała pierwsza, prowizoryczna na razie, instalacja bimbrownicza. Pegerowcy, jak widać, podpięli się do końca linii technologicznej, bowiem podłoga pomieszczenia zasłana była pochrapującymi ciałami. Egzorcysta wrócił do baraku. Semen siedział i studiował Koran.

– Zbierajmy się pomalutku – powiedział Wędrowycz.

– A talibowie?

– Zaraz będą mieli inne kłopoty. – Uśmiechnął się złośliwie.

W zapadającym zmroku rozległ się upiorny śmiech zdechłej krowy, a po chwili kolejny i jeszcze następny. Martwe zwierzęta wylazły z jamy i teraz maszerowały na zadnich nogach, śmiejąc się obrzydliwie.

– Coś ty zrobił? – zdumiał się Semen.

– Krowołaki. No, bydłozombie – wyjaśnił egzorcysta.

Jedna z krów kopniakiem wywaliła drzwi do baraku, w którym siedzieli talibowie. Patrolujący teren porzucili posterunki i teraz nadbiegali z bronią gotową do strzału. Ciszę wieczoru rozdarły pojedyncze wystrzały. Fanatycy błyskawicznie otrząsnęli się z zaskoczenia.

Osama też wyszedł z szopy. Niósł potężną spalinową drwalską piłę. Krowy maszerowały ławą, niszcząc wszystko na swojej drodze. Śmiech zagłuszał nawet huk wystrzałów.

– Ale impreza – westchnął Jakub, wyrywając kumpla z poznawczego transu. – Ale na nas czas.

– Zaraz, zabiorę tylko parę przydatnych drobiazgów...

Semen wybił łokciem szybę od dużego fiata. Wsiedli. Odpalił silnik i omijając jedną z krów, wyrwał na szosę. Koran włożył do skrytki.

– Po co ci te szpargały? – wzruszył ramionami Jakub.

– Dostałem dedykację od bin Ladena. Kiedyś może być cholernie dużo warta...

Po namyśle przyjaciel przyznał mu rację. Samochód pędził przez uśpiony kraj, zbliżając się powoli do celu podróży.

– Ciekawe, swoją drogą, czy obecność talibów w Polsce jest przypadkowa – mruknął egzorcysta.

– A sądzisz, że tak?

– Właśnie. Zygrfyd von Hosenduft powraca z martwych, a jednocześnie, jak na zawołanie, pod ręką pojawia się człowiek, przez którego może dojść do trzeciej wojny światowej... Zaskakująca zbieżność.

– Może i nie byłoby głupio wywołać jakąś małą wojenkę – zastanowił się Semen. – Może by wreszcie cholera wzięła tych debili, którzy nami rządzą.

Jakub westchnął.

– Z tego, co pamiętam, największe katastrofy zawsze były wywołane tym, że ktoś chciał spowodować niewielką wojenkę.

– Wiesz, co jest najważniejsze w zawodzie archeologa? – zagadnął Olszakowski Kowalskiego.

– Nie mam pojęcia. – Nauczyciel pokręcił głową. – Ale pewnie przydaje się umiejętność machania łopatą i odrobina zdrowego pomyślunku...

– Nie, w zawodzie archeologa najważniejsze są zdrowa wątroba i mocny łeb – wyjaśnił Olszakowski, wyciągając z torby flachę żubrówki 1,75 l.

– Jak się dobrze zagryzie, to i łeb nie musi być taki mocny. – Paweł wyciągnął litr czeskiego rumu i pęto kiełbasy. – Zobaczymy, czy się nadaję na archeologa...

– Aha, ciekawie będzie. – Doktor wydobył dwa obtłuczone kubki. – A i miejsce niezłe na balangę. Zawsze powtarzałem studentom, że cholernie ważne jest, aby zabytki funkcjonowały w świadomości społeczeństwa jako coś swojskiego. Na praktykach zawsze wybieraliśmy fajne miejsca, żeby się zbelić. Kurhany, średniowieczne krypty z kościotrupami, grodziska... Czemu nie kamienne kręgi?

– To może rozpalmy ognisko jak ci esesmani – zaproponował Kowalski. – To i kiełbasę sobie podpieczemy.

Rozbierać się nie ma co, bo, cholera, kobitek nie mamy... A i zimno by było.

– O, i to jest właściwe podejście do zagadnienia. Chcesz, nauczę cię jednej archeologicznej piosenki biesiadnej...

Było już dobrze po północy, gdy Mark otworzył wreszcie sarkofag. Hrabia, a raczej to, co z niego zostało, leżał na dnie skrzyni. Sługa obejrzał mumię, przyświecając sobie latarką.

– Nie wygląda mi to najlepiej – powiedział.

Ciało wyschło na wiór, mięśnie zwinęły się w postronki, skóra ciasno opinała szkielet. Pośrodku czoła zmarłego widać było wielką dziurę. Na jego twarzy nadal malował się wyraz zaskoczenia.

Kapłanka klepnęła nosze.

– Ano, nie ma się co zasiadywać – powiedziała. – Dawaj go tu i niesiemy do pałacu.

Wyciągnął mumię z sarkofagu i położył ją na noszach.

– Ożywić to coś? – mruknął z powątpiewaniem.

Kapłanka wypluła gumę do żucia i wepchnęła ją palcem do dziury w czaszce hrabiego.

– Nie takich rzeczy dokonywali magowie z Thule – powiedziała.

Osama bin Laden odłożył kałasznikowa. Stos krowołaków oblanych benzyną płonął pomiędzy zabudowaniami Chlewisk.

– Co to było? – zapytał po polsku.

– To na pewno sprawka tego Wędrowycza – powiedział stojący obok niego tubylec. – Ostatecznie jest egzorcystą...

– To on umie robić takie rzeczy, a wy dopiero teraz mówicie? – syknął Arab. – To wy takiego fachowca męczyliście, żeby wam powiedział, jak się robi bimber, zamiast go przeciągnąć na naszą stronę? W każdą z tych krów wpakowaliśmy po trzysta, czterysta pocisków, zanim udało się je unicestwić... A gdyby tak armia zombie? Ożywić wszystkich zmarłych na amerykańskich cmentarzach... USA przestałoby istnieć.

– To skąd będziemy brali dolary? – zdziwił się tubylec.

– Milcz. Musimy natychmiast zorganizować pościg za tym całym Wędrowyczem! Jest nam potrzebny.

– Nie mamy czym go ścigać. Zabrali jedyny samochód, a ciężarówka do przewozu krów jest zbyt powolna... – wyjaśnił jeden z talibów.

– Motocykl – zażądał szef. – Sam ich dogonię.

Chwilę potem pędził już szosą na ciężkiej sportowej hondzie. Nie ujechał daleko. Tuż przy zakręcie na główną szosę stał policyjny patrol z radarem. Widząc gliniarza machającego lizakiem, skonsternowany terrorysta zatrzymał swój pojazd. Funkcjonariusz podszedł do niego i zasalutował.

– Dzień dobry, dokumenty i karta pojazdu – powiedział.

– Co ty, durniu, telewizji nie oglądasz? – huknął na niego jeździec. – Jestem Osama bin Laden.

– Jasne, doktorku, i może jeszcze masz w kieszeni fiolkę z wąglikiem? – parsknął gliniarz.

– Mam. – Terrorysta wyciągnął probówkę.

Drugi policjant podszedł od tyłu i walnął go porażaczem elektrycznym.

– Dzięki – mruknął pierwszy. – Kurde, coraz więcej tych świrów...

– Nieźle się upodobnił do oryginału. – Jego towarzysz wybierał na telefonie numer zakładu psychiatrycznego. – Zobacz, jaką brodę wyhodował... A pamiętasz tego Napoleona, cośmy go ostatnio złapali? Nawet po francusku gadał...

„Ten cały Wędrowycz" wraz ze swoim druhem znajdowali się już blisko pięćdziesiąt kilometrów od znanego terrorysty i jego kumpli.

– Tak swoją drogą, to co nas czeka u celu? – zapytał Semen. – Wspomniałeś coś o instalacji.

Jakub otarł usta dłonią.

– Tak – mruknął. – Widzisz, jak Atlantyda zatonęła, to się z niej wyroiła cała masa rozmaitych popaprańców. Rozleźli się po świecie, no i oczywiście kombinowali, jak by tu ich wyspę z powrotem wynurzyć. Więc poustawiali tu i ówdzie stacje mocy, znaczy żeby ładować energię, a potem podciągać lądy w górę... No i coś takiego jest na Pomorzu. Trzy kamienne kręgi postawione w trójkąt i ołtarz w środku trójkąta. To się ładuje energią przez całe stulecia. A jak się naładuje, to można to rozładować w jednym impulsie.

– I co się wtedy stanie? – zaciekawił się Semen.

– A cholera wie. – Egzorcysta wzruszył ramionami. – Co tylko do łba strzeli. Miasto można zdmuchnąć albo na przykład wulkan zrobić... Jak poprzednio rozładowali, to była druga wojna światowa.

– Sądzisz, że jest naładowany?

– Owszem – kiwnął głową. – Ale nie do końca. Jeden krąg tośmy z chłopakami czołgiem rozwlekli, a ołtarz wywieźliśmy do lasu i zakopaliśmy.

– To znaczy, że nic im z tego nie wyjdzie?

– Przekonamy się jutro.

Egzorcysta zamilkł. Im bardziej się zbliżali, tym mocniej czuł przepływ mocy. A więc już niedługo.

Kapłanka położyła mumię hrabiego na ołtarzu.

– A teraz patrz, niedowiarku – warknęła na Marka.

Nacięła sobie nadgarstek i spuściła kroplę krwi na czoło mumii.

– Z krwi zrodzony, krwią się żywisz, przez krew powróć do świata żywych – szepnęła.

Mumia drgnęła. Ciało w ciągu kilku minut odzyskało pełnię życia. Zygfryd von Hosenduft powrócił. Przeciągnął się, aż strzeliły mu stawy.

– Fiuuu – zagwizdał Mark.

Nic więcej nie zdołał powiedzieć, bo przebudzeniec skoczył na niego i złamawszy mu kark, wbił zęby w jego szyję. Po kilku minutach odrzucił bezwładny, wysuszony zewłok.

– Jestem kapłanką – powiedziała dziewczyna. – Reprezentuję zakon Thule.

– Bardzo mi miło. – Uścisnął jej dłoń. – Hrabia Zygfryd von Hosenduft. Zechce mi pani towarzyszyć?

– Oczywiście. – Uśmiechnęła się. – A gdy będzie po wszystkim, może zażyjemy trochę seksu?

– Z przyjemnością. – Odwzajemnił uśmiech.

Po sześćdziesięciu latach bycia mumią był nieco wyposzczony.

– Jak wygląda instalacja Atlantydów? – zagadnął.

Spuściła głowę.

– Upłynęło wiele czasu – powiedziała posępnie. – Mamy koniec XX wieku. Krąg koło pałacu wysadzono w powietrze. Zostało tylko kilka głazów.

– Krąg akumuluje moc, jeśli jest ich dwadzieścia cztery – mruknął.

– Sprawdziłam, są zupełnie martwe. Ten koło miasteczka naładował się ładnie.

– A najważniejszy, na uroczysku w lesie? – zaciekawił się.

– Też działa. I jest naładowany jak diabli – powiedziała z uśmiechem.

– Dobra. No to zrobimy sobie maluśki Armagedon. – Uśmiechnął się. – Ale najpierw muszę się podładować mocą kręgu, jeśli chcę trochę pożyć...

– Kuźwa – zaklął Jakub.

– Cholera – zawtórował mu Semen. – Że też właśnie w tej chwili musiało skończyć się paliwo...

Kopnął ze złością bok ukradzionego talibom dużego fiata.

– Daleko jesteśmy? – zapytał stary kozak.

Egzorcysta przymknął oczy.

– Czuję fluktuacje mocy – powiedział. – Zygrfyd już powrócił. Nie możemy być daleko. Najwyżej dwa, może trzy kilometry. Przez las pójdziemy skrótem.

Obaj przyjaciele wkroczyli w gęsty zagajnik. Już po chwili okazało się, że pomiędzy drzewami absolutnie nic nie widać. Złapali się za ręce i trzymając razem, ruszyli naprzód. Po dalszych kilkudziesięciu krokach Semen jęknął.

– Jakub, może zawrócimy... Szosą przynajmniej nie zabłądzimy.

Odwrócili się, ale krawędzi puszczy już nie było widać.

– Czekaj – mruknął egzorcysta. – Zamknę oczy i pozwolę, by kierowały mną moje wizje.

Tak też zrobili. Po mniej więcej dwudziestu minutach wyszli wprost na kamienny krąg. Nauczyciel z archeologiem ucztowali sobie w najlepsze.

– Te twoje wizje nakierowały cię na flaszkę, a nie na miejsce ożywiania hrabiego – syknął Semen.

Jakub rozejrzał się wokoło.

– No, faktycznie – przyznał. – Ale nie zapominaj, że hrabia, żeby użyć mocy, musi przyjść do kręgu. No to poczekamy tu na niego... I imprezka jest.

Olszakowski od dłuższej chwili wpatrywał się ze zdumieniem w niespodziewanych gości.

– To spotkanie prywatne – powiedział. – Tylko dla kumpli...

– Sami i tak nie wychlamy tego wszystkiego – zmitygował go nauczyciel.

– Ale my się znamy – uśmiechnął się Jakub – To ty wygrzebałeś w Chełmie tego golema.

– A niech mnie. To ty jesteś tym starym pierdzielem, który mi zabytek rozpieprzył na kawałki – ucieszył się archeolog. – Faktycznie, w takim razie siadajcie...

– Nie przyszliśmy z pustymi rękami – uspokoił go kozak.

Z torby wyjął dwie butelki talibańskiego bimbru z daktyli i kawał szalonej wołowiny. Imprezę można było kontynuować.

– Wiecie, co jest najważniejsze w zawodzie egzorcysty? – zapytał Jakub po którejś z kolei kolejce.

– No, pewnie trzeba mieć dużo krzepy, żeby te osikowe kołki wbijać? – domyślił się nauczyciel.

– To też, ale najważniejsze są mocna głowa i zdrowa wątroba. – Wędrowycz wychylił kubek jednym haustem.

Minęła północ. Cała czwórka miała już zdrowo w czubie.

– No to wchodzę do Jakuba na podwórze – ciągnął opowieść Semen – a on coś opieka na ognisku. Na rożnie znaczy się... Ja go pytam: „Jakub, gdzie upolowałeś taką żółtą wiewiórkę?", a on mi na to: „Powiedziało, że nazywa się Pikaczu"...

Ryknęli zdrowym i wesołym śmiechem.

– Kurde, tubylcy mówią, że to złe miejsce – powiedział nauczyciel – a ja na to leję. Jakie to może być złe miejsce, skoro jest tu wóda, bimberek i nawet zagrycha na grillu...

Semen odciapał kolejny plaster szalonej krowy i nadziawszy na patyk, zatknął przy ogniu.

– Z nami nie zginiesz, mordeczko – zarechotał – wprawdzie mam cztery lata więcej co ty, hyp... znaczy cztery razy lat więcej... ale, kurde, mam doświadczenie życiowe, a ono mi mówi, że dobra zagrycha to podstawa...

– To jest złe miejsce – wyjaśnił nieco bełkotliwym głosem Jakub. – Ale żeby, kuźwa, było tak naprawdę złe, toby trzeba było wyzwolić moc energii Atlantydów...

Kamienie naładowane mocą trochę świeciły. Nikomu to nie przeszkadzało.

– Atlantyda to bajka – powiedział archeolog z przekonaniem. – Kupa bredni do ogłupiania frajerów. To zbudowali ludzie z kultury pucharów lejkowatych.

– A komu potrzebne puchary lejkowate? – zdziwił się Jakub, unosząc blaszany kubek z bimbrem. – Bimbru, bimbru, bimbru dajcie, a jak nie, to spier... – zaintonował.

Zaklaskali, a ponieważ woleli zostać, dolali mu okowity.

– Jakub, a co zrobisz, jak tu przyjdzie ten Hosenduft? – zaciekawił się Semen.

Egzorcysta beknął.

– Gówno tam, wcale się go nie boję...

– Co się stało z Adolfem? – zainteresował się hrabia.

Założył na siebie kurtkę i jeansy Marka, bo łachy, w których spędził sześćdziesiąt lat w sarkofagu, wyglądały nieco niewyjściowo.

– Popełnił samobójstwo. Ruscy zabezpieczyli jego zwłoki i potem spalili. Zachowali tylko fragmenty szczęki. Myślę, że dałoby się zdobyć kawałek.

Poskrobał się po głowie.

– Odtworzenie ciała z tak niewielkiego kawałka w sytuacji, gdy nie dysponujemy pełną mocą kręgów, będzie skrajnie trudne – powiedział.

– Nie potrzeba mocy. – Uśmiechnęła się. – Wystarczy go sklonować. Nauka poszła w międzyczasie trochę do przodu. Zresztą chrzańmy Hitlera. Nie nadawał się do naszych planów. Na dłuższą metę był nieprzewidywalny. I tylko zaszkodził zakonowi Thule.

– A kto się nadaje? – zaciekawił się.

Wyjęła opasły skoroszyt wycinków prasowych.

– Tu znajdziemy odpowiedniego kandydata – powiedziała. – A na razie chyba pora trochę namieszać... Jedziemy do kręgu?

– Zgoda. – Ruszył do wyjścia.

– A więc mówię tym debilom, studentom – Olszakowski snuł swoją opowieść – u nas obowiązuje zasada „jeden obiekt – jeden litr”. Kto tego nie zrozumie, nigdy nie będzie prawdziwym archeologiem.

– Hy, hy, hy, hy, hy – zaśmiał się Kowalski.

– Wchodzę do tego McDonalda – Jakub tymczasem mówił o czymś zupełnie innym – i mówię do faceta za ladą: „Poproszę dwa dogburgery”. A tamten zdziwił się, a potem, widząc, że ja jestem wtajemniczony, podaje dwa takie jak dla innych klientów. Podobno wołowina, ale gdzie tam. Ja rotweilera rozpoznam z zawiązanymi oczyma... Polejcie jeszcze.

Kowalski, który usłyszał koniec opowieści, odszedł na bok. Paw złożony z bimbru i wołowiny chlupnął pomiędzy głazy.

– Kurde – mruknął zawiedziony archeolog, patrząc na opróżnioną flaszkę. – Wóda wyszła...

– A to nie problem – uśmiechnął się egzorcysta. – Ty w Atlantydę nie wierzysz? He, he. To zaraz, niedowiarku, zobaczysz. Wóda to H_2OH?

– Nie, nie – zaprotestował Olszakowski. – C_2H_5OH. To jest wzór etanolu.

– Czyli w powietrzu są wszystkie składniki? – upewnił się egzorcysta.

– Jasne. A co?

– W tych kamulcach jest dość mocy, by zrobić tysiąc litrów wódy. Wystarczy wyładować i ukierunkować moc...

– Nie pierdol – obraził się Tomasz. – Pal diabli, może nawet istnieje magia. Czemu nie. Może łażą tu duchy megalitycznych szamanów, ale nie bredź, że można tego użyć do doraźnych konkretnych celów.

– Można – syknął Jakub.

Stanął pośrodku kręgu, skrzyżował dłonie na piersi i wyrzucił z siebie kilka tajemniczych wyrazów. Nad jego głową pojawiła się bańka. Wyszedł spod niej.

– Gotowe – powiedział – pięćset litrów etanolu.

Semen wyciągnął z kieszeni rewolwer i wycelował w powierzchnię balonu.

– Żeby się napić, to trzeba dziurkę zrobić – powiedział i wystrzelił, zanim kumpel zdążył go powstrzymać.

Kula rozprysła się, na głowy lunęła im chłodna fala spirytusu.

– Chodu!!! – wrzasnął archeolog, podrywając się od ognia.

W ostatniej chwili odskoczyli. Napój spadł na ziemię wodospadem. Fala runęła w stronę ogniska... Stali za głazami, podziwiając dwudziestometrowy słup błękitnego ognia.

– Zwracam honor – powiedział Olszakowski. – Faktycznie, magia działa... Tylko następnym razem zamów w butelkach...

Jakub popatrzył na zegarek.

– Trzecia nad ranem – powiedział. – Ty, Paweł, zdaje się, jesteś tu nauczycielem.

– Aha.

– A w szkole można by się przenocować?

– Jasne, zapraszam...

– To może i ja skorzystam – mruknął Olszakowski – bo jechać do miasteczka to trochę nie jestem w stanie.

Czterej kumple, obejmując się, ruszyli przez łany perzu w stronę wsi.

Zygfryd von Hosenduft z kapłanką u ramienia weszli pomiędzy głazy kręgu.

– A co tu się stało? – Dziewczyna zaskoczona oświetliła ziemię pokrytą warstwą spalonej trawy.

– Pewnie przebicie mocy zwęgliło roślinność – powiedział. – To bez znaczenia. Naturalny objaw, można powiedzieć...

Stanął pośrodku i wyciągnął dłonie do góry.

– Dziwne – powiedział. – Zupełnie nie czuję mocy, a przecież jeszcze godzinę temu...

Kapłanka, drepcząc wokoło, znalazła pękniętą flaszkę po wódce, a po chwili jeszcze jedną.

– Święty krąg został sprofanowany – jęknęła.

– Użyjemy drugiego – rozkazał.

Ruszyli lasem, omijając łukiem wieś. Niebawem drogę zagrodził im płot z drutu kolczastego. Dziewczyna wyjęła z kieszeni nożyce do blachy i utorowała drogę. Nieoczekiwanie zatrzymała się jak wryta.

– Co się stało? – zapytał hrabia.

– Miejscowi gadali, że gdzieś tu jest pole minowe – mruknęła.

– Bajdy. Po tylu latach od wojny z pewnością wszystkie niewypały dawno są niegroźne – odparł i podjął marsz.

Małgorzata Piącha, licząca w swoim sklepie wieczorny utarg, usłyszała huk eksplozji, a po chwili drugi.

– Hy! – powiedziała. – Sarna musi na minę wlazła. Jutro poszukamy...

Jakub obudził się pod szkolną ławką. Przez chwilę z przerażeniem zastanawiał się, czy przypadkiem nie powróciły czasy, gdy musiał uczęszczać do takich przybytków wiedzy, ale zaraz się uspokoił.

Co to było wczoraj? – poskrobał się po głowie.

Głowa bardzo go bolała. Wnętrzności też. Nie należało mieszać daktylowego bimbru z żubrówką...

– Ty, wstawaj – powiedział do niego Semen siedzący na biurku. – Pochlaliśmy się w cztery dupy wczoraj, a przecież miałeś załatwić tego von Smród-po-gaciach.

– Co? – Jakub na kacu wolno kojarzył.

– No, Hosendufta – przypomniał kozak. – Gadałeś o mocy, potem spadł z nieba alkohol.

– A, faktycznie – pamięć wróciła.

Przymknął oczy. Nie wiedział, czy zielony ocean przed jego powiekami to efekt kaca, czy wszedł w trans. Nie miało to większego znaczenia.

– Hrabiego tu nie ma – powiedział. – Mocy też nie...

– Jak to? – zdziwił się Semen. – Wczoraj mówiłeś, że będzie trzecia wojna światowa, a teraz wykręcasz się sianem?...

– Wczoraj było wczoraj, a dzisiaj jest dzisiaj – Jakub zrezygnował z wyjaśnień. – Widać się pomyliłem.

Przyłożył dłonie do skroni.

– A swoją drogą, nie sądziłem, że ta moc Atlantydów taka słaba – mruknął. – Szybko się zużyła... Ale fajnie, że zdaliśmy test i możemy być archeologami. Wracajmy do domu – zaproponował.

– O, i to jest głos rozsądku – ucieszył się jego przyjaciel.

Lekarz ciekawie zajrzał przez okienko w drzwiach separatki. Na pryczy siedział zgaszony, przygarbiony mężczyzna.

– A więc to wasz ptaszek?

– Owszem – uśmiechnął się ordynator. – Kompletny wariat. Twierdził, proszę sobie wyobrazić, że jest Osamą bin Ladenem... Bardzo ciężki przypadek. Nie dość, że nauczył się arabskiego, to jeszcze wyhodował sobie brodę i nawet się obrzezał.

– Coś podobnego – zdumiał się wizytator. – I co zrobiliście?

– Do terrorysty upodobniała go przede wszystkim broda. Zgoliliśmy mu ją. I powiesiliśmy w celi lustro, żeby mógł się przyzwyczajać do swojego prawdziwego wyglądu. Zastosowaliśmy silne środki psychotropowe i elektrowstrząsy. Uzyskaliśmy znaczącą poprawę. Przestał twierdzić, że jest talibem, choć na razie nie przypomniał sobie jeszcze, kim jest.

– Ciekawe...

– A wygadywał kompletne brednie. Twierdził, że polska komórka Al-Kaidy produkowała w Chlewiskach wąglik...

– Przez tę cholerną telewizję tylko ludzie wariują – mruknął wizytator. – W Kobierzynie, w Tworkach, wszędzie mają świrów, którzy twierdzą, że robili wąglik... Jakie rokowania?

– Terapia będzie kontynuowana. Chcemy na nim wypróbować nowe, silniejsze psychotropy najnowszej generacji... Wprawdzie kosztują nieziemsko i kasa chorych będzie sarkała, ale my naprawdę dbamy o pacjentów i staramy się im pomóc.

Ostateczna polisa na życie

Pośrodku Wojsławic sterczała w niebo malowniczo odrapana piętrowa rudera. Rudera od strony ulicy posiadała ścianę z pociemniałych desek, a pozostałe ściany zbudowane były z cegieł. Deski wypaczyły się, a tynk popękał. Dach leciutko się zapadł, ale wyglądał jeszcze całkiem solidnie. Drzwi i okna zabito na głucho. Wokoło ruiny ciągnęły się chaszcze lebiody, ostów i łopianu. Budynek ozdabiał miasteczko jak grzyb ścianę. A przecież miało być zupełnie inaczej...

W zamierzchłej przeszłości, gdy Wojsławice były jeszcze miastem, radni miejscy wpadli na ambitny pomysł wzniesienia pośrodku osady okazałego ratusza z wieżą, który pomieściłby przy okazji cyrkuł i inne przydatne instytucje. Roboty wykończeniowe i przebudowy ciągnęły się dość długo, ale wreszcie, akurat na powstanie styczniowe, prace ukończono, dzięki czemu powstańcy mieli gdzie zanocować, a wojska rosyjskie miały co spalić w ramach represji. Zaraz po powstaniu odbudowano ratusz, tyle tylko, że miasto zaraz potem straciło prawa miejskie.

Radni wykazali się wyjątkową genialnością i na dobre sto trzydzieści lat przed nadejściem epoki prywatyzacji sprywatyzowali ratusz, sprzedając go miejscowemu żydowskiemu „biznesmenowi", za psie pieniądze zresztą. Budynek przechodził różne koleje losu, stając się po kolei: domem mieszkalnym, sklepem, masarnią i wędzarnią, siedzibą władz odrodzonego kraju, aż wreszcie, tuż przed drugą wojną światową, stał się knajpą. Tej szlachetnej funkcji nie pełnił długo, bowiem właściciel podpisał folkslistę i wywiesił sobie na frontonie budynku wielką, piękną niemiecką flagę z ogromną swastyką. Pech chciał, że gdzieś w czterdziestym trzecim w okolice miasteczka zapuścił się niewielki oddział ukraińskiej partyzantki, który widząc tak oznakowany budynek, wysadził go w nocy w powietrze, biorąc go za koszary SS. Po wybuchu z ratusza ocalało jedno skrzydło. Budynek służył znowu jako knajpa, aż w końcu uległ całkowitej dewastacji i został ostatecznie porzucony.

Paweł Skorliński zatrzymał półciężarówkę i wysiadł, mrużąc oczy w ostrych promieniach wrześniowego słońca.

– Hy, hy – powiedział do siebie.

Wyjął z kieszeni akt własności i porównał zawarte w nim dane z tabliczką ozdabiającą fronton budynku.

– Cholera – powiedział pod adresem swojego nieobecnego wspólnika.

Zatrzasnął drzwi samochodu i podszedł do obiektu. Klepnął jadowicie różową ścianę. Ściana odpowiedziała głuchym odgłosem. Tynk widocznie odszedł od muru.

– Jasna cholera – powtórzył wolno i z namysłem biznesmen.

Wyłowił z kieszeni pęczek kluczy i wybrawszy jeden z nich, wsadził go do dziurki pod klamką. Zamek chodził gładko, ktoś musiał go ostatnio przeczyścić. Przekręcił klucz i pociągnął drzwi do siebie. Otworzyły się ze zgrzytem. Ten, kto przeczyścił zamek, najwyraźniej zapomniał o naoliwieniu zawiasów. Wewnątrz było ciemnawo. Namacał na ścianie kontakt i przekręcił go. Znajdował się w sporej sali. Tu zapewne koncentrowało się życie miejscowości w czasach, gdy ratusz był knajpą.

Pod ścianą nadal królowała potężna murowana lada, dalej widać było drzwi prowadzące gdzieś w trzewia budynku. Paweł podszedł do lady i zajrzał za nią. Coś tam leżało. W pierwszej chwili biznesmen pomyślał, że to nieboszczyk, ale owo coś wyraźnie pochrapywało. Podniósł z podłogi pogrzebacz i walcząc z obrzydzeniem, odrzucił na bok jakiś łachman, będący zapewne w zamierzchłej przeszłości derką do nakrywania koni. Na starym, brudnym pasiastym materacu drzemał jakiś malowniczo obdarty typ.

– Halo! – zagadnął Paweł. – Proszę się obudzić!

Typ otworzył jedno oko i zlustrował nim otoczenie. Poderwał się niespodziewanie z ziemi i wbił lufę odrapanego rewolweru w brzuch nowego właściciela. Stali tak naprzeciw siebie przez chwilę. Ręka Pawła nieznacznie wędrowała w stronę kieszeni, gdzie ukryty miał własny rewolwer. Niespodziewanie staruszek czknął wonią czosnkowej kiełbasy i przetrawionego wysokooktanowego alkoholu.

– Hy – powiedział – Paweł Skorliński, biznesmen. Kopę lat.

Paweł zdumiał się, ale niespodziewanie przypomniał sobie tę twarz.

– Jakub Wędrowycz? – domyślił się.

Egzorcysta wyskoczył zza lady i usiadł na niej. Wyciągnął z kieszeni kapciuch z tytoniem, dwa kawałki gazety i z niebywałą wprawą skręcił z tego dwa papierosy grubości kubańskich cygar. Podsunął jeden z nich Skorlińskiemu. Ten wziął i wsadził do ust. Jakub wyjął z kieszeni zapalniczkę zippo i podał mu ogień. Sobie też podał. Zaciągnęli się głęboko. Biznesmen zakrztusił się i przez chwilę rozpaczliwie walczył o odzyskanie oddechu.

– Za mocne? – zaniepokoił się Wędrowycz. – To tytoń pierwszego gatunku. Na skupie nie chcieli, powiedzieli, że za dużo nikotyny. Sześć razy norma, coś takiego. Na. – Podał znajomemu manierkę odczepioną od paska.

Paweł zgasił skręta o ladę, po czym odkręciwszy korek, pociągnął łyk. Czymkolwiek było to, co pociągnął, zwalił się na ziemię i znowu nie mógł złapać oddechu. Jakub podał mu wyłowioną zza lady butelkę piwa i pomógł usiąść z powrotem.

– Wy, miastowi, jesteście słabi – stwierdził, puszczając kółka smoliście czarnego dymu. – Byle napój i już z nóg zwala.

Zarechotał ucieszony. Następnie łyknął nieco bimbru z manierki. Z kieszeni wyciągnął kawałek gazety. Odwinął z niego pęto kaszanki i odgryzł kawał, a resztę podał biznesmenowi. Ten odmówił, kręcąc głową. Wolał nie ryzykować trzeciego takiego wstrząsu.

– *Also gut* – powiedział Jakub nieoczekiwanie po niemiecku. – Co potrzeba? Znowu duchy wyłażą z dywanu, czy może trzeba wygnać egzorcystów?

Paweł pokręcił głową.

– Nie, nie tym razem – odparł. – Mieszkasz tu? – Gestem pokazał, że chodzi mu o budynek.

– Nie, tak tylko sobie przysnąłem, wracając z knajpy, żeby nie leźć smerfom na oczy. A co?

– To teraz moje.

Jakub zaczął się śmiać, że mało się nie zwalił na podłogę.

– No co ty? Kupiłeś to?

– Tak jakby. Mój wspólnik kupił.

– A to go w jajo zrobili – Jakub był pełen uznania dla przedstawicieli gminy. – Nie miał głupszego pomysłu?

– Widać nie.

– A tak właściwie to po co wam, biznesmenom, ta szopa? – zaciekawił się Jakub.

– Mam zamiar zrobić tu hurtownię – wyjaśnił Skorliński. – W Horodle otworzyli granicę. Tędy będzie jechał jeden samochód pełen Ruskich na godzinę.

Jakub natychmiast stracił pozę wioskowego przygłupa.

– To wygląda wcale niegłupio – powiedział. – Czym chcecie obracać?

– Tekstyliami – wyjaśnił biznesmen. – Kurtki, spodnie, inne takie. Może garnitury.

– Ja widziałem, jak tak czasem jeżdżą, że oni głównie to wożą kapustę i pralki.

– Kapustę?

– Aha. Widać u nich jest droższa niż u nas. Albo zupełnie jej nie ma. Ale ciuchy też pewnie wożą, tylko w bagażnikach i nie widać.

Wyjął Skorlińskiemu z dłoni butelkę z piwem, wypił resztę. Zgasił niedopałek o ladę.

– Nu, czas na mnie – powiedział. – Wpadnę na dniach...

– Czekaj – zatrzymał go Paweł. – Będę potrzebował ekipy, żeby tu chociaż trochę odmalować. Nie znasz tu jakichś fachowców?

– Czemu nie – odparł Jakub. – To nawet ja sam odmaluję. Tylko piętro jest schrzanione. Te belki. – Pokazał palcem na sufit. – Ja bym tam na wszelki wypadek nie właził.

– Może wymienić?

– Stropowe? To by sporo kosztowało, ale chyba niegłupi pomysł. Dobra. Wymienimy.

– Dwadzieścia tysięcy starczy?

– I, za dwadzieścia tysięcy to ja bym pięć takich chałup kupił. Daj pięć, resztę oddam najwyżej.

Paweł odliczył pięćdziesiąt banknotów i wsiadł do samochodu.

– Na przyszły tydzień będzie zrobione – zapewnił go Jakub.

– Zdążysz?

– Pewnie. Zagonię do roboty kilku takich nierobów.

Biznesmenowi nie spodobał się jego uśmiech, ale nie zastanawiał się nad tym. Wcisnął pedał gazu i samochód, drąc kołami łany lebiody i ostu, odjechał.

– No to do dzieła – powiedział Jakub i zarechotał obłędnie. Z kieszeni wyjął butelkę z ciemnego szkła.

W butelce znajdowało się kilka gramów dziwnego zielonego paskudztwa w postaci jakby pokruszonych opłatków. Jakub zmrużył oczy, odczytując napis na etykietce:

Ogłupiacz. Made in KGB

Szykowała się zabawa.

Ostatnio nic się jakoś nie działo. Gliniarze przychodzili na posterunek, odsiedzieli swoje osiem godzin i szli do domu. Gminę ogarnęła jesienna melancholia. Czołowi rozrabiacy, tacy jak Wędrowycz, Paczenko, Korczaszko czy Bardak, siedzieli dziwnie cicho. Nawet donosy ziały nudą. Posterunkowy Birski rozmyślał w swoim gabinecie, opierając nogi o polityrowany blat biurka.

– Chyba zaczyna się martwy sezon – powiedział w zadumie.

Pociągnął ostrożnie łyk świeżo zaparzonej kawy. Jego wyczulone na niebezpieczeństwa policyjne podniebienie wyczuło ślad jakiegoś obcego posmaku.

– Rowicki! – wrzasnął.

Rowicki wszedł do gabinetu i zasalutował.

– Obywatel kapitan mnie wzywał?

– Tak. Co to za kawa?

– Chodziła taka dziewuszka i rozdawała z koszyczka. Powiedziała, że to promocja.

– Promocja – wycedził kapitan. – A może ona chciała nas otruć?

– Co pan. Przecież ja piłem już rano i nic.

– Czymś to zajeżdża. Jakby ziołami.

– Możemy sprawdzić...

Rowicki przyniósł paczkę i wysypał jej zawartość na blat przed kapitanem. W brązowym pyle poniewierały się pokruszone kawałki jakiegoś zielska.

– Widzisz?

– Przepraszam, kapitanie.

– Z pudełka odciski palców tej dziewczyny. Portret pamięciowy wykonać. Zielsko do laboratorium.

– Tak jest! – wrzasnął Rowicki ucieszony z takiego obrotu sprawy. Wreszcie coś do roboty.

W tym momencie trzasnęły drzwi wejściowe. W progu stanął Jakub Wędrowycz. Dziwnie się jakoś uśmiechał. Birski popatrzył na niego uważnie i nagle uświadomił sobie, że to na pewno on zatruł kawę.

– Czego sobie...? – zagadnął, nadając swojemu głosowi wyjątkowo paskudne brzmienie.

Jakub popatrzył mu prosto w oczy. Posterunkowym wstrząsnęło coś na kształt uderzenia prądem.

– Pan – podpowiedział Jakub.

Birski poczuł dziwny zamęt w głowie. To pewnie ta kawa, pomyślał. A potem posłusznie powtórzył:

– Czego pan sobie życzy? – Natychmiast stwierdził, że jego pytanie nadal jest ordynarne i nie licuje z powagą gościa. Uśmiechnął się z przymusem.

– Czym możemy służyć? – zapytał.

Głos Jakuba wyjaśnił wszystkie zaszłości.

– Zdejmijcie mundury, żeby się nie pobrudziły. – Rzucił im pod nogi dwa komplety ubrań roboczych. – I gońcie do ratusza.

Gliniarze przebierali się jak roboty. Jakub uśmiechnął się. Wychodząc z gabinetu posterunkowego, natknął się na sekretarkę.

– Odbieraj telefony i zapisuj, kto czego chciał – powiedział. – Jak się pojawi zmiana, to przyślij ich do ratusza. Tylko nie zapomnij nalać im termosu kawy na drogę. Dzień taki chłodny...

Pokiwała głową. Po południu na budowę dotarły posiłki w postaci trzech funkcjonariuszy. Dwaj byli odurzeni spreparowaną kawą, trzeci, niestety, nie. Tego Jakub nie przewidział.

– Zmieniać mundury na drelichy i do roboty – zakomenderował. – Widzicie przecież, że kumple ledwo łażą.

Dwaj nie kazali sobie tego dwa razy powtarzać i posłusznie zaczęli się przebierać. Trzeci patrzył na to zdumiony.

– Co wam się stało? – zapytał.

Jakub zaszedł go od tyłu i puknął cegłą w głowę. Nieprzytomnemu wlał nieco mikstury do gardła i ocucił wiadrem wody. Gdy gliniarz się ocknął, stwierdził, że ma na sobie robocze ubranie.

– Co się dzieje? – zapytał.

– Wstawaj, bumelancie – powiedział Jakub wesoło. – Kumple harują, a ty się wylegujesz. Idź mieszać zaprawę.

Gliniarz pomyślał, że faktycznie trzeba pomóc, i posłusznie zabrał się do pracy. Jakub popatrzył jeszcze przez chwilę, jak im to sprawnie idzie, po czym wsiadł w radiowóz i pojechał na posterunek. Wyminął panienkę, wszedł do gabinetu posterunkowego. Przebrał się w mundur i wrócił do sali ogólnej.

– Były telefony? – zapytał.

– Tak. Dzwonili z Kolonii Partyzantów, jakaś rozróba.

– Dawno?

– Dopiero co.

– Proszę zaparzyć termos kawy. Gdzie są kajdanki?

– W sejfie.

Jakub stanął przed stalową skrzynią i zamyślił się na chwilę. Przyłożył do drzwi ucho i pokręcił przez chwilę pokrętłami. Dawno nie obrabiał banków, ale jeszcze umiał. Otworzył drzwi, zabrał sześć par, wsiadł w samochód i pojechał. Rozróba była na całego. Sześciu młodzieńców pijanych w sztok okładało się pięściami przy wtórze wyjątkowo niecenzuralnych wrzasków. Jakub się nie patyczkował. Rzucił między nich granat z gazem obezwładniającym, skuł ich kajdankami i zawiózł na komendę. Zwalił na stos w głównej sali. Kawa właśnie się zaparzyła.

– Macie tu lejek? – zagadnął dziewczynę.

– Tak. W kuchni, na suszarce – wyjaśniła ochoczo.

Wlał każdemu w gardło tak po pół szklanki.

– I co, szmaciarze? – zagadnął. – Popracujecie tydzień, to wam durne pomysły z pustych łbów wyparują.

W czasie gdy gliniarze odsypiali, żuliki pracowali aż miło. Do środy budynek został całkowicie wyremontowany. Nowe tynki lśniły bielą. Belki i deski podłogi na piętrze zostały wymienione. Piece przemurowano. Jakub ustawił swoich robotników rzędem.

– To się nigdy nie wydarzyło – powiedział z naciskiem. – A teraz spieprzać.

Paweł Skorliński siedział sobie wygodnie na ladzie. Stos spodni jeansowych, pospinanych drutem w paczki po sto sztuk, piętrzył się pod ścianą. Próbki towaru leżały obok niego. Skorliński popijał sobie colę z glinianego kubka i rozmyślał.

– Przejścia graniczne to filary kapitalizmu – powiedział wreszcie z namaszczeniem.

Przez drzwi wszedł Jakub Wędrowycz.

– Jak leci? – zagadnął.

– Nieźle. Całkiem nieźle – powiedział biznesmen. – A co u ciebie?

– Wpadłem na taki mały pomysł – powiedział Jakub. – Nie sądzisz, że powinieneś się ubezpieczyć?

– Zostałeś agentem ubezpieczeniowym? – zaciekawił się Skorliński.

Widział w życiu tyle dziwnych rzeczy, że nawet w coś takiego był w stanie uwierzyć.

– Tak jakby – uśmiechnął się Jakub.

– Chyba trochę źle trafiłeś. Jestem już ubezpieczony. W Warcie i PZU.

Wargi Jakuba wykrzywiły się z pogardą.

– A co oni mogą?

– A ty kogo reprezentujesz? – zaciekawił się biznesmen.

Jakub przysiadł się koło niego i wyciągnął z kieszeni złożoną starannie kartkę papieru.

– A o! – Podał ją kumplowi.

– *Ostateczna polisa na życie* – przeczytał Skorliński. – Co to takiego?

– A to ja rysowałem – powiedział Jakub. – Ładne?

– Śliczne. Dobra, ile chcesz za to ubezpieczenie?

– Daj mi parę portek i styknie. – Jakub uśmiechnął się promiennie.

Skorliński też się uśmiechnął i podał mu granatowe jeansy. Jakub przyłożył je i sprawdził, czy nogawki mają odpowiednią długość.

– Fajne – powiedział. – Słuchaj, muszę już lecieć. Schowaj polisę. I uważaj na siebie. Jak się robi interesy z Rusami, to czasami może się noga powinąć.

– Spokojna marchewka – uśmiechnął się biznesmen.

Sięgnął ręką za ladę i wyciągnął ze stojącego tam akwarium metrowego pytonka.

– To jest Ciapuś – powiedział.

– Fajne – ucieszył się Jakub. – To się je?

– Nie, chociaż podobno smaczne. To zamiast pieska.

– A, rozumiem.

Zeskoczył z lady. Zwinął spodnie w rulon i umieścił troskliwie pod pachą. Po chwili zniknął.

– Chyba sobie poszli – pomyślał Skorliński.

Leżał za ladą i czekał z rewolwerem w dłoni. Ścianę nad jego głową ozdabiał rząd dziur po kulach. Trzej ukraińscy mafioso z kałasznikowami musieli już zwiać. Jak się robi strzelaninę w środku miasta, to trzeba się szybko ulatniać. Poprawił uchwyt palców na kolbie. Zdziwiło go nieco, że aż tak się poci. Ostatecznie bywał już w gorszych opałach.

– Poszli – zdecydował.

Ostrożnie wychylił głowę zza lady. Oczy zdążyły uchwycić widok faceta z kałasznikowem. Poczuł uderzenie w czoło. Jego uszy przekazały jeszcze paskudny odgłos, gdy pocisk przebijał mu czaszkę.

– A więc tak to wygląda – zdążył pomyśleć.

A potem wszystko ogarnęła ciemność.

Prowizoryczna kostnica urządzona była w piwnicy Gminnego Ośrodka Zdrowia w Wojsławicach. Zbigniew Podpałko podniósł się znad stołu. Był bardzo blady.

– Tak, to mój wspólnik – powiedział wreszcie. – Kto go?

– Jeszcze nie wiemy, ale pracujemy nad tym – powiedział Birski. – Chyba może pan zabrać ciało. Jeśli kogoś znajdziemy, to powiadomimy pana.

– Dobrze, zajmę się pogrzebem – powiedział biznesmen. – Chyba w Warszawie, na Powązkach.

– Chce go pan wieźć taki kawał samochodem?

– Był moim przyjacielem. Jestem mu to winny.

– Mamy na posterunku trumnę – powiedział Rowicki. – Zabraliśmy kiedyś na zabawie w remizie. Skoczę po nią?

Birski machnął ręką w przyzwoleniu. Pół godziny później Podpałko jechał już samochodem w stronę Warszawy. Gdzieś na wysokości Starego Majdanu drogę zabiegł mu malowniczo obdarty typ w nowiutkich spodniach. Zamachał rękami jak wiatrak. Biznesmen zatrzymał samochód. Potrzebował towarzystwa. Cholernie potrzebował.

– Dokąd podrzucić, dziadku? – zagadnął, otwierając drzwi.

– Na Stary Majdan – wyjaśnił domniemany autostopowicz.

– Gdzie to jest?

– Tam. – Dłoń machnęła w zupełnie nieoczekiwanym kierunku.

– Trochę mi nie po drodze, ale podrzucę – powiedział Podpałko.

Zawsze miał miękkie serce.

– Ty nie rozumiesz – powiedział Jakub. – Wiem, kim jesteś. Po samochodzie poznałem. Wiem, co masz tam z tyłu.

Sięgnął za pazuchę i wydobył Ciapusia.

– Byliśmy kumplami, a zresztą on ma polisę na życie.

Biznesmen nic nie zrozumiał z tej przemowy, ale pomógł gościowi wsiąść. Pojechali na Stary Majdan. Walące się budynki gospodarcze sprawiały przygnębiające wrażenie. Po niebie przesuwał się wał ciemnych burzowych chmur. Jakub wysiadł z szoferki i pociągnął boczne drzwi. Drzwi odjechały na bok. Wędrowycz szarpnął trumnę i wywlókł ją z wozu. Odwalił kopem wieko. Zbigniew usiłował zaprotestować, ale jeden rzut oka na szaloną twarz egzorcysty amatora zniechęcił go do jakichkolwiek komentarzy.

Plastikowy worek ustąpił od jednego pociągnięcia nożem. Zbigniew zamknął oczy. Jego wspólnik wyglądał tragicznie. Dziura wlotowa w czole była jeszcze w sumie mała. Dziura wylotowa na potylicy...

– Pomóż – warknął Wędrowycz.

Przenieśli wspólnym wysiłkiem zwłoki do walącej się szopy. Błysnęło, a po chwili dobiegł ich grzmot.

Paweł Skorliński otworzył oczy. W pierwszej chwili nie wiedział, gdzie się znajduje, w następnych chwilach też się tego nie dowiedział. Leżał na stole pod wybrzuszonymi nieco deskami jakiegoś sufitu. Przechylił głowę w prawo i zobaczył szafę wypełnioną dziesiątkami butelek. We flaszkach leniwie fermentowały jakieś dziwne substancje. Ciągnęły się od nich szklane rurki. Wyglądało to tak, jak gdyby ktoś zrobił sobie laboratorium z wygrzebanych ze śmietnika surowców, i tak też było w rzeczywistości. Obrócił głowę w drugą stronę i zobaczył siedzącego na zwichrowanym krześle Jakuba Wędrowycza.

– No i jak? – zagadnął egzorcysta.

– W porządku – wychrypiał biznesmen.

Nagle przypomniał sobie strzelaninę. Odruchowo dotknął dłonią czoła. Nie było w nim dziury, ale też nie wszystko z nim było w porządku. Pod palcami wyczuł coś dziwnego. Usiadł i powiódł wzrokiem po pomieszczeniu. W ciemnym kącie stała trumna. Wyglądała na świeżo wykopaną, jej wieko oklejały jeszcze drobiny gliny. Obok leżała wiertarka z zamontowaną niewielką piłą tarczową. Piła była umazana czymś czerwonym, może nawet krwią. Jakub podał mu spore lustro.

Lustro było zmatowiałe, ale biznesmen spostrzegł, że ma pośrodku czoła wszytą łatę ze skóry odrobinę innej karnacji. Szwy wyglądały paskudnie, zupełnie jak te, którymi Wędrowycz pocerował swoją koszulę. Jakub nie umiał szyć.

– Warunki zawarte w polisie zostały z mojej strony wypełnione – zagdakał Jakub. – Jeśli chcesz przedłużyć ubezpieczenie, to musisz załatwić mi skórzaną kurtkę.

Zdziwił się. Koło drzwi siedział jego wspólnik od hurtowni – Zbigniew Podpałko, był blady jak ściana i miał zasikane spodnie.

– Co się stało? – zagadnął go Skorliński.

Zbigniew zawył i wyczołgał się gdzieś na zewnątrz.

– Co z nim? – zapytał Paweł Jakuba.

– Chyba będziesz musiał poszukać sobie nowego wspólnika – powiedział Jakub beztrosko. – Ten wyglądał całkiem nieźle, ale nerwy miał za słabe.

– Nowego wspólnika?

Jakub uderzył się kciukiem w dumnie wypiętą do przodu pierś.

– Ach tak...

Skorliński zeskoczył ze stołu. Jego bosa stopa nadepnęła na coś dziwnego.

– Nie depcz podręcznika! – wrzasnął na niego Wędrowycz.

Skorliński popatrzył odruchowo. Stał na leżącej grzbietem do góry, otwartej książce. Spod bosej stopy wystawał kawałek tytułu: „...enstein".

Ach, to pewnie o fizykach, pomyślał.

Park Jurasicki

Znany reżyser rozłożył bezradnie ręce.

– Panie Skorliński. Niech się pan postawi w mojej sytuacji. Rozumiem, że chce pan film z dinozaurami. Akceptuję pomysł scenariusza, ale musi pan pojąć, że aby umieścić w filmie dinozaury, można to zrobić tylko na dwa sposoby. Albo wynająć Amerykańców od efektów specjalnych, którzy je zmontują na komputerze, albo zbudować atrapy naturalnej wielkości, poruszane za pomocą silników i hydrauliki. Na to wszystko potrzeba wielkich pieniędzy.

Stali na wzgórzu. W dolinie poniżej husaria ścigała pierzchające watahy Mongołów, a może Kozaków. Jakub Wędrowycz siedział na składanym krzesełku z napisem „Reżyser" i chłonął widowisko. Kręcenie filmu podobało mu się. Kilka razy zdarzyło mu się być w kinie, ale przy filmowaniu jeszcze nigdy.

– Moje środki, choć poważne, nie są nieskończone – powiedział biznesmen. – Z pewnością budowa atrap dinozaurów pochłonie z milion dolarów...

– Raczej koło pięciu. Minęły czasy, gdy Godzillę grał facet ubrany w gumowy kombinezon, przewracający tekturowe bloki mieszkalne. Obecnie kino stało się widowiskiem... Kosztownym widowiskiem.

Jakub zaciągnął się wonnym skrętem z własnego tytoniu. Szary papier pakowy węglił się pomału, wzbogacając aromat. Na dole coś pokrzykiwali. Husaria wróciła na miejsce. Ujęcie będą powtarzać. Po raz szósty tego dnia. Egzorcysta ziewnął. Mimowolnie zwrócił ucho w stronę rozmawiających.

– Cholera – powiedział Skorliński. – Dużo bym dał za niewielki rezerwat, z którego można by wyłapywać dinozaury do filmów.

Brwi Jakuba uniosły się lekko do góry, a na twarz wypełzł mu dziwny, obleśny kłusowniczy uśmiech. Rezerwat... Znał to słowo.

– Spielberg też pewnie sporo by dał – uśmiechnął się reżyser. – Na razie wybaczy pan, ale muszę trochę popracować.

Biznesmen skinął dłonią na Jakuba. Staruszek podniósł się z krzesełka i ruszył w ślad za nim.

– Jakieś problemy? – zagadnął, sadowiąc się na tylnym siedzeniu opla.

– Ech. Chcę nakręcić film z dinozaurami, a tu fachowcy od efektów specjalnych za dużo chcą ze mnie zedrzeć.

– A co to takiego te dinozaury? – zainteresował się Jakub.

– Wielkie gady z zamierzchłej przeszłości – cierpliwie wyjaśnił Skorliński. – Dawno temu wymarły.

– Jak duże były? – zaciekawił się egzorcysta.

– Takie mniejsze wielkości kota. Ale te największe przekraczały wzrostem słonia.

Pasażer pokiwał w zadumie głową.

– To ja chyba widziałem – mruknął.

– Gdzie? – uśmiechnął się reżyser.

– A u syna na wideo. „Park Jurasicki". Przyleciał taki i zeżarł faceta w wygódce... I ile chcą ci od grafiki komputerowej? – zaciekawił się.

– Kilka milionów dolarów.

Egzorcysta wyjął z kieszeni odrapany kalkulator z pękniętym wyświetlaczem i przez chwilę coś przeliczał.

– Zrobi się – powiedział. – Za dziesięć tysięcy.

– Skąd weźmiesz tak tanich grafików komputerowych? – zdumiał się biznesmen.

Jakub uśmiechnął się lekko.

– Po co nam rysunkowe dinozaury? Albo kukłowe?

– Masz lepszy pomysł?

– Żywe są najlepsze.

– Żywe wymarły przed stu pięćdziesięciu milionami lat. A może się mylę?

– Chodzi ci o gada z długimi zębami wielkości ciężarówki? – zdenerwował się.

– Tak.

– To będziesz ich miał do wypęku. Po dziesięć tysięcy dolarów za sztukę.

– Nie wierzę ci – powiedział biznesmen. – Najpierw chcę zobaczyć towar.

– Mnie nie wierzysz?

– Zapłacę, jak zobaczę.

– No to stówa z góry. Za tydzień spotkamy się w piwiarni koło pawilonu.

Biznesmen uśmiechnął się i wręczył Jakubowi zielony banknot z dwoma zerami.

– Trzymam cię za słowo.

W zamierzchłej przeszłości w Wojsławicach coś budowano. Po budowlańcach pozostał zdezelowany barakowóz. Dłuższy czas stał na rynku, koło przekształconego w hurtownię ratusza. Później ściągnął go na swoje podwórko miejscowy kombinator. Obił starannie wnętrze płytą gipsowo-kartonową, wstawił bar z nieheblowanych desek i podwędzoną z parku ławkę. Żarówkę pod sufitem ustroił w girlandy z krepiny, a sam stanął za barem i zaczął obsługiwać wielbicieli niedrogich, a wysokooktanowych trunków.

Paweł Skorliński – biznesmen, wszedł po trzech nadgniłych schodkach i pochyliwszy głowę, bo drzwi były niskie, wkroczył do wnętrza speluny. W progu potknął się o jakiegoś typa leżącego malowniczo na podłodze. Typ otworzył oko i popatrzył na niego złowrogo, choć niezbyt przytomnie.

– Jeszcze raz to samo – wybełkotał i zasnął.

Jakub siedział przy stoliku i siłował się na rękę z barmanem. Na stoliku po obu stronach leżały denka butelek przekształcone w tulipany. Ręka barmana wolno, ale nieubłaganie, zbliżała się do ostrych szklanych drzazg.

– Litości – jęknął.

– Cztery kufle Perły – Jakub bezlitośnie wyznaczył cenę.

Barman kiwnięciem głowy wyraził zgodę. Egzorcysta puścił go i dłonią wskazał biznesmenowi kawałek wolnej ławki. Dosiadł się do niego i po chwili stukali się wygranym piwem.

– No i gdzie masz tego dinozaura? – zagadnął Paweł.

– No przecież nie trzymam go w krzakach na zapleczu. Wkrótce powinien tu być łowiec – wyjaśnił Jakub.

– Łowca dinozaurów?!

Wypili jeszcze po jednym. Zapadał zmrok, gdy przed knajpę podjechał wreszcie zdezelowany trzydziestoletni mercedes na ukraińskich numerach. Drzwiczki trzasnęły i odpadły, po czym ze środka wygramolił się niewysoki typek w okularach przeciwsłonecznych, ubrany w skórzane spodnie i takąż kurtkę, założone na gołe ciało. Typek, jak przystało na ukraińskiego biznesmena, obwieszony był złotem. Zęby oczywiście też miał złote. Wtarabanił się do wnętrza. Jakub na jego widok wstał z namaszczeniem.

– Josif Kleszczak – przedstawił się przybysz Skorlińskiemu, po czym zwrócił się do Jakuba. – Czegoś mnie, kumplu, wezwał, ha?

– Ty znasz, co to dinozaury? – zapytał egzorcysta.

Gość kiwnął głową. Biznesmen zauważył, że brakuje mu jednego ucha.

– Takie duże jaszczurki – powiedział. – No, jak autobus. A co? Jest jakiś interes?

– Ten tu mój przyjaciel, biznesmen, chciałby kupić kilka takich.

Ukrainiec nie okazał zdumienia.

– Ile sztuk?

– Ze dwadzieścia – pospiesznie powiedział Jakub. – Potrzeba nam do filmu... Tylko żeby były jak w encyklopedii. Identyczne.

Kleszczak ze smutkiem pokręcił głową.

– Ciężka sprawa – powiedział.

Wyjął z kieszeni plik kolorowych fotografii.

– Nada się? – Podsunął je Skorlińskiemu.

Na pierwszym zdjęciu obrzydliwy, obrośnięty jakimiś glutami potwór czochrał się o brzozę. Był znacznie większy niż autobus. Skórę pokrywały mu kolorowe plamy.

– Co to jest? – zdumiał się biznesmen.

– Dinozaur. No, prawie dinozaur – wyjaśnił ochoczo przybysz. – Nie widać? Są jeszcze dwa z tego gatunku. Albo takie. – Podsunął następną fotkę.

Widać było na niej olbrzymiego żółwia na pięciu nogach. Pancerz porastało mu coś w rodzaju pierza.

– Co to jest, u diabła? – zdziwił się biznesmen.

– Czarnobylskie mutasy – wyjaśnił Jakub. – A co, nie nadają się?

– Wyglądają pokracznie – westchnął Skorliński.

– Pokracznie? – zdenerwował się przybysz, wyciągając z kieszeni granat.

– Spokój, Kleszczak! – warknął Jakub rozkazująco. – Nie trzymają kształtu. Niewymiarowe.

– To ja z bratem latamy pół roku po strefie, żeby je sfotografować, a wy nie chcecie?

– Masz. – Wędrowycz wcisnął mu zielony banknot. – Na film do aparatu. Nie zrozum nas źle, ale potrzebujemy paskudztw identycznych jak te, które kiedyś żyły.

No i oczywiście, żeby jak nasrają, nie trzeba było odchodów pakować do ołowianych pojemników i zakopywać na głębokości kilometra.

– Przecież na filmie nie widać, że one popromienne – mruknął Kleszczak. – Ano trudno. Nie chcecie, to idę.

Jakub wręczył mu flaszkę truskawkowej pryty „na drogę" i przemytnik zmył się.

– Dobra – mruknął egzorcysta. – Załatwimy to inaczej.

Skorliński odetchnął z ulgą. Ukraiński „kolega po fachu" wyraźnie nie przypadł mu do gustu.

– Jak zamierzasz się za to zabrać? – zapytał. – Poruszane hydraulicznie czy mechanicznie?

– Zaufaj mi. – Twarz Wędrowycza rozciągnęła się w szerokim, szczerym słowiańskim uśmiechu.

Uśmiech Jakuba nie wzbudzał w biznesmenie szczególnego zaufania.

– Gdzie jesteśmy? – zapytał Skorliński.

Nie miał dotąd pojęcia, że pod jego hurtownią znajdują się takie kazamaty.

– Spokojnie, jeszcze kawałek – mruknął Jakub.

W świetle latarek widać było, że niektóre cegły tworzące sklepienie niskiego i wilgotnego lochu ledwo się trzymają.

– To przejście z Ratusza do kościoła – powiedział wreszcie niechętnie. – Dawno tu nie byłem. – Oświetlił odnogę korytarza, w której leżało kilka szkieletów.

– Co to za jedni? – wyszczękał zębami Skorliński.

– Nic się nie bój, oni nie żyją.

– Właśnie dlatego się boję – mruknął. – Nie wstaną?

– Przykołkowani. – Egzorcysta oświetlił szkielety. Koścista dłoń jednego z nich zaciskała się na solidnym osikowym paliku wbitym pomiędzy żebra.

– Ten chyba próbował wyrwać – jęknął biznesmen.

– Spoko. Dorosły człowiek, a boi się jak jakaś baba – ofuknął go Jakub.

Ruszyli naprzód i niebawem drogę zagrodził im ceglany mur.

– Narzędzia – polecił egzorcysta.

Biznesmen podał mu łom. Jakub zręcznie wyskrobał część zaprawy i po chwili zaczął podawać mu cegły.

Paweł odkładał je na ziemię. Z otworu wionęło suchym, ciepłym powietrzem. Po chwili weszli do środka. W świetle latarek ukazała się ponura, półkoliście sklepiona krypta. Wypełniały ją potężne kamienne sarkofagi. Jakub starł kurz z pierwszego z brzegu. Zabłysnął wykuty w kamieniu i obłożony listkami złota herb Trzywdar.

– Jan, Mikołaj, Franciszek, Alojzy, Aureli, Leopold, Tytus – odliczał sarkofagi. – Znaczy ten.

– Wydaje mi się, że nasze działania są nieco niezgodne z prawem – zauważył Skorliński.

– A kupowanie czarnobylskich mutasów od ukraińskiego przemytnika niby było zgodne z prawem? – zdenerwował się egzorcysta.

– Przecież nie kupiłem.

– No właśnie.

Rozpiął kufajkę i zdjął z głowy papachę.

– Czemu tu jest ciepło?

– Bo kotłownia pracuje za ścianą. Trzeba przecież ogrzewać kościół.

Czapką omiótł sarkofag z kurzu. Na wieku pojawiła się wyryta postać rycerza.

– Z jakiego to okresu? – zdziwił się Paweł.

– Zmarło mu się, na szczęście dla okolicy, w początkach ubiegłego wieku, ale to nie ma znaczenia. Zawsze miał szmergla na punkcie starożytności swojego rodu. Ano zobaczymy...

Pod wieko sarkofagu wbił samochodowy lewarek i powoli, z wyczuciem zakręcił korbką. Z upiornym zgrzytem zaczęło się unosić. Po chwili egzorcysta przesunął je z wysiłkiem na bok. W sarkofagu leżała trumna z czarnego dębu. Mosiężne okucia pozieleniały lekko, a drewno pokryło się szarym nalotem. Jakub z cholewki buta wyjął bagnet od kałasznikowa i ostrym czubkiem zaczął wykręcać coniebądź zardzewiałe śruby.

– Szczerze mówiąc, nie widzę związku pomiędzy moim filmem z dinozaurami a naszą tu działalnością – zauważył Skorliński.

– Gotowe. – Wędrowycz wykręcił ostatnią śrubkę. – Pomóż.

We dwóch podnieśli wieko trumny i wyjęli je z sarkofagu. Egzorcysta poświecił ciekawie do wnętrza skrzyni. Hrabia Tytus leżał na spłowiałym atłasie, ubrany w piękną zbroję rycerską i czerwony niegdyś płaszcz. Spod zardzewiałej przyłbicy błyszczały żółte zęby.

– Co dalej? – zapytał Skorliński.

– Trzymaj. – Rozpiął sparciałe nieco skórzane paski i podał biznesmenowi przednią część pancerza. Po chwili wyciągnął spod nieboszczyka drugą część.

– To chyba odrobinę nieetyczne – zauważył Paweł, patrząc, jak Jakub wytrząsa z hełmu czaszkę hrabiego. – Bezczeszczenie grobów...

– Później oddamy – mruknął jego towarzysz, wydłubując z rękawic kości palców.

Popatrzył krytycznie na blaszane buty z ostrogami i machnął ręką.

– Pakuj to do wora i spływamy.

Biznesmen posłusznie zaczął wrzucać rynsztunek do parcianego worka, a egzorcysta wstawił na miejsce wierzch od trumny i zasunął płytę sarkofagu.

– Po co nam to wszystko? – Paweł aż ugiął się pod ciężarem worka.

– Potrzebne – uciął.

Wyszli przez korytarz.

Nie opodal Starego Miasta w Lublinie stał, bielejąc w słońcu, nieduży, ładny pałacyk. No dobra. Nie bielał w słońcu, bo o czwartej rano było jeszcze zupełnie ciemno. Dwa cienie bezszelestnie prześlizgnęły się przez krzaki.

– Gdzie jesteśmy? – zapytał Skorliński.

– To pałacyk wojewody Adama Tarły – wyjaśnił egzorcysta szeptem.

– Cholera, to na prowincji wojewodowie tak dobrze zarabiają? – zdziwił się Skorliński. – Ta buda musiała kosztować...

– Uch, ty durny! Tarłę zabił brat Stanisława Augusta Poniatowskiego przed przeszło dwustu laty. Teraz w pałacu jest dom kultury.

Z podeszwy buta wyjął „żydowski włos".

– Podsadź mnie.

– Dlaczego mamy się włamać do domu kultury? – zaniepokoił się biznesmen. – To zupełnie...

– Chciałeś mieć dinozaury, to nie mędrkuj, tylko mnie podsadź.

– Są w środku?

Po chwili Jakub wgryzł się w kratę. Nie minął kwadrans, a wypiłował w niej dziurę na tyle dużą, że mógł przez nią przeleźć. Okno na szczęście było uchylone. Obaj włamywacze wylądowali wewnątrz na solidnej kamiennej posadzce.

– Nie ma alarmu? – zapytał Paweł.

– A po co? Tu nie ma nic cennego. No, może gdzieś tam jest biblioteka i magnetowid. Zaraz, i chyba projektor filmowy. Tam pewnie jest alarm. Ale tu nie ma nic ciekawego.

– To po co się włamaliśmy? – Skorliński wyraźnie nie nadążał.

– Zaraz zobaczysz.

Jakub sforsował wytrychem drzwi i weszli do niewielkiej sali ozdobionej postaciami rycerzy wymalowanymi na ścianach.

– Tu ma treningi Bractwo Miecza i Kuszy – oświadczył z dumą Jakub. Duma brała się stąd, że potwierdziły się jego informacje.

– Aha. Udają rycerzy. Ale nadal nie rozumiem, po co się tu włamaliśmy?

Egzorcysta otworzył wytrychem sporą skrzynię. Wyjął z niej podłużny kształt zawinięty w nawoskowane płótno. Odwinął je ostrożnie. W świetle latarki zabłysła klinga wykonana z resoru od stara. Miecz miał co najmniej półtora metra długości. Jakub zręcznie wywinął nim kilka młynków w powietrzu.

– Hy – powiedział. – Niezły. Tylko trzeba naostrzyć.

– Po co ci to żelastwo?

– Nie mnie, tylko tobie. Przyda się do... tego filmu.

– Do filmu mogę zamówić w warsztatach. Zrobią na zamówienie. Nie musimy kraść rekwizytów...

– To czegoś wcześniej nie powiedział? Ano trudno. I tak nie ma czasu czekać, aż zrobią.

– Zostawię może trochę pieniędzy. – Biznesmen wyjął portfel.

– Nie trza. I tak za kilka dni oddamy.

W domu Jakuba cuchnęło. Biznesmen polerował zbroję nasączonymi w nafcie szmatkami. Semen siedział pod oknem i wycinał ze starej, obitej skórą walizki nowe paski do połączenia wszystkich części rynsztunku.

– Sądzisz, że mu się uda? – zagadnął.

– Uda, uda. – Jakub uruchomił szlifierkę i ostrzył potężny miecz. – Hy, jak brzytew będzie.

– Ale po co to wszystko? – zdenerwował się Skorliński.

– Dla dobra sprawy będziesz musiał jakiś czas rżnąć rycerza – powiedział Jakub.

– Nikogo nie będę zarzynał!

– Rżnąć czyli udawać – wyjaśnił mu Semen, przewlekając rzemień przez dziurkę w pancerzu. – Mógłbyś się nauczyć mówić po naszemu.

– Mam włożyć na siebie zbroję zdartą z nieboszczyka?! Nigdy w życiu.

– Ty, zobacz, jaki się nagle wybredny zrobił – zdenerwował się egzorcysta. – Co ci za różnica, skąd wzięta? A ty myślisz, że po co marnowałem pięć litrów samogonu? Żeby ją odkazić! Ciesz się, że to twój rozmiar.

– Ale po co to wszystko? – jęknął biznesmen.

– Żebyś miał swoje dinozaury do filmu! – wrzasnął Jakub, tym razem naprawdę zły.

Znowu noc... Tym razem dwóch włamywaczy otaczała miła dla oka zabudowa Chełma.

– Co my tu robimy? – jęknął Skorliński.

– Nie mędrkuj, tylko pomóż – warknął Jakub, mocując się z zardzewiałym włazem do kanału.

Po chwili wahania Paweł naparł na łom. Klapa uniosła się ze szczęknięciem. Z otworu powiało dziwnym fetorem.

– Na dół – polecił egzorcysta.

Zleźli po zardzewiałych klamrach. Jakub rozwinął plan kanalizacji i wyjął kompas.

– Naprzód – zakomenderował. – Zakręcamy w trzeci chodnik po lewej.

– Ja już nie chcę dinozaurów – wymamrotał Skorliński. – Nakręcę film o czymś innym.

– Jeszcze mi potem będziesz dziękował. – Wędrowycz popchnął go.

Ruszyli betonową rurą. Spod nóg w pewnej chwili wyskoczył im szczur. Jakub nie ścigał go. Wreszcie zatrzymali się w miejscu oznaczonym na planie krzyżykiem.

– Gdzie jesteśmy? – zaciekawił się biznesmen.

– Pod muzeum. – Oświetlił szyb prowadzący do góry. – Wychodzi na ich podwórze.

– Tego już za wiele! Obrabiamy trupy, kradniemy dzieciom zabawki, a teraz pewnie włamiemy się do muzeum?

– Jak zgadłeś? No właź.

Po chwili znaleźli się na dziedzińcu.

– Jeśli mnie pamięć nie myli, pilnuje tego interesu jeden wartownik – mruknął egzorcysta. – Trzeba go będzie wyeliminować.

Z nogawki spodni wyjął kij bejsbolowy.

– Chcesz go zabić?

– No co ty. Po co? Chińską narkozę mu dam i tyle.

– Skąd masz taki ładny kij?

– Leżał na podwórku, pomyślałem, że niepotrzebnie się marnuje.

– Tak po prostu leżał?

– Ni. Obok leżał dres.

– Dres?

– Adidasa. W dresie był człowiek.

– A co on robił na twoim podwórzu?

– Nie wiem. Zapomniałem zapytać, zanim wystrzeliłem – zeznał mętnie. – W każdym razie teraz się przyda.

Ciecia znaleźli w stróżówce. Drzemał, a obok niego stały dwie opróżnione butelki po prycie.

– Sam się wyeliminował. – Jakub zabrał mu pęczek kluczy. – Rozsądny pacjent. No to do dzieła.

– Wyjątkowo nieetyczne – mruknął biznesmen i ruszył za nim.

Po chwili sforsowali drzwi od magazynu. Na solidnych drewnianych regałach stały dziesiątki kartonowych pudełek. Jakub mijał je obojętnie. Zatrzymał się dopiero na końcu pomieszczenia, gdzie wstawione w stelaż stały obrazy. Spomiędzy nich wyjął niewielką płytę z brązu. Jej środkową część pokryto srebrem i wypolerowano.

– Mamy to. – Na obliczu egzorcysty zapłonął uśmiech.

– *Lustro secesyjne, udające magiczne zwierciadło mistrza Twardowskiego* – Paweł odczytał przywieszkę z opisem katalogowym.

– Ponieś. – Jakub obarczył go płytą, a sam zabrał się za zamykanie zamków.

Po chwili podrzucili klucze cieciowi i przez kanał opuścili gościnne progi muzeum.

– Ale po co to wszystko? – jęknął biznesmen przygięty do ziemi ciężarem płyty.

– Przecież chcesz mieć dinozaury?

Ziemianka, w której Jakub zainstalował swoją bimbrownię, wyglądała nieco dziwnie. Dziwność owa polegała na tym, że na jednej ze ścian zawieszono ciężką płytę z brązu. Część pokrytą srebrem wypolerowali starannie radzieckim proszkiem diamentowym, aby lśniła jak lustro. Egzorcysta zapalił dwanaście świec.

Skorliński ubrany w zbroję wyglądał coniebądź cudacznie. Pod przyłbicę wsadził starą dwudziestozłotówkę z Nowotką, bo bez przerwy spadała mu na oczy.

Dyskretny zapach nafty i świeżo wypastowanej skóry niósł się wokoło. Pierońsko ciężki miecz zarzucił na ramię. Jakub Wędrowycz, ubrany w garnitur z jakiegoś syntetycznego tworzywa, rodem z lat pięćdziesiątych, także wyglądał nieco dziwnie.

– Uhr hakau seczech – wymamrotał. – Ommne idi soten...

Rozmyte sylwetki na blasze... Odbicia płomyków świec stawały się coraz bledsze, aż zapadła ciemność. Nagle biznesmen poczuł się nieco lżejszy. Jakub zapalił zapałkę.

– Dobra – powiedział. – Udało się. Gdzieś tu powinny być drzwi.

– Jakie drzwi? – zdziwił się Skorliński. – Przecież weszliśmy włazem przez sufit?

Jakub zapalił kolejną zapałkę i w słabym świetle ukazały się ściany zbudowane z głazów.

– Gdzie my, u diabła, jesteśmy? – zdziwił się biznesmen.

– W świecie równoległym. Tak twierdzi Semen, a on jest uczonym człowiekiem, studiował jeszcze za cara na uniwersytecie. Gdzieś tu są drzwi. O, są!

Otworzył ciężkie drewniane odrzwia. Wyszli na niewielki taras zbudowanego z głazów zamku. Wokoło ciągnęły się fantastycznie poszarpane skalne turnie. Powietrze było czyste i chłodne.

– O żeż k... – jęknął zakuty w zbroję. – To...

– Idziemy. – Jakub ujął go pod ramię.

Przeszli przez długi korytarz i znaleźli się przed kolejnymi potężnymi wrotami. Jakub zastukał w nie kołatką z brązu.

Otworzyli im dwaj strażnicy ubrani w kolczugi. Na widok obcego rycerza ukłonili się. Skorliński, dyskretnie kopnięty przez towarzysza, także się ukłonił.

– Prowadźcie nas do króla – zażądał egzorcysta.

– Macie zaproszenie na audiencję? – zapytał jeden z wartowników.

– Po co te formalności? Powiedzcie królowi, że Jakub Wędrowycz ze Starego Majdanu przywiózł wódkę.

Jeden z wartowników zniknął za zakrętem korytarza, a po chwili wrócił i wykonał zachęcający gest.

– Król oczekuje, szlachetni panowie. – Ukłonił się w pas.

Jakub uśmiechnął się.

– Stary nałogowiec. Siedź cicho, dopóki nie zapytają – rozkazał biznesmenowi. – Żebyś czego nie palnął.

– To jest świat alternatywny, gdzie meteoryt nie uderzył? – zapytał Paweł.

– Jaki znowu meteoryt? – Jakub, gdy czegoś nie rozumiał, łatwo się irytował.

– No ten, od którego wyginęły dinozaury. Znaczy tu jeszcze nie wyginęły?

– Później pogadamy!

Poprzedzani przez drugiego z wartowników weszli do sali tronowej.

Król siedział na tronie wykładanym złotą blachą i kością słoniową. Na głowie miał złotą koronę, w ręce dzierżył stalowe berło, a w drugiej złote jabłko. Ubrany był w kolorową szatę z połyskliwego jedwabiu, a na nogach miał gumofilce.

Widocznie Jakub bywa tu od czasu do czasu, przemknęło przez głowę Skorlińskiemu.

Służba zaraz przyniosła dwa krzesła dla czcigodnych gości.

– Witaj, kumplu – powiedział król, odkładając berło. – Z czym przybywasz?

Jakub z torby wyjął litrową flaszkę ukraińskiej paprykówki.

– No przecież nie przyjdę do króla w odwiedziny z pustymi rękami.

Król skinął na dwórkę i po chwili przed tronem stanął stolik ze szklankami i miska kiszonych ogórków.

– Zdrowie Waszej Wysokości – powiedział Jakub, wznosząc pierwszy toast.

– Zdrowie wielkiego czarnoksiężnika Jakuba – król wzniósł drugi toast.

– Niech żyje fizyka fałd czterowymiarowej, zakrzywionej przestrzeni nieeuklidesowej – przepił Skorliński.

– O czym mówisz, czcigodny rycerzu? – zdziwił się władca.

– Pije za czary, które nas tu sprowadziły – wyjaśnił Jakub. – A więc jest taki problem. W naszym świecie smoki zostały niemal całkowicie wytępione, a tradycja nakazuje, żeby każdy pasowany na rycerza czym prędzej stoczył walkę z taką bestią. Ten tu mój czcigodny towarzysz, sir Paweł, już od dziesięciu lat przeczesuje lasy, góry i bagna naszego świata w poszukiwaniu bestii. I cały czas bezskutecznie.

– Smoków ci u nas dostatek – uśmiechnął się król, dolewając do szklanek. – Z radością odstąpimy jednego z nich, abyś, drogi gościu, mógł wypełnić waszą tradycję...

– Dziękuję – powiedział wzruszony Skorliński, któremu po czwartej szklance zaczęło wydawać się, że faktycznie jest rycerzem.

– Problem jest bardziej złożony – wtrącił się Jakub. – Mój przyjaciel nie jest jedynym, którego nęka ten problem.

– Potrzeba wam więcej smoków – zafrasował się król. – To może zagrozić ich populacji w naszym ekosystemie...

– Planowaliśmy schwytać kilka małych i przenieść je do nas – sprecyzował żądania Jakub. – Tam mogłyby się rozmnożyć i za kilka lat, gdy odtworzymy nasze stada potworów, tradycja znowu będzie mogła rozkwitnąć.

– Zamierzenia wasze są bardzo szlachetne – powiedział król. – Jednak sami musicie zrozumieć, że smoki są zwierzyną niezwykłą i każdy walczący z nimi musi wnieść do skarbca królewskiego stosowną opłatę...

Jakub uśmiechem dał do zrozumienia, że docenia dbałość o finanse władcy.

– Nie dysponujemy miejscową walutą – powiedział. – Ale sądzę, że się dogadamy.

Z torby wyjął nieco sfatygowany dres i parę adidasów. Król w zadumie zbadał fakturę ubioru. Fakt, że tkanina rozciąga się i kurczy, wzbudził jego zainteresowanie.

– Dziurawy trochę – zauważył.

– Należał do bardzo mężnego wojownika – wyjaśnił egzorcysta. – Stoczyłem z nim długą i wyczerpującą walkę.

Król w zadumie przełożył palec przez jedną z licznych dziur po kulach znajdujących się na plecach dresu.

– Zaszedłeś go od tyłu? – zdziwił się.

– Ni, gdy został śmiertelnie raniony, na plecach zaczęły wyrastać mu kolce – zełgał błyskawicznie egzorcysta. – Do tego dołożymy jeszcze magiczny ogień. – Pstryknął zapalniczką.

Król uśmiechnął się i dolał wódki do szklanek.

– Myślę, że dojdziemy do porozumienia – powiedział. – Ile małych smoków będzie wam potrzeba?

– Dwanaście. Zazwyczaj jest tuzin w miocie?

Król poważnie kiwnął głową, potwierdzając wiadomości Jakuba.

– No, to umowa stoi. – Egzorcysta wyciągnął dłoń.

Uścisnęli się.

Następnego dnia świtem na gościńcu prowadzącym ku górom pojawiło się dwóch jeźdźców na koniach. Pierwszy jeździec ubrany był w błyszczącą zbroję, a przez plecy przerzucony miał długi i paskudnie ostry miecz, wykuty z resoru od stara. Obok na koniu jechał staruszek w samych slipkach (garnitur z syntetyku przegrał poprzedniego wieczoru, grając z królem w karty). Na szczęście było ciepło. Przy siodle dyndała mu torba „z wyposażeniem". Za jeźdźcami snuł się w krystalicznie czystym powietrzu smród nafty i przetrawionego alkoholu.

– Nadal nie wiem, czy to był najlepszy pomysł – powiedział Skorliński w zadumie, lustrując wzrokiem posępne szczyty.

– Będziesz miał dwanaście dinozaurów praktycznie za darmo – powiedział Jakub. – Jeśli wolisz wywalać w błoto miliony dolców, to proszę bardzo, możemy zawrócić.

– To nie to, ale nie pomyślałeś czasem, że małe dinozaurzaki mogą mieć mamusię?

– E, to nie są stadne zwierzęta. Zresztą będziemy się martwili, jak dojedziemy. O ile dojedziemy... – mruknął, widząc trzech oprychów uzbrojonych w maczugi. Tarasowali dalszą drogę.

– I co dalej? – jęknął biznesmen.

– Jak to co? Poucinaj im głowy mieczem.

– Jestem pacyfistą!

– No to nas zaraz spacyfikują – westchnął Jakub. – E, wy tam, zejdźcie nam z drogi, jesteśmy potężnymi czarownikami – krzyknął.

Oprychy roześmiali się ponuro.

– Daj pistolet – powiedział do Skorlińskiego.

– Zostawiłem w marynarce. – Poklepał się po pancerzu.

Zabrzmiało to bardzo ponuro, a nawet trochę pogrzebowo. Egzorcysta westchnął i z torby wyciągnął rakietnicę.

– Zejdźcie nam z drogi, bo rzucę w was kulą ognia – zagroził.

– Czary to tylko zabobon. Czarownicy są hochsztaplerami, podtrzymują w nas strach przed siłami lewej strony mocy, żebyśmy się ich bali i płacili podatki – oświadczył z godnością najwyższy z bandytów, zapewne będący przywódcą.

– Ateiści – mruknął Jakub.

– Co to jest lewa strona mocy? – zdziwił się Paweł.

– Taki lokalny zabobon.

Jakub wystrzelił racę, a potem razem ze Skorlińskim obserwowali, jak trzej napastnicy wspinają się bez żadnych zabezpieczeń po prawie pionowej skale. Wyglądało na to, że bardzo im się spieszy.

– Miejscowi czarownicy powinni nam przynajmniej podziękować – powiedział egzorcysta. – Właśnie trzej agnostycy ponownie uwierzyli w czary.

– Agnostycy to nie...

– W drogę – Jakub popędził swojego wierzchowca. Przed wieczorem dotarli do niewielkiej karczmy na przełęczy. Jakub za długopis kupił sobie skórzany kaftan i samodziałowe portki. Za następny długopis zjedli sutą wieczerzę.

– Świat nie jest taki zły – powiedział Skorliński, ściągając z siebie zbroję.

Pokoik był niewielki, gustownie urządzony. Dwie prycze zbite z desek, kulawy stolik, okno przeszklone gomółkami, świeca w lichtarzu... Jakub przyssał się do dzbana z miodem.

– Nie odkryli tu jeszcze destylacji – wyjaśnił. – A królisko lubi, oj, lubi wypić.

– Naucz ich – zaproponował Skorliński. – Niezłą kasę zarobisz.

– E, po co ręce brudzić. Jeszcze się zalkoholizują jak ludzie z Wojsławic.

– Słuchaj, czegoś tu nie rozumiem – powiedział Paweł. – Jak nieśliśmy tę zbroję korytarzem, to była pierońsko ciężka, a teraz jest znacznie lżejsza. Ja też czuję się lżejszy. Od czego tak?

– Semen twierdził, że tu jest mniejsza planeta i grawitacja słabsza. A powietrze dla odmiany gęściejsze...

– Byłeś tu z Semenem?

– A owszem. Parę razy łaziłem po tej krainie. Wakacje sobie zrobiliśmy. Tu taniocha. Trzeba tylko zabrać długopisów, breloczków z hologramem, świecących papierków i gotowi za to złotem płacić. A pisemka z gołymi kobitkami... aż im oczy wypadają. Tylko potem te męty z muzeum zaiwanili mi lustro i kicha. Na razie pora spać...

– Słuchaj, jeszcze jedno pytanie. Dlaczego tu wszyscy mówią po polsku?

– Przecież jakby mówili inaczej, tobyśmy się z nimi nie dogadali! – ofuknął go Jakub.

Ponure wycie niosło się pośród gór. Drzwi pokoju otworzyły się z rozmachem. Jakub i Skorliński obudzili się od razu. Obok nich przebiegł karczmarz i zatrzasnął okiennice.

– Co się stało? – zaniepokoił się biznesmen.

– Idą – powiedział karczmarz i pobiegł zatrzaskiwać pozostałe okiennice.

– Co idzie? – zapytał bezradnie Jakuba.

– Elati – wyjaśnił Wędrowycz.

Skorliński poskrobał się po głowie, a potem założył na wszelki wypadek zbroję.

– Co to są elati?

– Trudno jednoznacznie określić – mruknął egzorcysta. – Chyba ogniwo pośrednie między ghulami i zombie.

– Zombie!

Wyszedł do głównej sali, a Skorliński bezwiednie podążył za nim. Przestraszeni goście siedzieli zbici w kupkę. Z zewnątrz słychać było ponury rechot przypominający chichot hien.

– Dużo ich? – zapytał Jakub.

– Ze dwadzieścia sztuk – powiedział ponuro karczmarz. – Ale może więcej.

Na widok zakutego w zbroję Skorlińskiego jego twarz rozjaśniła się w uśmiechu.

– Pan jest rycerzem. Chwała bogini Nefet!

– Co z tego, że jestem rycerzem? – zdziwił się biznesmen.

Ludzie popatrzyli na niego z nadzieją i oczekiwaniem.

– Idź i wyszlachtuj to tałatajstwo – wyjaśnił mu Wędrowycz. – Śmiało, zbroi nie przegryzą.

Skorliński popatrzył na ludzi i w ich oczach wyczytał wyrok.

– Pójdę i zobaczę, co da się zrobić – powiedział.

Ktoś usłużnie podniósł belkę zabezpieczającą drzwi. Paweł ostrożnie wyszedł przed karczmę. W ciemności niewiele było widać.

A potem pomiędzy drzewami zapaliła się jedna para czerwonych oczu, a po chwili następna i jeszcze jedna. Zanim doliczył do dwudziestu, było ich zdecydowanie zbyt wiele. Ruszył wzdłuż ściany i posługując się węchem, odnalazł wychodek. Popatrzył z niepokojem na liche drzwi. Może dożyje do rana, jeśli się zabarykaduje w środku...

Upiorny chichot ponownie rozdarł ciemność. Nieoczekiwanie obok pojawił się Jakub Wędrowycz.

– Jak ci idzie? – zapytał. – Zaszlachtowałeś już jakiegoś?

– Jeszcze nie – wyszczękał zębami rycerz. – Może same sobie pójdą?

– Ech, dupa wołowa z ciebie, a nie biznesmen – warknął. – Zatkaj uszy!

Z torby wyjął granat F1 i wyrwawszy zawleczkę, cisnął go w stronę największego skupiska czerwonych ślepi. Granat eksplodował, odłamki zagwizdały we wszystkie strony.

– Tu powietrze jest gęściejsze, więc wybuch ma mocniejsze skutki – wyjaśnił. – Chodź, dobijemy rannych.

Egzorcysta oświetlał latarką wijące się w konwulsjach istoty, a rycerz dzielnie przebijał je mieczem. Z karczmy wylegli uzbrojeni w pochodnie i tasaki goście.

– Zwycięstwo! – krzyknął karczmarz. – Trzy razy hura na cześć bohaterów!

Skorliński ciekawie przyjrzał się jednej z zaszlachtowanych przez siebie postaci.

A potem zemdlał.

Wąska ścieżka pięła się w górę. Skorliński jęczał z cicha. Po festynie z okazji zwycięstwa bardzo bolała go głowa. Jakub jechał w ślad za nim i pociągał z gąsiorka złocistego klina. Nad górami krążyły jakieś cienie. Zapewne ptaki, a może pterodaktyle. Nieoczekiwanie przebyli przełęcz i ich oczom ukazał się kamienny most rozpięty nad potokiem.

– Kurde – stwierdził Jakub, opuszczając dzban.

Na moście stał obcy rycerz w czarnej zbroi.

– Co to jest? – jęknął biznesmen.

– Psychopata z mieczem – wyjaśnił egzorcysta. – Czasami się tu trafiają. Przypuszczam, że aby jechać dalej, trzeba go będzie pokonać – westchnął.

– Mam z nim walczyć?

– Jasne. Przecież to ty nosisz zbroję.

– Możemy się zamienić!

– Dinozaurów się zachciało. Wyskakuj z tych blach, tylko z życiem.

Czekając, aż Skorliński się rozbierze, zaczął coś majstrować przy mieczu. Okręcił rękojeść plastrem opatrunkowym i w zadumie popatrzył na swoje dzieło. A potem uśmiechnięty ubrał się w zbroję i wsiadł na konia. Ujął miecz w dłoń. Tajemniczy rycerz na moście dobył swojego. Jakub wydał z siebie ponury okrzyk bojowy złożony z różnych wojsławickich powiedzonek i ruszył galopem na spotkanie wroga. Paweł obserwował z niepokojem szarżę. Ku jego zdumieniu, ledwie egzorcysta dotknął mieczem broni tamtego, wróg padł jak podcięty i zwaliwszy się z konia, zastygł w bezruchu.

Podjechał ostrożnie do miejsca potyczki. Jakub właśnie obszukiwał kieszenie powalonego.

– Jak tyś to zrobił? – zdziwił się biznesmen.

– Ot jak. – Egzorcysta pokazał porażacz elektryczny podczepiony zręcznie do klingi miecza. – Jak mu wpakowałem trzy tysiące wolt, od razu się uspokoił.

– Ty to masz głowę – powiedział z podziwem. – Nie będzie nas gonił?

– Nie będzie – uspokoił go Jakub.

Z torby wyjął dwie tubki kleju poxipol i wymieszawszy, nakapał we wszystkie zawiasy zbroi czarnego rycerza.

– Zanim się z tego wyplącze, upłynie trochę czasu. – Uśmiechnął się złośliwie.

– A jeśli się nie wyplącze?

– Sępy będą miały konserwę.

Ruszyli dalej pod górę.

Nocowali w korycie wyschniętego strumienia.

– Chyba jesteśmy niedaleko – zauważył biznesmen.

– Dlaczego tak sądzisz?

– Rozglądasz się po okolicy, jakbyś czegoś szukał.

Jakub kiwnął poważnie głową.

– Będziemy potrzebowali przynęty – powiedział. – Najlepsza byłaby dziewica, ale uważam, że to byłoby trochę nieetyczne, ostatecznie kobieta też chce żyć... Mam nadzieję, że niebawem natrafimy na pasterzy. Kupimy od nich jedną owcę.

– Pasterze pewnie są niepiśmienni. Oddadzą owcę za długopis?

– Mam miejscową walutę. – Egzorcysta pokazał pękatą sakiewkę. – Zabrałem temu czarnemu świrowi.

– Jeśli będziemy tędy wracali, to może będzie chciał ją odzyskać.

– I tak będzie chciał, więc nie ma to większego znaczenia.

Skorliński, zasypiając, widział, jak Jakub przelicza dziwne trójkątne złote monety pokryte hieroglifami.

– Dinozaurów mi się zachciało – mruknął.

Od zapachu nafty bolała go głowa.

Pasterzy spotkali następnego dnia rankiem.

– Potrzebuję jednej owcy – wyjaśnił Jakub. – Dobrze zapłacę.

Przywódca pasterzy uśmiechnął się po słowiańsku.

– Ceny owiec poszły w górę. Mamy spore straty w tym roku – powiedział. – To będzie dużo kosztowało...

Jakub rzucił mu sakiewkę.

Pasterz rozsupłał ją i przeliczył zawartość.

– Ile owiec potrzeba? – zapytał rzeczowo. – Dziewięć wypasionych czy tuzin nieco chudszych?

– Jedną – wyjaśnił egzorcysta. – A za resztę mamony informację.

– Jaką informację?

– Straty tegoroczne są spowodowane działalnością dużych, zielonych, latających paskud?

– Tak.

– Gdzie najchętniej żerują?

– Widzieliśmy jedną samicę. Chyba ma młode, bo atakowała niemal codziennie.

Jakub skinął poważnie głową i wydobył z torby sztabówkę drukowaną na pergaminie. Pasterz bez wahania wskazał odpowiednie miejsce.

Owca beczała rozpaczliwie, gdy Wędrowycz pakował jej coś do gardła. Wreszcie zostawił ją uwiązaną na środku łączki, a sam cofnął się do Skorlińskiego ukrytego pod drzewami.

– Musimy sobie wyjaśnić jedną rzecz – odezwał się ponuro biznesmen. – Aż do tej pory mówiłeś o dinozaurach. Teraz wyjeżdżasz ze smokami. To na co w końcu polujemy?

– To są na dobrą sprawę dinozaury – powiedział Jakub. – Tylko że latające... Amputujesz skrzydła i będą jak u Spielberga.

– Niech cię cholera. Już lepsze byłyby te czarnobylskie mutanty, przynajmniej nie musielibyśmy się taki kawał fatygować.

– To trzeba było z Kleszczakiem gadać – zezłościł się Jakub. – Nawet przez granicę by ci je przerzucił. A tak mnie narażasz...

– Dobrze, już dobrze – mruknął pojednawczo. – A nie trzeba było tej owcy nadziać smołą i siarką?

– Ach ty. Za dużo bajek się w życiu naczytałeś.

– To może granat wsadzić? Po co ci ta owca?

Zanim Jakub zdążył odpowiedzieć, z nieba runął wielki, obleśny zielony smok i porwawszy nieszczęsne zwierzę, wzniósł się w niebo.

– Łał – westchnął Skorliński. – Można by kręcić nie tylko Park Jurajski III, ale nawet przygody Szewczyka Dratewki.

– To już twój problem, co nakręcisz. W drogę.

Wyjął z kieszeni niewielki przyrząd.

– Dokąd? – zdziwił się biznesmen. – Skąd wiesz, gdzie poleciał?

– Poleciała. To samica. I to chyba kotna. A gdzie poleciała? – Uśmiechnął się, pokazując urządzenie. –

Wsadziłem w owcę pluskwę, taką jak gliniarze pakują podejrzanym autom. Teraz doprowadzi nas prosto do gniazda.

Prowadzeni słabnącymi sygnałami pluskwy przedzierali się trzy dni przez wąwozy i przepaście. Wreszcie zatrzymali się na krawędzi bardzo głębokiego urwiska. Jakub zajrzał do środka.

– Gniazdo – powiedział ucieszony. – No, to teraz się obłowimy.

Skorliński popatrzył do dziury.

– Są – mruknął – dziesięć małych. – Widać słaby miot.

– Spoko. Oscara masz już w kieszeni. Trzeba będzie tylko trochę popaść sterydami i obciachać w diabły te niepotrzebne skrzydła.

Rozwinął zwój liny i spuścił do środka.

– Dziwne – westchnął biznesmen. – Czuję, że o czymś zapomniałem.

– Nie wybierałeś nigdy smocząt z gniazda, stąd ta trema – wyjaśnił egzorcysta. – Zostaw tu tę zbroję, tylko będzie zawadzała.

Spuścili się na dół. Młode smoki były wielkości mniej więcej jamników. Bez protestów dały się złapać i wpakować do worka.

– To by było na tyle – powiedział Jakub. – Wsiąkamy.

Nieoczekiwanie coś zasłoniło słońce.

– Wiem już, o czym zapomniałem – jęknął biznesmen. – Te smoki mają mamusię.

Z pochwy na plecach wydobył miecz i stanął w postawie bojowej. Jakub popatrzył na niego z uznaniem, a potem złapał worek i zaczął wspinać się do góry. Smoczyca nadleciała lotem nurkującym. Biznesmen uskoczył w bok i drasnął ją mieczem w podbródek. Potwór, machając ciężko skrzydłami, zakręcił i ponownie ruszył w jego stronę. Nieoczekiwanie łeb bestii stanął w płomieniach.

– Na górę – krzyknął Jakub z wierzchołka urwiska.

Paweł pospieszył w jego ślady. Smoczyca spadła na dno doliny. Płonęła jak pochodnia.

– Kurczę, jak ja to zrobiłem? – zdziwił się.

– Rozcharatałeś jej przypadkowo zbiornik z glejem – wyjaśnił egzorcysta ochoczo.

– Z czym?

– Glej. To taki naturalny napalm. Dość gęsty, zawiera wiele koloidów, zapala się w kontakcie z powietrzem. Miała pełne wole i na twój widok zaczęła go przetaczać do kanałów jadowych. Gdy trafiłeś, zaczął wyciekać na zewnątrz i zapalił się.

– Ekstra – westchnął biznesmen. – To co, do domu?

Egzorcysta kiwnął głową i podniósł worek.

Epilog

Łomot do drzwi wyrwał Jakuba Wędrowycza ze snu. Otworzył leniwie oko, ale zaraz je zamknął. Jakiś sukinsyn w mundurze akurat zapalił światło.

– Oto nakaz ścisłej rewizji, podpisany przez prokuratora! – darł się Birski. – Zaraz wyświetlimy wszystkie twoje grzeszki!

– Kurde, nie wolno po nocy – jęknął egzorcysta. – O co jestem oskarżony?

– Szefie, znalazłem coś dziwnego! – wrzeszczał ktoś z sadu.

Birski poprowadził Jakuba w tamtą stronę. W głębokim dole leżało dziesięć małych zdechłych smoków. Ciążenie w naszym świecie okazało się dla nich zbyt silne.

– Kłu-so-wnic-two! – huknął Birski. – Ty zgniły recydywisto. Pięć lat jak obszył.

– Co to jest? – zagadnął Jakub, wskazując padlinę.

– Smoki... – posterunkowy stracił nieco pewność siebie.

– Świetnie. Proszę to wciągnąć do protokołu. Prowadzący rewizję znajduje się w stanie naprania jakimiś prochami.

– Ja też to widzę – zauważył policjant.

Jakub popatrzył na niego zimno.

– Takich zwierząt nie ma. A jak zwierząt nie ma, to znaczy, że nie można ich kłusować. Lepiej zastanówcie się, jak to będzie wyglądało w raporcie. Zdechłe smoki znaleźliście – parsknął. – Kto w to uwierzy?

Ręka Birskiego opadła. W tym momencie z wnętrza domu wyszedł aspirant Rowicki.

– Szefie, znaleźliśmy lustro ukradzione z muzeum i zbroję hrabiego Tytusa.

Na twarz Birskiego wypłynął szeroki, szczery słowiański uśmiech. Jeszcze szerszy i bardziej słowiański niż Jakubowy.

– Rowicki, masz awans.

– Ku chwale ojczyzny. A za co?

– Udowodniłeś właśnie w sposób niebudzący zastrzeżeń, że ten cały Wędrowycz to zwyczajna hiena cmentarna!

Jakub jęknął.

– No, co powiesz? – zagadnął Birski. – Skąd masz tę zbroję?

– Wrogowie podrzucili – mruknął.

W barakowozie biznesmen Paweł Skorliński pił truskawkową prytę z ukraińskim biznesmenem Josifem Kleszczakiem.

– Mutasy czarnobylskie będą prosto na plan filmowy. Celnicy już przekupieni. Znaleźliśmy chyba dokładnie takie, o jakie chodzi.

Biznesmen popatrzył na fotografię przedstawiającą młodego stegozaura czochrającego się o wrak UAZ-a.

– Po prostu znakomite – powiedział.

Truskawkowa pryta zaczynała mu smakować.

Reprywatyzacja

Uchwalona pod koniec roku reprywatyzacja pozwoliła naprawić pewne krzywdy dziejowe. Niestety, niejako przy okazji naprawiono też krzywdy, które w żadnym razie nie powinny zostać naprawione.

Zapadał wczesny zimowy zmrok, gdy przed Urzędem Gminy w Leśniowie zatrzymał się mercedes o przyciemnionych szybach. Wójt gminy popatrzył lekko zaniepokojony przez okno. Z tyłu wozu wysiadł wysoki mężczyzna w kapeluszu, odziany w długi czarny płaszcz. Szczęknęły zatrzaskiwane drzwiczki. W chwilę później ktoś zapukał do drzwi gabinetu.

– Proszę – powiedział wójt.

Drzwi otworzyły się i stanął w nich tajemniczy przybysz.

– Czym możemy służyć? – zagadnął wójt, wpatrując się w nieoczekiwanego petenta. Czarny płaszcz, rozpięty na piersi, odsłaniał śnieżnobiałą koszulę z idiotyczną babską koronką przy guzikach.

Pedał jaki albo transwestyt, pomyślał wójt.

Oczy nieznajomego jarzyły się słabym czerwonym poblaskiem, a skóra była nienaturalnie blada.

Albinos transwestyt, uzupełnił swoje obserwacje wójt.

– Jestem hrabia Michał Kokuszew – przedstawił się gość. – Na mocy ustawy reprywatyzacyjnej powinienem odzyskać pałac należący do mojej rodziny, a znajdujący się w tej gminie.

Gdy mówił, wójt zaobserwował coś dziwnego. Gość wyraźnie miał coś nie w porządku z zębami.

– Oto niezbędne dokumenty urzędowe. – Hrabia położył na blacie biurka kilka papierów. Jego dłonie były nienaturalnie wysmukłe.

Wójt przejrzał pobieżnie plik postanowień sądu i komisji reprywatyzacyjnej.

– No cóż – powiedział. – Mogę prosić o jakiś dokument tożsamości?

Hrabia wyjął z kieszeni amerykański paszport i polski dowód osobisty.

– Wszystko się zgadza – rzekł urzędnik, oddając dokumenty przybyszowi. – A zatem miło mi powitać pana w naszej gminie.

Wstał zza biurka i kordialnie ścisnął dłoń hrabiego. Ten odpowiedział uściskiem. Wójtowi aż świeczki stanęły w oczach. Siła wysmukłej dłoni była nieprawdopodobna.

– Miło wreszcie wrócić na stare śmieci – powiedział hrabia. – W jakim stanie jest pałac?

– Hmm... Z tego, co wiem, był tam młyn, potem zakład poprawczy, potem koszary ZOMO, a jak zaczęły się walić sufity, to przekazano go gminie. Była tam chlewnia, ale mury zaczęły pękać, wiatr wiał przez okna i świnie się zaziębiały... No to chlewnię skasowali. I tak stoi od dwudziestu lat – wyjaśnił wójt. – Do zamieszkania się niezbyt nadaje, ale sądzę, że za dwa albo i trzy miliony dolarów będzie można przywrócić mu świetność.

Gość uśmiechnął się dość paskudnie.

– Trzeba będzie ustalić winnych dewastacji cennego obiektu zabytkowego – powiedział.

Wójt poczuł liźnięcie chłodu na karku.

– Przyjadę w przyszłym tygodniu – dodał gość i odszedł.

Wójt popatrzył na zegarek. Dzień pracy dobiegł końca. Poskładał papiery i wyszedł, starannie zatrzaskując za sobą drzwi. Niemal dokładnie naprzeciw urzędu gminy znajdował się wioskowy pub i tamże skierował się urzędnik. Po wizycie tajemniczego gościa musiał jakoś odreagować. Najlepiej nad kufelkiem piwa.

Wszedł do sali, w której siedziało niemal pół wsi, i przez opary dymu z najpośledniejszych papierosów przedarł się do baru.

– Piwo – poprosił, kładąc monety na ladzie.

– Coś ty taki przygnębiony? – zapytał barman, nalewając do litrowego kufla pieniące się piwko.

– Chłopy, posłuchajta! – Wójt uderzył dłonią w ladę. – W ramach reprywatyzacji oddano naszej wsi hrabiego. W przyszłym tygodniu zamieszka w pałacu.

Chłopstwo popatrzyło na niego bez większego zainteresowania i powróciło do konsumpcji pryty.

– To dobrze czy źle? – zapytał barman.

– A cholera wie. Pałac mu oddali, ale ziemi nie... Znaczy pańszczyzny nie będzie. Pałac zrujnowany, więc i robota przy odbudowie się dla naszych pewnie znajdzie. Sprowadzi kumpli, żeby hulać, to będzie kupował mięso, jajka, bimberek, ukraiński spirytus, może i jaka dzioucha ze wsi dupą na kieckę zarobi... A jak się jakaś bęsia z takim dorobi, to i alimenty na dziecko płacić trzeba... Wiadomo, i drogę nową będzie musiał zbudować, bo mu się na naszych wertepach zawieszenie w limuzynie oberwie... Same zyski, by się wydawało. Z drugiej jednak strony dziwny z niego gość... W bluzce z falbankami chodzi, ręce z palcami długimi...

– Musi muzyk i pedał – stwierdził barman. – To ponoć na zachodzie teraz popularne, żeby te dwa zawody połączyć...

– Blady jakiś, jakby z pierdla wyszedł, i z zębami coś nie tak. Paradentozę chyba ma...

– Co ty, to przecież na Zachodzie leczą od ręki... Chyba... czekaj, muzyk i pedał i dziąsła się nie goją? Hifa ma znaczy się... Bo to u nich teraz popularne...

– Wódki – zażądał wójt.

Otrzymawszy szklankę, szybko zdezynfekował rękę.

– Masz szczęście, bo to się nie przenosi przez skórę – powiedział barman. – Tylko przez oczy, gębę i takie tam. – Wskazał kciukiem dolne partie ciała. – Chyba że wirus będzie suszony. Wtedy jest bardziej zaraźliwy... Ale jak, kurde, pedał, to niedobrze. Dziouchy nie zarobią, bo kumpli pewnie ma takich samych... I wodę zanieczyszczą... To już lepiej chyba byłaby pańszczyzna.

– Pańszczyzna? – ocknął się drzemiący w kącie stary Mikołaj. – Co wy gadacie o pańszczyźnie?

– Reprywatyzacja jest. Hrabia wrócił – objaśnił go wójt. – Ale pańszczyzny nie będzie, bo pól mu nie oddali, tylko pałac.

– Kurde, pamiętam pańszczyznę – mruknął starzec.

– Gdzie tam, dziadku – parsknął wójt. – Przecież to było jeszcze w XIX wieku zniesione...

– Akurat – mruknął staruszek. – Tu się pańszczyznę odrabiało do 1947... Do reformy rolnej.

A potem opadł na stół i znowu zasnął.

– Popieprzyło mu się – westchnął barman. – A może? Cholera wie, myśmy przecież zza Buga po wojnie przyjechali... Ociec mi opowiadał, że tu tylko sześć rodzin mieszkało i hrabia w pałacu, ale go wygonili jeszcze wcześniej...

– Z tych pierwobylców to już chyba tylko on żyje? – Wójt spojrzał na starego Mikołaja i zamyślił się. – Może i faktycznie mogło tak być. Wieś daleko od powiatu, w lasach, ten hrabia tak się tu zakonserwował...

– Hrabia jak się nazywa? – Mikołaj ocknął się.

– Michał Kokuszew – wyjaśnił wójt.

Stary zbladł i przeżegnał się.

– Wrócił – powiedział nieskończenie ponuro. – No, to teraz da nam popalić. Nie trza było pałacu psować...

– To nie ten – uspokoił go wójt. – Trzydziestki nawet nie ma... Syn pewnie, gdzie tam syn, wnuk...

Stary przymknął oczy.

– Blady na gębie, w koszuli z koronkami chodzi i płaszczu czarnym na czerwonej podpince?

– No, tak ubrany dziś do urzędu zaszedł. Widać to rodzinna taka tradycja.

Mikołaj popatrzył ponuro na szklankę z resztą pryty.

– Już po nas – mruknął. – Nie odpuści.

– Ano, trza lecieć. – Wójt dźwignął się ze stołka. – Żonka z kolacją czeka...

– A i dzieci ucałuj, póki je jeszcze masz – powiedział starzec.

– Ty nie pierdol, Mikołaj! Że nasi ojcowie trochę pałac zdewastowali, to nie znaczy, że teraz nas wymorduje! – huknął na niego barman. – Za dużo pryty się ożłopałeś. Wraca hrabia, będą w gminie inwestycje! A pańszczyzna nie wróci. Nie te czasy. Idź już do domu, na dziś jesteś gotów!

Mikołaj posłusznie dźwignął się zza stołu i poszedł w ciemność. Jednak nie udał się do chałupy. Ruszył na wzgórze, gdzie w zapadającym zmroku bielały popękane mury pałacu. Ominął je, nieufnie patrząc w puste, ciemne otwory okien. Za pałacem niegdyś był park, ale stare dęby wycięto na deski. Tylko solidnie wymurowana kaplica sterczała wśród drzew. Starzec wszedł do środka i zapalił stojący na podłodze znicz. Odszukał ciężką klapę w podłodze. Odwalił ją z wysiłkiem. Przyświecając sobie, zszedł do krypty. Podniósł wieko pierwszej trumny. Stary kościotrup spoczywał na zetlałej wyściółce, z dłonią zaciśniętą na solidnym osikowym kołku sterczącym spomiędzy żeber. Podobnie jego trzej sąsiedzi. Ostatnia trumna była najnowsza. W odróżnieniu od poprzednich wykonano ją z żelaza. Wokoło krawędzi biegła wyraźna linia spawu. Wyglądała na nienaruszoną, ale staruszek nie dał się zwieść. Pchnął ją ostrożnie. Trumna wydała mu się podejrzanie lekka. Posługując się laską jak lewarkiem, obrócił ją na bok. W dnie ziała dziura. Szpony rozkroiły blachę jak otwieracz konserwę. Krawędzie zdążyły zardzewieć, musiało więc minąć wiele czasu.

– Psiamać – warknął zły na siebie. – Nie upilnowałem.

– Nie tacy próbowali – rozległ się głos.

Podniósł głowę i zamarł z przerażenia. Na schodach stał hrabia Michał. Rozpięty czarny płaszcz odsłaniał biały gors i bryczesy do konnej jazdy, sam szczyt mody z roku 1882.

– Nie spodziewałeś się mnie? – zauważył przybysz. – Widzisz, jaki los bywa przewrotny?

– Jak ci się udało? – wykrztusił pytanie.

– Panu, chamie, panu! – ryknął hrabia. – Jak to jak, patałachy, wiecie o wampirach tyle, co z głupich przedwojennych powieści zeszytowych wyczytaliście. Osikowy kołek, śmiechu warte. Kamizelkę kołkoodporną miałem. A teraz słuchaj uważnie. Z dawnej ludności zostałeś tylko ty. Nie powiem, świnię mi podłożyłeś z tym lutowaniem trumny, ale skłonny jestem ci wybaczyć. A raczej pozwolić, abyś zmazał grzechy. Pójdziesz do mnie na służbę, gdy opanuję tę dziurę. A jak się dobrze postarasz, to kto wie, może za dziesięć, piętnaście lat sam awansujesz na wampira?

Mikołaj przypomniał sobie, jak kiedyś pobierali mu krew. Na widok czerwonego płynu napełniającego strzykawkę zemdlał wtedy... Cóż miał począć, był taki wrażliwy. Na myśl, że miałby pić krew, zebrało mu się na mdłości. Pospiesznie łyknął pryty, aby zatrzeć wrażenie. I naraz poczuł ciepło w żołądku i przypływ odwagi.

– Spierdalaj – powiedział do hrabiego.

– Po pierwsze, niech pan hrabia łaskawie raczy odejść – warknął przybysz. – Po drugie, co ty sobie właściwie myślisz? Wyświadczam ci łaskę, na którą nie zasługuje nikt z twojego chamskiego rodu, a ty odmawiasz? Odmawiasz pomocy swojemu hrabiemu?

– A co? – Mikołaj odkrył, że po pięćdziesięciu latach od reformy rolnej jego lęk przed arystokracją zupełnie zanikł. – Tytuły szlacheckie to jeszcze za Piłsudskiego znieśli. Teraz wszyscy są równi. A to, że ci pałac oddają, to tylko czkawka historii.

– O rany, jeszcze jeden socjalista – westchnął hrabia. – Namnożyło się tego jak wszy. Ale jak nie chcesz, to trudno.

– A właśnie że nie chcę. Skończyło się wasze panowanie. Teraz my, chłopy, tu na swojej ziemi. Pałac może i odbudujesz, i co z tego? Wrócą czerwoni po wyborach, to znowu rozpirzym!

– Za dużo truskawkowej pryty – wydedukował wampir. – Nie na darmo nazywają ją mózgotrzepem...

Gdy mówił, Mikołaj dopił flaszkę i teraz z rozmachem trzepnął nią o kant trumny, przekształcając w śmiercionośnego tulipana.

– I będziesz tu sam, i będziesz musiał od nas żarcie kupować, a my ci ceny podśrubujemy! – wydzierał się Mikołaj. Resztki lęku rozpuściły się wraz z mózgiem. – My tu teraz pany. Wyniesiesz się albo z głodu zdechniesz!

– Żarcie – westchnął hrabia. – Jak się okazuje, oni nawet tych zeszytowych horrorów nie umieli przeczytać. A przecież zbudowałem we wsi trzyklasówkę...

– Możesz mi naskoczyć! – darł się Mikołaj. – Nic już nie możesz! Jesteś gówno!

Wampir podszedł i obwąchał go.

– Fuj – mruknął. – Siarka, etanol, nikotyna... A do tego grupa AB... Co za świństwo...

Odwrócił się na pięcie i wyszedł z krypty, zamiatając płaszczem wielowiekowy kurz posadzki. Mikołaj łyknął jeszcze pryty i pokazał mu na palcach wysoce obraźliwy międzynarodowy gest.

Jakub Wędrowycz wędrował przez Wojsławice. Strasznie go korciło, żeby się czegoś napić. Nieoczekiwanie spostrzegł niewielkie zbiegowisko. Ludziska stali koło przystanku i dukając, czytali jakieś obwieszczenie. Stanął obok i już po chwili, bez konieczności wysilania mózgu, dowiedział się, co też tam napisano.

Praca!
50 budowlańców natychmiast zatrudnimy
przy odbudowie pałacu w Leśniowie.

– Leśniowo – mruknął Jakub.

Ta paskudna nazwa coś mu przypominała. 1947 rok, pałac... I ten idiota Mikołaj, co chciał zostać egzorcystą, a nie potrafił nawet wypić duszkiem flaszki pryty. Wędrowycz poszedł do knajpy posłuchać plotek. Siadł w kącie i dziabnąwszy kolejkę, wsłuchał się w szum rozmów.

– ...hrabia wrócił, znaczy się... pałac mają odbudować, dlatego ogłoszenia... blady na gębie, gadają, że ma hifa...

Zrezygnował z zamiaru wypicia kolejki. Namacał w kieszeni złotą dwudziestodolarówkę i zdecydowanym krokiem ruszył pomiędzy opłotki, gdzie w jednej z chat całą noc okna świeciły błękitnym blaskiem padającym od komputerowego monitora. Nacisnął klamkę i wszedł bez pukania. Informatyk siedział właśnie i wgapiał się w monitor. Jak to zwykle on...

– Jest robota – powiedział egzorcysta.

Informatyk nie poruszył się nawet.

– A nie wierzyłem, jak słyszałem, że Internet wciąga ludzi – westchnął Wędrowycz, a potem kozikiem przeciął kabel od telefonu.

Informatyk obudził się.

– Co się stało?

– Awaria sieci. Lepper serwer w gminie wysadził – warknął egzorcysta. – Jest robota. – Rzucił na blat złotą dwudziestkę.

– Co potrzeba? – Na widok złota informatyk wrócił do rzeczywistości.

– Muszę mieć papiery mistrza murarskiego, spawacza, hydraulika, cieśli, dekarza, glazurnika – wyliczył. – I jeszcze takie tam zaświadczenie, że pracowałem przy renowacji zabytków.

– A dyplom inżyniera nie jest potrzebny?

Jakub zamyślił się.

– E, chyba nie, zresztą tam mają pewnie własnego.

– Dobra. – Informatyk postukał palcami w klawisze. – Co jeszcze?

– Takie tam turlutu...

– Curriculum Vitae – domyślił się.

– No przecież mówię.

Palce informatyka strzelały w klawisze z szybkością karabinu maszynowego. Po chwili zaterkotała laserowa drukarka i wypluła z siebie szereg papierów opatrzonych stosownymi pieczątkami.

– A więc byłeś jakimś budowlańcem przez pięćdziesiąt lat, pracowałeś przy remontach na Wawelu, przy odbudowie Zamku Królewskiego w Warszawie i wyjazdowo w Dreźnie. Tu są opinie z poprzednich miejsc pracy, zaświadczenia i tak dalej. I napisałem ci, że jesteś o czterdzieści lat młodszy, bo dziewięćdziesięcioletniego dziadygi by nie przyjęli...

Egzorcysta przejrzał papiery i uśmiechnął się. Były tak piękne, że dołożył jeszcze jedną dwudziestkę. A potem ruszył do chałupy. Przed szukaniem pracy należało ucywilizować wygląd.

Mieszkańcy gminy zebrali się niechętnie w budynku remizy. Za oknem zapadał już jesienny zmierzch, ale na placu budowy paliły się solidne lampy. Robole odbudowywali pałac na trzy zmiany. Inni układali drogę. Wójt gminy przybył punktualnie. Towarzyszył mu hrabia.

– Witajcie, mieszkańcy – zagaił wójt. – Obecny tu nasz drogi hrabia...

– Precz z pańszczyzną! – wrzasnął ktoś dobrze ukryty za plecami sąsiadów.

– Nie potrzebujemy tu żadnych hrabiów! – krzyknął ktoś inny.

Na twarzy arystokraty odmalował się dziwny, drapieżny uśmieszek.

– Hifa ma! – krzyknęła jedna staruszka, spluwając w stronę podium. – Powietrze zatruwa...

– Pedał! – krzyknął jakiś starzec. – Do dzieciaczków nam się dobierze.

– Ludziska, uspokójta się! – huknął wójt.

Hrabia ujął w dłoń mikrofon.

– Witajcie, poddani – powiedział spokojnie. – Przejdźmy od razu do rzeczy. Wróciłem na dobre i wasze wrzaski mnie nie przegonią. Ustawa gwarantuje mi...

– To Żydy w Izraelu tę ustawę wymyślili! – zaskowyczała jakaś babina.

– A Kwaśniewski podpisał! To Żyd! – wrzasnął ktoś inny.

– Precz z komuną! – wydarł się ktoś, ale inni zaraz go uciszyli.

– Wrócą czerwoni, to na widłach oknem wyniesiemy – odgrażał się staruszek. – Aby do wyborów...

Hrabia nieznacznym ruchem podkręcił głośność mikrofonu do końca skali.

– Już zyskaliście na moim powrocie. Zbudowałem wam drogę do wsi, za dwa dni robotnicy zostaną przerzuceni do kopania rowów pod rury kanalizacyjne, na wzgórzu będzie elektrownia wiatrowa, co oznacza tańszy prąd... – jego spokojny głos przebił się przez wrzawę.

– W dupę sobie, pedale, wsadź kabel z prądem! – krzyknął ktoś.

Wójt popatrzył na hrabiego i bezradnie wzruszył ramionami.

– A dla waszych dzieciaczków zorganizuję we wsi liceum – dokończył hrabia.

– Ty pedale, ty Żydzie! – wydarła się hoża niewiasta. – Dzieciaki to sobie możesz w Ameryce łapać, a od nas się odwal!

– Widzę, że nie dojdziemy do porozumienia – westchnął arystokrata. – Szkoda.

W tylnym rzędzie mała dziewczynka pociągnęła ojca za rękę.

– Tatusiu, mogę już rzucić tego zdechłego kota?

Tłum zafalował groźnie, koty i jaja zaświstały w powietrzu. Hrabia powoli wycofał się wyjściem dla artystów.

Jakub Wędrowycz szedł niespiesznie po rusztowaniu. Przejrzał się w kawałku stłuczonej szyby. Włosy ufarbowane na czarno i przycięte brwi odmłodziły go o dobre czterdzieści lat. Zmarszczki usunął za pomocą kilkuset podskórnych zastrzyków z pszczelego wosku. Jego władcze spojrzenie przeszywało robotników na wylot. Z kieszeni wyjął suwmiarkę i zbadał grubość spoiwa pomiędzy cegłami.

– Malinowski! – huknął.

Strusie jajko, które wypił przed wyjazdem z Wojsławic, wzmocniło jego głos.

– Słucham, brygadzisto. – Malinowski stanął przed nim, mnąc czapkę w rękach.

Brygadzista Jakub przez trzy dni zdążył sobie wyrobić renomę człowieka twardego i nieustępliwego.

– Co to jest, psi synu? – Wskazał palcem zaprawę.

– No, wapno – jęknął robol.

– Grubość, matole. Miało być 0,9 centymetra, a ty dałeś 1,03! Za taką fuszerkę by cię w mordę walnąć wypadało.

– Przepraszam. – Robol wtulił głowę w ramiona.

– Swoje dzieci będziesz przepraszał! Żeby mi to było ostatni raz!

Na plac budowy wtoczyła się ciężarówka z cegłami. Egzorcysta zeskoczył z rusztowania. Robole już spieszyli gotowi wyładować towar. Zatrzymał ich władczym gestem ręki.

Z paki zdjął jedną cegłę. Dostawca właśnie wyszedł z szoferki. W ręce trzymał papiery.

– Co to jest? – Jakub podsunął mu cegłę pod nos.

– No, cegła – wyjaśnił kierowca.

– To jest gówno, a nie cegła! – syknął. – To ma być kolor? Nie dopiekliście, trzeba było dwa dni dłużej w piecu potrzymać. I dać wyższą temperaturę przez pierwsze dni.

– Mnie to nie obchodzi. Przywiozłem i podpisujcie.

Egzorcysta bez wysiłku złamał cegłę w dłoniach. Robole cofnęli się z respektem.

– Zabieraj się z tym i powiedz temu kutasowi dyrektorowi, że jak jeszcze raz przyśle taki szmelc, to sobie poszukamy innego dostawcy.

Kierowca popatrzył na przełamaną cegłówkę i bez słowa wsiadł do szoferki. Wykręcił i odjechał, jakby go wszyscy diabli gonili. Jakub z zadowoleniem przechadzał się po placu. Budowlańcy schodzili mu z oczu jak mogli. Stanął koło baraczku i zaczął ich liczyć. Przeliczył dwukrotnie, sprawdził na wszelki wypadek na palcach. Za każdym razem brakowało mu dwóch. Wszedł więc między sągi drewna. Faktycznie, przeczucie go nie myliło. Dwaj pracownicy siedzieli i właśnie przymierzali się, by rozpić litrową flaszkę ruskiego spirytusu.

– Ha, bumelanci! – huknął na nich. – Dawać tę flaszkę migiem!

Oddali mu przestraszeni i skulili się, oczekując reprymendy.

– Od Ruskich kupujecie zamiast od własnego kierownika! – huknął. – Granda! Na tej budowie ja mam monopol na wódę. Zresztą Ruscy oszukują. Pewnie kupiliście flaszkę zwykłej wody, a nie spirytus...

– Mnie tam Ruscy nigdy nie oszukali – wtrącił jeden z pracowników nieśmiało.

– Milczeć! – huknął na nich.

Odkręcił plastikowy korek, a potem przechylił szyjkę do ust i wygulgał od razu połowę. Gardło, wygarbowane różnymi wynalazkami, poczuło tylko miłe łaskotanie. Oderwał szyjkę od ust i zakręcił korek.

– Widzicie, zwykła woda – powiedział. – A teraz won do roboty!

Zebranie trwało. Wójt otarł twarz z rozbryźniętego jajka. Na szczęście walnęli go zwyczajnym. Bał się pomyśleć, co by się stało, gdyby tak oberwał śmierdzącym.

– Ludziska, uspokójta się – powiedział przez porzucony przez hrabiego mikrofon. – Zobaczcie. Nie było drogi, jest droga. Nie było liceum, będzie liceum, pałac w ruinie, za parę tygodni będzie jak nowy.

– Dla siebie buduje! – wrzasnął ktoś.

– Zdychaj, konfidencie! – Gdzieś z tyłu nadleciał tort.

Wójt uchylił się.

– Precz z pedałami!

– Precz z Żydami!

Wójt podkręcił głośność do końca skali i chrząknął.

– Ludzie – powiedział spokojnie – pomyślta logicznie. Nasz hrabia to pedał. Dzieci mieć nie będzie. Mężowi majątku nie zostawi, u nas im nie wolno się żenić... Znaczy za mąż wychodzić? Cholera...

– Kapujem, do rzeczy! – krzyknął ktoś z końca sali.

Zdechły kot nadleciał nie wiadomo skąd i zaczepił się na lampie u powały.

– Hrabia jest chory. HIV go w pięć lat pośle do piachu. A co się dzieje, jak nie ma spadkobierców? Ano majątek przejmuje gmina. Poczekamy cierpliwie i to wszystko będzie nasze!

Koty i jajka zamarły w rękach rzucających. Twarze ludzi rozjaśniły uśmiechy.

– Trzeba było tak od razu! Niech sukinsyn jeszcze mleczarnię postawi.

– I dom kultury!

– Ludziska, a może by postawił nam czworaki? Przecież hrabia musi dbać o swoich chłopów – podsunął wójt.

– Uch, ty durny, pańszczyzny ci się zachciało? – Koty znowu zawirowały w powietrzu.

– Ech, nie, ale on z Ameryki, no to postawi nam amerykańskie domki, a nie czworaki. A pańszczyzny się nie bójta, zniesiona...

– Będziemy żyć jak w Ameryce! – wydarła się kobieta w powyciąganym, poplamionym dresie.

– Rany, ludziska, obraził się pewnie. Jeszcze majątek na kościół zapisze! Trzeba go szukać i przeprosić.

Hrabiego odnaleziono szybko. Stał przed knajpą.

– Na cześć kochanego hrabiego HIV, HIV, Hura! – wydarł się barman.

Po chwili wiwatowali wszyscy. Hrabia wyjął z kieszeni portfel. Wydobył z niego plik banknotów.

– To co, ludziska, strzelimy po jednym? – zapytał, uśmiechając się przyjaźnie. – Barman, wszystkim stawiam.

W knajpie było tłoczno, gwarno i wesoło. Wszyscy pili. Hrabia stawiał. Początkowo wzbraniał się trochę, ale w końcu zaczął pić razem z nimi. Doił wódę równo, jak swojak...

– Muszę wam coś wyznać. – Hrabiemu odbiło się i dostał ataku pijackiej czkawki.

– Ty się nie przejmuj, że jesteś pedałem, ludziska są u nas tolerancyjne. – Barman po dziesiątym kuflu miał problemy z utrzymaniem się na nogach.

– Nie jestem pedałem – wyznał hrabia – i nie mam hifa...

Ludziska zamarli. Wizja przejęcia majątku oddalała się.

– To czegoś taki blady na gębie i w koszuli koronkowanej chodzisz? – zapytał wójt.

– Bo ja jestem wampirem – wymamrotał hrabia.

– A nie mówiłem!? – wrzasnął Mikołaj. – Dawajcie osikowy kołek! Zaraz go przypalikujemy.

– Zamknij się. – Wójt rzucił nim o ścianę. – Znaczy gryźć będziesz nas czy tylko w sąsiednich wioskach?

– No co wy – obraził się wampir. – Załatwimy to cywilizowanie, postawi się we wsi małą stację krwiodawstwa, coby na moje potrzeby starczyło...

– Ja mam nawet legitymację honorowego krwiodawcy – pochwalił się barman.

– Ale ja jestem bogaty – wyjaśnił feudał. – Płacić wam będę za krew, dwa razy wyżej niż państwowe stacje.

– To i dzieciaczków gryzł nie będziesz? – upewniła się kobiecina w dresie.

– Zawsze wolałem krew dojrzałą – wyjaśnił z godnością hrabia. – Pańszczyzna niepotrzebna, forsy mam jak lodu. Starczy dla mnie i dla was na najbliższe trzysta lat...

Wiwaty wprawiły szyby knajpy w drżenie. Nieoczekiwanie otwarły się drzwi. Przez salę przeciągnął złowróżbny podmuch lodowatego wiatru. Wszyscy się obejrzeli. Przez salę kroczyła wysoka postać odziana w czarną esesmańską kurtkę mundurową. Postać dzierżyła krzepko kuszo-kołkownicę. Hrabia przywarł do ściany. Z rąk wystrzeliły mu nietoperzowate skrzydła, ale był zbyt pijany, by móc się przemienić.

– Ktoś ty? – zapytał wójt tajemniczego przybysza.

– To Jakub Wędrowycz, egzorcysta! – wydarł się Mikołaj. – Jesteśmy uratowani!

Jakub, przechodząc koło baru, złapał kufel piwa i wygulgał kilkoma łykami.

– No i wybiła godzina – powiedział do skamieniałego z przerażenia hrabiego. – Świeżej polskiej krwi się zachciało, frajerze?

Wampir zaskomlał żałośnie, a z dziąseł wyrosły mu kły. Jakub wycelował kuszę prosto w serce wroga.

– Hy, hy – ucieszył się Mikołaj. – Zdychaj, frajerze.

W tym momencie wójt kocim ruchem przyskoczył od tyłu do Jakuba i z rozmachem zdzielił go krzesłem. Brzęknęła cięciwa kuszy, ale osikowy kołek wbił się w ścianę. Wędrowycz runął nieprzytomny między stoliki.

– Feudalizm to ustrój działający w obie strony – wyjaśnił hrabiemu wójt. – Zabrać to ścierwo. Dopilnujemy, żeby się tu nie kręcił...

– Dzięki. – Hrabia uśmiechnął się. – Może ten skromny czek na tysiąc dolarów wyrazi część mojej dozgonnej wdzięczności... A tę gnidę... – Spojrzał ze złością na Mikołaja.

– Wywieziemy ze wsi na taczkach – obiecał barman.

Jakub ocknął się w rowie. Głowa go strasznie bolała.

– Spiłem się czy co? – zdziwił się. – Ale żeby aż taki straszny kac?

Zabawa w knajpie opodal ciągle jeszcze trwała. Pamięć mu wróciła.

– Nie chcieliście pomocy, to trzeba było powiedzieć – warknął. – A nie walić krzesłem w łeb...

Jakiś cień zamajaczył obok niego. Hrabia.

– Widzisz, moje na wierzchu. Tydzień minął i już jedzą mi z ręki... – uśmiechnął się przybysz. – Nie wygrasz z ludzką chciwością, egzorcysto...

– Nie wygram – westchnął Jakub.

Hrabia pomógł mu wstać.

– Proponuję pakt o nieagresji – powiedział poważnie.

Jakub pomacał guz na głowie.

– Wykończysz całą wieś, jak poprzednim razem? Czy też może naprawdę czasy się zmieniły?

– Zmieniły się – powiedział poważnie wampir. – Po co się uganiać po lasach za dziewczynami, jak można sobie kulturalnie siedzieć przy kominku i pić przefiltrowaną, schłodzoną krew z kryształowego kieliszka? No i oczywiście ryzyko hifa mniejsze...

W tym momencie Jakub usłyszał dziwnie znajome brzęknięcie. Na twarzy hrabiego odmalował się grymas bólu i zaskoczenia. Padł na drogę. Z pleców sterczał mu osikowy bełt Jakubowej kuszy. Zwłoki rozkładały się w oczach. Ktoś nadchodził. Egzorcysta spodziewał się zobaczyć Mikołaja, ale, jak się okazało, to szedł wójt. Kuszę zawadiacko przerzucił sobie przez ramię.

– Coś podobnego – warknął egzorcysta. – Poszliście, widzę, po rozum do głowy?

– Oczywiście – uśmiechnął się wójt. – To chyba twoje. – Oddał kuszę Jakubowi. – Widzisz, egzorcysto, tak sobie chlaliśmy i nagle nas oświeciło.

– Mnie też czasem od alkoholu oświeca – przyznał Wędrowycz. – I do jakich wniosków doszliście?

– Uświadomiliśmy sobie, że wampiry żyją bardzo długo, nawet po kilkaset lat... Więc żeby dobrać się do pieniędzy hrabiego, wieś musiałaby czekać do usranej śmierci. Postanowiliśmy nieco przyspieszyć przekształcenia majątkowe...

Z ciała hrabiego pozostało tylko kilka kości i nieduża kupka popiołu...

Spowiedź

Pewnego wiosennego dnia Jakub Wędrowycz obudził się w swoim walącym się domu na Starym Majdanie. Było już koło południa. Ponieważ gdy kładł się spać po całonocnej pijatyce, dniało, wioskowy egzorcysta amator doszedł do wniosku, że wszystko jest w porządku. Wygramolił się z barłogu, kopnął pustą butelkę w kąt, poprawił zmierzwione kudły zgrzebłem i wyszedł przed chatę. W chwili gdy otwierał drzwi, list wetknięty między nie a framugę upadł mu do stóp. Jakub podniósł go i zbliżył do oczu. List adresowany był do niego. Poskrobał się po głowie.

Jak każdy człowiek, tak i Jakub od czasu do czasu dostawał listy. Czasami przychodziły kartki z pytaniami od różnych nawiedzonych z towarzystwa psychotronicznego. Czasem wezwania do sądu. Co jakiś czas syn przysyłał mu z Warszawy trochę pieniędzy i zdjęcia. Jakub odwrócił kopertę, pragnąc ustalić nadawcę. Po drugiej stronie znajdowała się pieczęć. I to nie byle jaka. Była to pieczęć kurii.

– Wot te na! – wyraził swoje niebotyczne zdziwienie. Posługując się nielicznymi zębami, odgryzł bok koperty i wyjął z wnętrza ciasno złożony papier. Rozprostował.

Szanowny panie.
Z niejaką przyjemnością spieszymy zawiadomić, że w dowód wdzięczności za cenną pomoc udzieloną Kościołowi w dniu dziesiątego lutego ubiegłego roku podjęto decyzję zdjęcia klątwy i ekskomuniki nałożonej 3 grudnia 1973 roku, jak także poprzedniej klątwy, nałożonej w 1957 r. Oraz ekskomunik nałożonych przez różnych biskupów naszej diecezji i diecezji sąsiednich w latach 1961, 1969, 1978, 1981, 1984.

Poniżej następowały podpisy i pieczęcie.

– Aha – powiedział, a potem się zamyślił.

Jakub Wędrowycz bardzo rzadko odczuwał potrzebę pojednania się z Bogiem. Gdy czasami nachodziły go takie ciągoty, z reguły siadał i czekał, aż mu przejdzie. Zazwyczaj miał wyjątkowego pecha co do spowiedników. Jeden z nich zemdlał w konfesjonale, wysłuchawszy zaledwie niewielkiej porcji Jakubowych grzechów. Wioskowy egzorcysta amator musiał zużyć całą butelkę samogonu, zanim doprowadził duchownego do przytomności. Inny z kolei dowalił mu pokutę w postaci pielgrzymki do Ostrej Bramy.

Oczywiście nie mogąc liczyć na paszport, w owym czasie nie wydawano tego dokumentu byle komu, miał z wypełnieniem pokuty pewien kłopot. W trakcie pielgrzymki omal nie wpadł na minę nad Bugiem, poraził go prąd na zasiekach po tamtej stronie, a dodatkowo zostawił na szlaku radzieckiego pogranicznika z nożem malowniczo sterczącym z gardła. Wędrowycze w ogóle jako rodzina rzadko stosowali zabójstwa, ale w obronie wiary... W samym Wilnie też poszło mu kiepsko, ale miał jeszcze kałasza odebranego pogranicznikowi, więc sobie jakoś poradził. Nawet nie uszkodził świętego obrazu, choć wśród wiernych było kilku rannych. Jednak wypełnił swoją pokutę i wstąpiła w niego Boża Moc, co wydedukował z faktu, że mimo skoku przez okno z kaplicy znajdującej się dość wysoko, w dodatku pod gradem kul, nic poważniejszego mu się nie stało. W każdym razie po powrocie do kraju nie omieszkał znowu iść do spowiedzi.

Tym razem miał trochę pecha, bo UB zamontowało w konfesjonale podsłuch i nim wyszedł z kościoła, czekali na niego w dwu radiowozach, ale i z tego się wykręcił, symulując starczą demencję. Niczego nie zdołali mu udowodnić, bo karabin zdążył już zakopać, a mało kto podejrzewałby siedemdziesięcioletniego dziadka o forsowanie radzieckiej granicy z nożem w zębach. Po tej przygodzie Jakub przez dobre dziesięć lat nie uczęszczał do spowiedzi.

Zaczął od rachunku sumienia. Zapisywał swoje grzechy na fiszkach i porządkował w kolejności alfabetycznej. To miłe zajęcie pochłonęło mu blisko miesiąc. Kolejne cztery tygodnie poświęcił na porządkowanie grzechów według kolejności złamanych przykazań bożych i kościelnych. Pozostałe uporządkował wedle kodeksu karnego carskiej Rosji, bo nie miał żadnego nowszego opracowania. Uporawszy się z tym zajęciem, odkrył jeszcze kilka fiszek, których nie mógł w żaden sposób zaklasyfikować.

Na przykład polowanie na bezpańskie psy było niewątpliwie grzechem z typu „nie zabijaj", ale ich zjadanie potraktowane jako kolejne wykroczenie nijak nie pasowało do żadnego kanonu prawnego. Wreszcie zniechęcony stworzył oddzielną kategorię o nazwie „inne" i umieścił w niej wszystkie te dziwne fiszki, w liczbie przeszło tysiąca, porządkując je w kolejności alfabetycznej. Uporządkowawszy, postanowił nieco odpocząć. Zajęło mu to kolejny tydzień. Wreszcie i ta praca została wykonana. Teraz pozostało mu tylko wybranie miejsca spowiedzi.

Wydobył ze strychu przedwojenną mapę Polski i rozwiesiwszy ją na ścianie, cisnął w nią ołówkiem. Pierwszy ołówek złamał się. Drugi, jak na złość, trafił w Wilno. Za trzecim razem udało się. Trafił w miejscowość o nazwie Żale, leżącą na Mazowszu. Spakowanie zajęło mu minutę. W wewnętrzną kieszeń wpuścił piersiówkę, po drugiej stronie dla lepszej równowagi zawiesił sobie podrdzewiały rewolwer. Przygładził włosy dłonią, wyszedł z chałupy, położył klucz na framudze i dziarskim krokiem zszedł w dolinę.

Dwa dni później Jakub stanął w drzwiach świątyni. Pierwszą rzeczą, jaka rzuciła mu się w oczy, był wielki konfesjonał. Jakub widywał w życiu różne różności, ale czegoś takiego jeszcze nigdy. Konfesjonał składał się z trzech komórek, przy czym po wejściu do jednej z nich za spowiadającym się pątnikiem zatrzaskiwały się ciężkie dębowe drzwiczki.

Wykorzystując obecność księdza w środkowej komórce, wszedł do tej po lewej stronie. Zamknął za sobą drzwiczki i z niejakim zdumieniem stwierdził, że wewnątrz nie mają klamki, zaś komórka obita jest od środka stalową blachą. Jedynie u samego dołu znajdował się otwór wentylacyjny zatkany szmatą. Z pewnością dokonałby jeszcze wielu ciekawych obserwacji, gdyby nie to, że ksiądz odsunął płytę odgradzającą go od wiernego, zostawiając sobie dla ochrony jedynie stalową siatkę, po czym zapytał grzmiącym głosem, który ponuro zabrzmiał w ciasnej klatce:

– Czym ośmieliłeś się obrazić swego Boga?

Jakub sprawdził przy mętnym świetle tekst kanonu spowiedzi w książeczce do nabożeństwa, którą znalazł jeszcze w czasie wojny podczas przeszukiwania kieszeni poległych partyzantów.

– Szybciej – huknął ksiądz.

Nie było czasu dalej czytać. Wydobył pudełko z fiszkami i zaczął recytować. Gdy doszedł mniej więcej do połowy, wstrząśnięty ksiądz przerwał mu.

– Wystarczy. Twoich grzechów, synu, nie zmyje żadna pokuta. Ale poradzimy sobie z tym. Zbyt wiele zgrzeszyłeś, aby móc nadal kalać ziemię swoimi stopami.

Jakuba zdziwiły nieco słowa duchownego i zaczął obiecywać poprawę, ale ksiądz, nie słuchając go, zatrzasnął od swojej strony klapę. Jakub został sam w całkowitych ciemnościach. Niespodziewanie rozległ się syk. Syk dobiegał z rurek umieszczonych w suficie komórki. Jednocześnie po ścianach biegały błękitne nitki wyładowań elektrycznych, a z podłogi zaczęły wysuwać się cienkie, ale bardzo ostre kolce. Jakub klęczał, komórka była dość niska.

Mało kto przeżył tę uroczą pułapkę do likwidowania grzeszników i Jakubowi też zapewne nie udałoby się ujść z życiem, ale miał nad innymi ofiarami przewagę intelektualną, która nie pozwalała mu opuszczać domu bez drobnych zabezpieczeń. Ignorując wyładowania elektryczne i coraz wyraźniejszą woń czadu pompowanego do środka przez pomysłowego duszpasterza, Jakub wyrwał szmatę, dwoma strzałami z pistoletu rozprawił się z kratką wentylacyjną, po czym wytoczył na zewnątrz konfesjonału granat z wyrwaną zawleczką.

Nie był pewien, czy zadziała, ostatecznie piastował go w kieszeni przez ostatnie trzydzieści czy czterdzieści lat, ale „cytrynka" nie zawiodła jego oczekiwań. Granat wybuchł, roznosząc w drzazgi konfesjonał, ołtarz, witraże i kilka innych elementów wyposażenia świątyni. Ksiądz dostał odłamkiem, i to w sposób ostatecznie kładący kres jego dalszej działalności. Wędrowycz wyczołgał się spomiędzy desek, popatrzył na ciało z oderwaną głową, po czym przeżegnał się.

– Chyba dosięgła go kara niebios – stwierdził.

Dłuższą chwilę walczył z chęcią przywłaszczenia sobie wykonanych z kruszców przedmiotów liturgicznych, po czym wymknął się z kościoła. Kolejny raz poszedł do spowiedzi dopiero jedenaście lat później, ale to już zupełnie inna historia.

Titanic

W ciemnościach panujących przeszło półtora kilometra pod powierzchnią Atlantyku zalśniły reflektory sporego batyskafu.

– Zaraz powinniśmy go zobaczyć – powiedział szef ekspedycji, ziewając dyskretnie.

Faktycznie, kilka chwil później w ciemnościach wyrosła stalowa ściana, gęsto najeżona skorodowanymi nitami. Wodorosty powiewały wokół jak anielskie włosy na choince.

– Wysyłam robota – odezwał się zastępca. Mały, zdalnie poruszany próbnik, ciągnąc za sobą kabel, wpłynął do wnętrza wraku. Obserwowali na monitorze jego drogę. Reflektory robota wyłowiły z ciemności zarysy rozpadających się mebli.

– Zatrzymaj – polecił dowódca. – Co to, u diabła, jest?

– Nie mam pojęcia, strasznie obrośnięte mułem.

– Zabieramy – polecił.

Kleszcze automatu zacisnęły się na niekształtnym przedmiocie. Robot wracał do batyskafu.

– Pełne wynurzenie – polecił dowódca.

Jakub siedział w knajpie i patrzył w zadumie w kufel z piwem.

– Wszyscy słyszeliśmy historię o zatonięciu Titanica – odezwał się nieoczekiwanie telewizor.

Jakub przekręcił głowę.

– Daj trochę głośniej – polecił ajentowi.

Na ekranie przesuwały się obrazy wykonane pod wodą przez kamery batyskafu.

– Hy – mruknął Jakub.

– Ty kiedyś mówiłeś, że byłeś na Titanicu? – Semen dał mu sójkę w bok.

Egzorcysta niechętnie kiwnął głową.

– Byłem. Przed zatopieniem ta łajba wyglądała dużo lepiej...

– To może opowiesz? – zapytał Józef. Wędrowycz westchnął.

– To było tak dawno – mruknął. – Minęło tyle lat, a ja wciąż pamiętam zapach świeżego zacieru...

Liverpool 1911

Lokomotywa parowa, ciągnąc za sobą sznur wagonów, wpadła na stację. Zapiszczały hamulce, a w szyny uderzyły snopy iskier. Pociąg zatrzymał się ze zgrzytem. Lokomotywa wypluła jeszcze ostatni kłąb pary i zamarła. Trzasnęły jednocześnie wszystkie drzwiczki. Z ciepłego wnętrza pociągu wylała się rzeka podróżnych. Na peronie zderzyła się z tłumem oczekujących, po czym rozbiwszy się na strumyki, zniknęła w czeluściach dworca. Wówczas w kiblu wagonu pierwszej klasy rozległ się słaby zgrzyt. Kawał podłogi obok sedesu uniósł się do góry. Spod klapy błysnęły jasne, wodnistobłękitne oczka. Wszędzie panował spokój. Klapa uniosła się jeszcze bardziej i z otworu wygramoliły się dwa indywidua. Przestrzeń pomiędzy podwoziem wagonu a torami nigdy nie była dostosowana do przewozu podróżnych, toteż obie postaci, większa i mniejsza, usmarowane były ponad wszelkie wyobrażenie. Na ich obliczach zastygł smar wagonowych osi oraz kilogramy kurzu wzbijanego z torowisk przez pędzący pociąg. Pawło Wędrowycz nachylił się nad otworem i wydobył jeszcze bagaż: stary worek od kartofli wypchany sucharami oraz odrapaną walizkę z różnymi przydatnymi drobiazgami.

– Chyba dojechaliśmy, tato – powiedział siedmioletni Kubuś, ocierając twarz pokrytą grubą warstwą węglowego miału.

– Trzeba się trochę umyć – zauważył jego tatko. – Czystość to pierwsza oznaka intelektu.

Chłopiec rozejrzał się po toalecie. Jego bystre złodziejskie oczka wypatrzyły mosiężną klamkę i tabliczkę pokrytą jakimiś angielskimi napisami. Tabliczka trzymała się na czterech śrubkach, z jej odkręceniem nie powinno być żadnych problemów. Ocenił jej wagę na jakieś dwadzieścia deko. Jedno piwo już za to będzie. Jego zadarty, ruchliwy nosek złowił w powietrzu nutkę dziwnej woni. Podniósł z półeczki kostkę pachnącego mydła. Obwąchał ją nieufnie.

– Tatko?

– Haw?

– Co to jest?

Ojciec obejrzał nieufnie pachnącą kostkę.

– Ano chyba burżujskie mydło. Pewności nie mam.

Chłopiec włożył koniec mydła do ust i zatrzasnął energicznie szczęki, a następnie zaczął przeżuwać kęs.

– I co? – zapytał Pawło.

– Smakuje jak mydło – powiedział. – I mydli się nawet. – Charknął pianą i splunął w lustro.

– To daj trochę.

Kubuś wyciągnął z cholewy buta bagnet i przerżnął mydło na pół. Przez chwilę obaj przeżuwali papkę, a potem starannie natarli nią gęby i spłukali wodą. Przez następne dziesięć minut obaj podróżnicy przywracali sobie wygląd pierwotny. Gdy skończyli, ich twarze lśniły czystością, za to cała toaleta pokryta była rozbryzgami błota, plamami smaru i sadzy.

– Do chrzanu ta zagraniczna technika – parsknął Pawło, prostując się. – Nie pomyśleli o wygodzie podróżnych. Ciężko się tu umyć w tej łazience. Nie dość, że trzeba się zdrowo schylać, to jeszcze co chwila musi człowiek ciągnąć za sznurek, żeby woda leciała...

Wytarli twarze kawałkiem szmaty i krytycznie przejrzeli się w lustrze.

– Ujdzie – zdecydował Kubuś.

– Uszy jeszcze umyj – huknął na niego rodzic.

Chłopiec posłusznie wsadził do ucha kawałek przeżutej na końcu gałązki i przekręcił energicznie, wygarniając porcję „miodu". Tymczasem jego tatko przygładził włosy skórką od boczku, aby lśniły i gładko przylegały.

– Dobra, nic tu po nas – zarządził. – Czas poszukać tego cholernego statku do Ameryki.

Niebawem ojciec i syn stanęli na nabrzeżu.

Postrzępione nogawki wpuścili w nowiutkie gumofilce firmy „Prowodnik" z Rygi. Kubuś miał na plecach parciany worek z sucharami przygotowanymi na drogę, a jego ojciec trzymał stalową rączkę odrapanej walizki. Płócienne, samodziałowe kurtki wywrócili na lewą stronę, dzięki czemu plamy smaru częściowo przestały być widoczne.

– Kurde – powiedział ojciec w zadumie.

Kubuś przez dłuższą chwilę wpatrywał się w wielką, nitowaną gęsto burtę okrętu.

– Tatko?

– Haw?

– To kiedy do Ameryki?

Pawło wyciągnął z cholewy kalosza wymiętą gazetę i przez chwilę szukał podkreślonego miejsca. Potem przez dziesięć minut sylabizował tekst i porównywał go z nazwą widniejącą na burcie statku.

– To coś – wskazał ręką statek – odpływa tam już pojutrze.

Kubuś kiwnął głową.

– Strasznie duża ta łajba – powiedział. – Wygląda na to, że nie utrzyma się na wodzie. Tyle blachy... Popłyniemy?

– Pewnie długo nie – mruknął ojciec. – Ale na dwa, trzy rejsy powinno starczyć. Jeśli pod spodem wsadzili dużo drewna, to będzie się trzymać na wodzie, póki nie nasiąknie. Wtedy spęcznieje, rozsadzi blachy i wszystko pójdzie na dno...

Kubuś z frasunkiem poskrobał się po głowie.

– A po co te drewniane burty tak obili blachą? – zapytał.

– A to pewnie na piratów zabezpieczenie – wyraził przypuszczenie ojciec. – W takie metalowe to kule się gorzej wbijają... A może nawet na wikingów?

– Jaki ty, tatko, jesteś mądry...

– Ano ktoś w rodzinie musi mieć łeb na karku.

Ojciec kiwnął swoją genialną głową, z kieszeni wyciągnął garść wojsławickiej machorki i kawałek szarego papieru pakowego, po czym z niebywałą wprawą skręcił sobie „cygaro". Zaciągnął się cuchnącym, szarym dymem.

– Ale jak popłyniemy tym statkiem, skoro nie mamy biletów? – zagadnął Kubuś. – W gazecie pisali, że bilet kosztuje sześć tysięcy dolarów...

– A ty skąd znasz angielski alfabet? – zdziwił się jego ojciec.

– Nie musiałem nic znać, tam była napisana cena.

Pawło poskrobał się po głowie.

– Tradycyjnie – powiedział. – Nie ma biletów, to jedziemy na gapę. Wprawę już mamy...

– To co, pod podwoziem? – Kubuś nieufnie popatrzył na wodę.

– Gdzie tam. Jak byśmy oddychali, chyba że przez rurkę... Zresztą nadmiar wody szkodzi organizmowi. Tkanki się rozrastają...

Ruszyli w stronę statku, pilnie wypatrując trapu. Niebawem znaleźli odpowiedni. Przy trapie stała tabliczka w kilkunastu językach, informująca, że statek można za niewygórowaną opłatą zwiedzić z przewodnikiem. Była też po polsku. Rozszyfrowanie napisu zajęło im tylko piętnaście minut i tylko raz musieli zajrzeć do kieszonkowego elementarza.

– Hy – skomentował ojciec. – Zaraz wejdziemy na pokład.

– Tu pisze, że to kosztuje szylinga – przeczytał Kubuś na kartce przypiętej pod spodem.

– To fatalnie – mruknął ojciec. – Mamy tylko ruble, a te będą nam niezbędnie potrzebne w Ameryce.

Grupa zwiedzających właśnie wkraczała na statek. Wachman przy trapie zainkasował pieniądze i policzył ich. Obaj emigranci usiedli na ławeczce i zaczęli się zastanawiać. Po półgodzinie grupa wróciła. Wachman ponownie ich przeliczył i zadowolony zaznaczył to w kajecie. Na nabrzeżu zebrała się kolejna grupka, licząca coś ze dwadzieścia osób.

– Kluczyk – zażądał ojciec.

Kubuś z jedynej całej kieszeni wyjął płaski mosiężny wytrych. Tatko wraził go w zamek walizki i po chwili pokonał jego opór. Z wnętrza wydobył butelkę okręconą w szmaty i z westchnieniem przełożył ją do kieszeni. Podeszli do wachmana. Grupka zwiedzających właśnie przechodziła na pokład.

– Bo widzi pan, kapitanie – powiedział Pawło po niemiecku – my są biedni, ale chcieliby my zwiedzić łajbę...

Wachman obrzucił ich taksującym spojrzeniem, a potem mrugnął i nadstawił lewą dłoń. Pawło wcisnął mu flaszkę. Brwi wachmana uniosły się ze zdziwienia. Odkorkował, pociągnął niewielki łyk, a jego twarz rozjaśniła się uśmiechem. Mrugnął i przepuścił ich.

– Dobra nasza – rzekł ojciec. – Nic na siłę, tylko młotkiem... Jesteśmy już na statku. Teraz trzeba poszukać dobrej kryjówki.

– Tatko, skąd wiedziałeś, że on lubi sobie chlapnąć?

– A po kolorze nosa poznałem.

– Ale nos miał zwyczajny, biały.

– No właśnie. Mąką z kartofli przypudrował... Tak białej skóry być nie może. No chyba że u arystokracji.

Dogonili wycieczkę. Przewodnik mówił coś po angielsku, ale co, tego nie wiedzieli. Nie oni jedni. Grupka kandydatów na emigrantów raczej słabo władała tym językiem. Za to oczy całej dwudziestki strzelały na boki w poszukiwaniu dobrych kryjówek. Przeszli przez górny pokład i zagłębili się w trzewiach statku. Mijali setki kajut przeznaczonych dla pasażerów trzeciej klasy, potem przeszli przez ogromną maszynownię.

– Może schowamy się w węglu? – zaproponował tatko.

Kubuś popatrzył krytycznie na milczące maszyny i stosy koksu.

– Brudno – zaprotestował.

– Uch, ty wybredny – warknął ojciec zezłoszczony. – Sam poszukaj czegoś nowego. Ino bystro.

Znowu wyszli na pokład. Przez reling widać było wachmana. Nadal tkwił na swoim posterunku przy trapie, choć jego pozycja wskazywała, że walka z grawitacją staje się dla niego pewnym problemem.

– Tutaj. – Chłopiec wskazał szalupę nakrytą grubym brezentem. Odciągnęli go lekko i wskoczyli do wnętrza. Oddalająca się grupa niczego nie spostrzegła. Potoczyli się po klepkach wewnątrz łodzi i upadli na coś miękkiego.

– *Wnimajte barin* – dobiegł ich z ciemności szept.

Pawło zapalił zapałkę. W jej świetle spostrzegli dwóch osobników o wyjątkowo czerwonych nosach. Walonki na nogach zdradzały ich narodowość. Osobnicy posunęli się, robiąc miejsce. Zaraz też wyjęli flaszki.

– *Choczietie pofratiernizowatsja?* – zapytał ten zezowaty.

– Dawaj ogórki – zarządził ojciec.

Kubuś zza pazuchy wyciągnął sześć ogórków, które jeszcze wczoraj rano rosły w ogródku na przedmieściach Londynu, oraz bryłę soli – lizawkę dla bydła rąbniętą pod Hamburgiem. Gospodarze nalali zaraz bimbru do czterech poobijanych blaszanych kubków.

– *Zdarowia* – wzniósł toast ten z brodą.

Stuknęli się i wychylili. Wódka była ostra w smaku, ale znakomita.

– Moskowska podwójnie destylowana – zgadł Kubuś.

Obaj Rosjanie uśmiechnęli się szeroko.

– Kluczyk – rozkazał ojciec. Z walizki wydobył litrową flachę bimbru z porzeczek. – Smorodina? – zaproponował Rosjanom.

Ucieszyli się wyraźnie. W dwie godziny później uczta powoli wygasła. Cztery ciała zmorzone bimbrem legły w stępce szalupy. Powietrze pod brezentem przesyciła woń gorzelni. Całe szczęście, że nikt nie przeszedł obok z papierosem w zębach.

Wachman przeliczył powracających ze zwiedzania. Liczyło mu się ciężko. Raz, że cały świat podejrzanie się kiwał, dwa, że przechodzący obok niego dwoili się i troili.

– Weszło dwudziestu dwóch, zeszło sześćdziesięciu trzech – stwierdził wreszcie. – Ponieważ więcej wyszło, niż weszło, to znaczy, że nikt nie został na miejscu.

Zadowolony zanotował to w kajecie, a potem pociągnął jeszcze jeden łyk Wędrowyczowej nalewki. Białe myszki, dotąd przyczajone w kieszeniach, zaczęły tańczyć kankana na jego przedramieniu. Potrząsnął ręką, ale trzymały się mocno.

Kubusia obudził tupot butów i klaskanie bosych stóp na deskach pokładu. Rosjanie gdzieś się ulotnili. Została po nich tylko kartka, z której wynikało, że postanowili wyskoczyć jeszcze na ląd i uzupełnić zapas wódki.

– Długo spaliśmy – odezwał się jego ojciec. – Pasażerowie wsiadają na statek.

– Ile czasu będziemy płynęli?

– Jakieś trzy dni. Ale trzeba będzie chyba zmienić lokal. Mogą sprawdzić szalupy przed wypłynięciem.

Wypełzli spod brezentu.

– Musimy odnaleźć ładownię numer osiemdziesiąt sześć – odezwał się Pawło.

Wyciągnął z kieszeni zmięty i pognieciony list bez koperty.

– Pawło Wędrowycz zobowiązany jest stawić się w ładowni numer osiemdziesiąt sześć okrętu Titanic w dniu wypłynięcia. Niestawienie się pociąga za sobą wykluczenie z cechu – odczytał.

– Sporo tych ładowni – mruknął Kubuś. – Przydałby się plan statku.

– To da się zrobić. – Ojciec odczepił tabliczkę ze schematem z mijanej ściany.

Bez trudu zagubili się w gęstym tłumie turystów wypełniających pokłady trzeciej klasy. Gorzej poszło im odnalezienie się. Bez przerwy mijali tabliczki z jakimiś numerami, żaden jednak nie pasował do cyfr, które mieli zapisane na kartce.

– Cholera – zaklął Jakub. – A to wybudowali sobie blaszankę...

– Tatko, w tej łajbie by się całe Wojsławice zmieściły – powiedział przejęty syn. – I to z kościołem...

– Uch, nie gadałbyś tyle. Wojsławice Wojsławicami. A statek co innego. Gdzie by tu konie i krowy wypasał... Zresztą arka Noego i tak była zapewne większa.

Nieoczekiwanie obaj pasażerowie na gapę zatrzymali się i dłuższą chwilę węszyli. W korytarzu kłębiły się rozmaite wonie. Pachniały wędzone kiełbasy, dawno nieprane onuce, tłumoki z rogoży, przeszmuglowane na pokład kury i gęsi zdążyły narobić po kątach. Emigranci z Rosji wonieli dziegciem i juchtem. Za snującym się po pokładzie anarchistą ciągnęła się woń trotylu. Jednak nad tą kakofonią zapachów wyraźnie dominował swoisty smrodek zacieru nastawionego na gnijących kartoflach.

– Nasi – ucieszył się Pawło.

Ruszyli naprzód jak po sznurku. Przebyli dwa pokłady, kilkanaście korytarzy, parę razy skręcili i wreszcie dotarli do niepozornych drzwi jednej z kajut trzeciej klasy. Kubuś obwąchał krawędź.

– To stąd – powiedział.

Ojciec zastukał specjalnym międzynarodowym bimbrowniczym szyfrem. Drzwi otworzyły się i stanął w nich rosły rudy Irlandczyk w kamizelce. W dłoni trzymał papier.

– Imię i nazwisko? – zapytał.

– Pawło Wędrowycz z synem.

Odszukał ich na liście, odhaczył i wpuścił do kajuty. Następnie zatrzasnął i zaryglował drzwi.

– Dobrze, że jesteście. Czekają już tylko na was.

W kajucie nie było nigdzie widać ani kadzi z zacierem, ani aparatury, ale woń unosząca się w powietrzu świadczyła, że trafili na miejsce.

– Tędy. – Irlandczyk otworzył metalowe drzwi szafy.

Jej tylna ściana, jak również blaszana ściana kajuty zostały przecięte, prawdopodobnie odpowiednich rozmiarów otwieraczem do konserw. W głębi otworu coś pełgało słabo czerwonawą barwą. Ognisko. Ojciec i syn ruszyli w ciemność. Za cienką ścianą oddzielającą kajuty mieszkalne rozciągała się olbrzymia ładownia. Była niemal zupełnie pusta. Tylko pośrodku walał się stos pospiesznie ukradzionych mebli: łóżek, ławek, stolików, krzeseł, wieszaków. Porąbane siekierami służyły do podsycania płomienia. Dym uchodził gdzieś górą. Ognisko otaczał krąg postaci. Obaj bimbrownicy usiedli na wolnych miejscach. Zaraz też podano im butelki. Pawło pociągnął spory łyk.

– Bimber z żurawin, siedemdziesiąt procent mocy – ocenił.

Kubuś ciekawie rozglądał się wokoło. Przy ogniu zebrali się przedstawiciele wszystkich europejskich nacji. Szwedzi i Norwegowie w kurtkach podbitych futrem z renifera, Tyrolczyk w krótkich skórzanych spodniach, Holender w drewnianych chodakach, wystrojony jak małpa Francuz z cienkimi, napomadowanymi wąsikami, pociągający z wykwintnej flaszeczki wodę kolońską. Byli też przybysze z Bałkanów, a nawet Turek w fezie na głowie. Wbity w ciasny mundur Prusak wychylał kolejne sznapsy jak automat. Uwagę chłopca przykuł jednak siedzący po drugiej stronie ognia starzec. Miał długą, zmierzwioną brodę, przenikliwe spojrzenie, a na siwej głowie koronę z grubej złotej blachy. Oprawiono w nią zamiast szlachetnych kamieni maleńkie buteleczki z odrobinami najwykwintniejszych alkoholi. Król wydobył zza siebie paczkę świec i zaczął podawać najbliżej siedzącym. Ci zapalali je od ognia i podawali dalej. Niebawem krąg pojaśniał. Ktoś dorzucił jeszcze wieszaków do ognia.

– Otwieram czwartą międzynarodową konferencję przedstawicieli cechu europejskich bimbrowników – powiedział król w międzynarodowym bimbrowniczym esperanto.

Wszyscy zaklaskali.

– Panowie – kontynuował król z uczuciem – przed rokiem zleciłem cechom i konfraterniom we wszystkich krajach Europy, aby wyłoniły z grona swoich członków najgodniejszych, najlepiej obznajomionych z tajnikami produkcji taniej, smacznej i nielegalnej gorzałki. Tak więc oto spotykamy się na pokładzie statku płynącego do Ameryki. Jesteście, panowie, najlepszymi fachowcami od pędzenia bimbru w historii tej planety.

Zgromadzenie zamarło. Mały Kubuś pokraśniał z dumy. Świadomość, że znalazł się w tak doborowym towarzystwie, onieśmielała go, a myśl, że jego ojciec został wybrany delegatem do tak czcigodnego gremium, napawała dumą.

– Sytuację międzynarodową, która skłoniła mnie do zwołania tej konferencji, przedstawi cechmistrz Hans Zweischnaps.

Spojrzenia zebranych skoncentrowały się na wysokim, jasnowłosym mężczyźnie, który dotąd skromnie i cicho siedział po prawicy króla. Któż o nim nie słyszał... Szwajcarski bimbrownik przyłapany na pędzeniu alkoholu z czekolady Milka, wykradzionej prosto z wytwórni w Genewie... Mimo wielomiesięcznych tortur, w czasie których wielokrotnie grożono mu śmiercią lub wszyciem esperalu, nie zdradził siepaczom szwajcarskiego monopolu spirytusowego sekretu produkcji. Powitano go burzliwymi oklaskami. Hans odchrząknął i zaczął mówić:

– Panowie. Ziemia obiecana, Ameryka, stoi dziś w przededniu największego krachu cywilizacyjnego. Władze tego kraju, depcząc brutalnie prawa człowieka, zaplanowały wprowadzenie prohibicji, to jest całkowitego zakazu produkcji, posiadania i konsumpcji jakichkolwiek alkoholi.

Zgroza ogarnęła siedzących wokoło ogniska bimbrowników. Na myśl o takim bestialstwie wielu z nich wzdrygnęło się.

– Czy to sprawdzona informacja? – zapytał Pawło.

– Niestety. Mamy przeciek z samego senatu. Rozpisane będzie referendum, czy naród zgadza się na wprowadzenie zakazu.

– To tak jak rozpisać referendum, czy narodowi potrzebne jest jeszcze powietrze do oddychania – mruknął ktoś.

– Referendum zostanie sfałszowane – dodał Zweischnaps. – Wszystkie przygotowane komisje obsadzone zostały przez agentów komitetu trzeźwości.

– Sami panowie rozumieją, że nie możemy pozostawić bratniego narodu amerykańskiego na pastwę zdegenerowanych abstynentów – powiedział król. – W USA dotąd praktycznie nie było miejscowych bimbrowników. Nie mówiąc już o zorganizowanej strukturze, cechach, konfraterniach, gildiach i całej reszcie naszych europejskich instytucji. To kraj całkowicie zanarchizowany. Mój pomysł jest następujący. Stworzymy na terenie Ameryki delegatury naszego europejskiego związku. Setki podziemnych fabryk, dziesiątki szkół, gdzie młodzi adepci naszej szlachetnej sztuki poznają tajniki zawodu. Przyszłość będzie należała do nas.

Rozległy się brawa.

– A jak się będziemy dzielić? – zapytał ktoś, gdy oklaski ucichły.

– Oczywiście, aby nie wchodzić sobie wzajemnie w drogę, dokonamy podziału terytorium USA – powiedział król. – Jak zapewne wiecie, Stany Zjednoczone dzielą się na stany o dość zbliżonej wielkości. Te nad morzem, od strony Europy, są wprawdzie mniejsze, ale za to gęściej zaludnione. Proponuję, abyśmy po prostu wylosowali. Mam tu w woreczku loteryjkę, drewniane klocki z numerkami. Mam też listę stanów w układzie alfabetycznym.

– A ja chcę Alaskę – dobiegł z ciemności grobowy głos.

Bimbrownicy odwrócili się jak na komendę. Większość wyciągnęła z kieszeni spluwy i odbezpieczyła je. W krąg światła wkroczył wysoki, zwalisty Rosjanin w walonkach i karakułowej papasze.

– Coś ty za jeden? – zapytał król.

– Iwan Miedwied – odparł przybysz.

Usiedli.

– Nie zapraszaliśmy nikogo z Rosji – powiedział król. – Wasze cechy nie należą do naszego związku...

– Dlatego też zaprosiłem się sam – warknął nieproszony gość. – I jak widzę, słusznie zrobiłem. Chcę Alaskę.

– A to niby dlaczego? – zapytał Hans. – Wszyscy, którzy tu siedzimy, jesteśmy najlepszymi z najlepszych, pierwsi pośród równych... Wszyscy mamy na koncie poważne dokonania, odkrycia naukowe, publikacje w fachowej prasie bimbrowniczej.

– Ja też dokonałem odkrycia – rzekł Iwan. – Wynalazku, w porównaniu z którym wasze doświadczenia wypadają żałośnie.

– A co takiego odkryłeś? – zainteresował się król.

– Wymyśliłem nowy, rewelacyjny napój alkoholowy – powiedział z dumą Rosjanin. – Nazywa się denaturat.

– Nigdy nie słyszeliśmy. – Pawło wzruszył ramionami.

– To da się naprawić – mruknął Miedwied i wydobył z kieszeni butelkę pełną fioletowej zawartości. Na flaszce naklejono krzywo etykietkę z trupią czaszką. – Już poszło do sprzedaży w Moskwie – pochwalił się, po czym podał butelkę królowi.

Starzec ujął ją w ręce i popatrzył pod światło.

– Czysta jest – mruknął, a potem odkręcił korek i nieufnie powąchał zawartość.

– U... – skrzywił się. – Co za straszliwy smród... Ano zobaczymy, jak w smaku...

Przytknął szyjkę do ust i ostrożnie pociągnął niewielki łyk. A potem puścił pawia prosto w ognisko. Paw strzelił natychmiast płomieniem. Król otarł usta.

– Nagrodą za takie wynalazki może być tylko wyrzucenie za burtę.

Podał butelkę Hansowi. Ten powąchał ostrożnie i puścił ją dalej. Flaszka krążyła z rąk do rąk, zapach zniechęcał, nikt nie odważył się spróbować.

– Nie chcecie, to nie – warknął Rosjanin. – Nie będzie Alaski, bez łaski. Ale i tak zamierzam wystartować w konkursie.

– A ty skąd wiesz o konkursie? – zainteresował się król.

– Mamy swoje metody wywiadowcze – mruknął Iwan i cofnąwszy się nieco w ciemność, usiadł na podłodze i zaczął bawić się flaszką.

– A więc, panowie – król podjął wątek przerwany wizytą niespodziewanego gościa – wiadomo, że gdy opanujemy Amerykę, dla sprawniejszej kontroli nowego terytorium przyda się król.

– Król amerykańskich bimbrowników – szepnął Kubuś.

– Właśnie. Ktoś, kto będzie mógł włożyć na skronie koronę. Sądzę, że w przyszłości monarchie europejska pod moim kierownictwem i amerykańska, zjednoczone wspólnotą interesów, będą mogły przystąpić do podboju świata, a w pierwszej kolejności Rosji. – Spojrzał wymownie na Miedwieda.

Ten mruknął coś niewyraźnie.

– A jak wyłonimy króla? – zapytał Pawło. – Bo chyba nie godzi się tak drogą losowania?

– Nie. Królem zostanie ten, kto wydestyluje najlepszy bimber. Tu i teraz. W kącie znajdziecie panowie wszystkie potrzebne składniki i aparaturę. Jutro o tej samej porze przystąpimy do wypędu.

– Ja też mogę wystartować w konkursie – mruknął Iwan.

– Ty nie. Człowiek, w którego zbrodniczym umyśle narodziła się idea denaturatu, nie może pędzić bimbru razem z godnymi...

– A ja i tak wypędzę – warknął Iwan i odszedł w ciemność.

Gdzieś daleko trzasnęły drzwi prowadzące do sąsiedniej ładowni. Król klasnął w dłonie, aby zwrócić na siebie uwagę słuchaczy.

– Panowie. Powiem jeszcze jedną rzecz, najważniejszą. Zwycięzca konkursu oprócz korony otrzyma tajną świętą recepturę.

– Recepturę bimbrownika Sędziwoja? – zdumiał się Kubuś.

– Sekret umożliwiający pędzenie etanolu z trocin?! – wykrzyknął Hans. – To niemożliwe. Receptura zaginęła przed wiekami...

Król uśmiechnął się zagadkowo.

Okręt pruł fale. Podróżni pierwszej klasy spacerowali po pokładzie nieświadomi, że pod ich stopami, w ładowni numer osiemdziesiąt sześć, trzydziestu bimbrowników w pocie czoła przygotowuje się do wielkiego finału. Przy trzydziestu kadziach z kartoflanym zacierem krzątali się najlepsi w Europie fachowcy. Kubuś i jego tatko dosypali do swojej porcji wzmacniacza z woreczka i wyrysowali kredą tajemnicze znaki. Teraz wystarczyło tylko poczekać. Wreszcie koło północy zacier dojrzał. Wcześniej grupa wysłana przez króla na rekonesans zwlokła do ładowni masę opału: krzesła z jadalni pierwszej klasy, wieszaki, szafy, a nawet kilka par drzwi od kajut. Do całonocnego wypędu potrzeba było dużo drewna. Wreszcie o północy rozpalono pod kotłami. Niebawem pierwsze strużki aromatycznej wódki popłynęły z miedzianych rurek do podstawionych kubków. Król w koronie i czerwonym płaszczu obszytym barankiem przechadzał się, podziwiając trud swoich poddanych. Wreszcie na długim stole stanęły rzędem kubki oznaczone kodami. Komisja złożona z króla i Hansa Zweischnapsa zasiadła wygodnie na dwu ocalałych krzesłach. Bimbrownicy ustawiali się wokoło. Król przelewał zawartość każdego kubka do dwu szklanek. Razem z przybocznym oceniali kolor, przejrzystość, osad i konsystencję. Następnie zbliżali szklanki do nosów i długo badali bukiet. Na koniec przystępowali do oceny smaku. Wyniki analiz zapisywali w punktach na kartkach. Mijały godziny. Wreszcie ostatni kubek został zdegustowany. Tymczasem wiaderka ustawione koło kotłów napełniły się aromatycznym trunkiem. Kubuś wysłany na przeszpiegi przywlókł z okrętowej spiżarni worek suszonej kiełbasy i wiaderko kawioru na zagrychę.

– Panowie – odezwał się wreszcie król – bracia. Wszyscy dzisiejszej nocy wspięliście się na szczyty kunsztu bimbrowniczego. Wszystkie zaprezentowane próbki posiadają właściwy smak i przejrzystość. Innymi słowy, wódka godna królewskiego nosa. A teraz pozwólcie, że odczytam wyniki konkursu. I tak zwycięzcą we wszystkich kategoriach został... Pawło Wędrowycz! Gratuluję.

Z torby podróżnej wyciągnął złotą koronę i nałożył ją uroczyście na skronie wojsławickiego bimbrownika.

– A oto receptura. – Podsunął mu kartkę papieru, na której kopiowym ołówkiem naniesiono rząd tajemniczych znaków.

– Wszyscy złożymy przysięgę na wierność naszemu nowemu monarsze – zaproponował Hans.

Bimbrownicy uklękli i podniósłszy dłonie, przysięgli.

– Dziękuję, przyjaciele – powiedział Pawło, ocierając łzy wzruszenia. – Dziękuję. Postaram się godnie nosić tę koronę na skroniach i nigdy nie splamić swojego bimbrowniczego honoru.

– A ja? – z sąsiedniej ładowni dobiegł głos Iwana. – Poczekajcie z werdyktem na mój denaturat...

Obaj królowie wzruszyli ramionami.

Zostałeś zdyskwalifikowany – powiedział starzec.

– A ja i tak będę pędził dalej – warknął Rosjanin.

– Nie będziemy ci przeszkadzać – mruknął Pawło.

A potem wsunął troskliwie kartkę z recepturą do cholewy kauczukofilca i ruszył na pokład.

Kapitan stał na mostku i patrzył w zadumie w ciemność. Przed chwilą nadeszło przez radio ostrzeżenie o górach lodowych. Nieoczekiwanie uwagę kapitana przykuło dziwne zjawisko. Z wnętrza statku wybiegł malowniczo obdarty typ. Typ, co dziwne, miał na głowie coś w rodzaju korony. Podbiegł do dziobu i ściągnąwszy z nóg kalosze, wdrapał się na reling. Rozłożył ręce i coś zaskowyczał. Kapitan nie znał polskiego, więc nie wiedział, że Pawło daje upust swojej radości.

– Jestem królem Ameryki – wydarł się bimbrownik.

Iwan zamknięty w ładowni usłyszał jego radosny zew.

– Wała – mruknął i dorzucił świeżą porcję drewnianych klepek wymontowanych z podłogi korytarza. Kocioł sapnął, a potem bok rozdarł się jak namoknięta tektura. Bimbrownik zdążył zobaczyć, jak kłąb pary strzyka prosto w płomienie.

Gdzieś z trzewi okrętu dobiegł odgłos głuchej eksplozji. Titanic zadrżał i przechylił się nieco.

– Co się tam, u diabła, dzieje? – zdziwił się kapitan. – Kocioł pękł w kotłowni czy ki diabeł?

W tym momencie na mostek wpadł pierwszy oficer.

– Kapitanie, toniemy.

– Bzdura, mój drogi, nasz okręt jest całkowicie niezatapialny. A co się tak właściwie stało?

– W dwunastej ładowni wybuchła bimbrownia! Wyrwało całą burtę i przebiło cztery grodzie wodoodporne.

Kapitanowi zrobiło się zupełnie łyso.

– Kiedy pójdziemy na dno? – zapytał z niepokojem.

– Najdalej za dwie godziny...

– Fatalnie. Nasze linie okrętowe nie są ubezpieczone od wybuchów bimbrowni. Daj dziennik pokładowy.

Oficer podał mu. Kapitan wyjął z kieszeni wieczne pióro i w zadumie popatrzył na białą kartkę papieru. Nagle spostrzegł ostrzeżenie przed górami lodowymi i poczuł przypływ natchnienia.

„Przyczyna zatonięcia okrętu: zderzenie z górą lodową" – wpisał.

A potem popatrzył przez okno. Wstrząs strącił tajemniczego oberwańca z dziobu. Nadal w tajemniczej koronie na głowie miotał się po pokładzie z jednym butem w dłoni i wyraźnie usiłował odnaleźć drugi od pary.

– Że też ludzie nie mają większych zmartwień – mruknął kapitan. A potem wydał rozkaz, by spuszczano łodzie ratunkowe.

Dwie godziny później na opustoszałym oceanie unosiła się tratwa wyrąbana z desek pokładu. Na tratwie, grzejąc się przy wątłym płomieniu, siedzieli trzej rozbitkowie.

Pawło, Kubuś i Hans. Przyszły egzorcysta otworzył ocalałą walizkę i wydobył z niej flaszkę. Hans zza pazuchy wyciągnął butelkę swojej słynnej czekoladówki na serze.

– Przepadło – powiedział Pawło grobowym głosem. – Król nie żyje, receptura zgubiona razem z butem... Dałem ciała...

– Nie martw się – próbował go pocieszyć Hans. – Płyniemy do Ameryki. Twoje królestwo czeka. Miliony spragnionych otrzymają najlepszy bimber. Z pewnością jeszcze kilku naszych przeżyło katastrofę. Każdy dostanie teraz po dwa, może po cztery stany. Ty przeprowadzisz losowanie. Na początku będzie ciężko to wszystko obrobić, ale poradzimy sobie. Ostatecznie nie wypadliśmy sroce spod ogona.

Pawło popatrzył na niego ponuro.

– Hans, przyjacielu, nie jestem godny tego, by być królem. Przez własną nieostrożność utraciłem recepturę. Najcenniejszy dorobek ludzkości został zaprzepaszczony.

– Może uda się ją odtworzyć. Znam kilku niezłych chemików.

Wędrowycz popatrzył na niego zgaszonym wzrokiem.

– Daj jakiś papier. Abdykuję na twoją korzyść... Jesteś godniejszy niż ja...

– Jesteś tego pewien? – zdziwił się Hans. – Nie wolno się tak załamywać.

Pawło zdjął z westchnieniem koronę z głowy i przyozdobił nią skronie przyjaciela.

– Ameryka jest tam – wskazał gestem. – Najdalej jutro będziesz na miejscu.

– A wy?

– My wracamy do domu. Kubuś, siekiera! Rąb tratwę na dwie części...

– I tak, kurde mol, wszystko przepadło – zakończył Jakub ze złością. – Król utonął, but przepadł, receptura zaginęła.

Kumple otarli łzy.

– To naprawdę tragiczna historia – powiedział Semen i dolał sobie jeszcze truskawkowej pryty.

W telewizji przez chwilę leciały reklamy, a potem pojawił się dalszy kawałek reportażu. Obraz nieco śnieżył, ale to i owo dało się wypatrzyć. Na pokładzie jakiegoś statku stał wysoki, jasnowłosy facet.

– Nasze działania wzbudzają pewne kontrowersje – powiedział – spójrzcie jednak na to. – Wskazał na but moczący się w kuwecie z wodą. – Ten kalosz przeleżał na dnie morza siedemdziesiąt lat, a mój zespół zdołał go wydobyć i zakonserwować. To prawdopodobnie ostatni na świecie egzemplarz prototypowej serii kauczukofilców firmy „Prowodnik” z Rygi. Model z 1907 roku, dotąd znany tylko z fotografii w katalogach sklepowych. Czy ten bezcenny zabytek rosyjskiego przemysłu obuwniczego powinien spoczywać na dnie morza?

Jeden z konserwatorów wygarnął z wnętrza buta skołtunioną onucę i kawał starego papieru pakowego. Rozprostował go ostrożnie w misce z wodą. Na powierzchni widać było jeszcze ciąg tajemniczych znaków naskrobanych kopiowym ołówkiem.

– A niech mnie! – wykrzyknął Jakub.

A potem wyrwał zaskoczonemu ajentowi długopis z kieszeni i pospiesznie przerysował szyfr na obrusie. Następnie zwinął plastikową serwetę i zaczął upychać ją do kieszeni.

– Zostaw obrus, idioto – wściekł się ajent.

Jakub podsunął mu pod nos kułak zaciśnięty na granacie.

– Spierdalaj, pachołku – rzucił.

I wyszedł, unosząc ze sobą łup. Pozostali w knajpie kumple popatrzyli po sobie bezradnie.

– Znowu mu odbija po wódce – zawyrokował Józef. – Najpierw ta idiotyczna bajka o królu bimbrowników, teraz obrus pomazał i zabrał...

Semen uśmiechnął się do swoich myśli. Dopił i ruszył w ślad za przyjacielem. Pozostali goście dolali sobie trunków. Oglądali dalej program. Ekipa właśnie pruła wydobyty z dna morza sejf.

Jakub szedł do chałupy. Na wzgórzach przewiał go zimny wiatr. Przymknął oczy. Przypomniał sobie, jak jego tatko usiłował ukraść hitlerowskiego U-boota, aby dostać się do wraku Titanica... Nagle usłyszał za sobą kroki. To Semen go doganiał.

– Podobno zrobienie etanolu z trocin jest niemożliwe – mruknął stary kozak.

– Ja jednak spróbuję. – Jakub pogładził kieszeń, w której spoczywał plastikowy obrus z recepturą.

– Tak sobie pomyślałem... Nie potrzebujesz przypadkiem ucznia albo czeladnika?

– Czemu by nie? Z przyjemnością... Nie wiem, co nam wyjdzie z tych wiórów, ale przecież ktoś będzie musiał tego skosztować... – Uśmiechnął się sadystycznie, jak naukowiec na widok królika doświadczalnego.

Semen poczuł lekkie ukłucie lęku, ale nadal kroczył w ślad za przyjacielem.

Zbrodnia doskonała

Jakub Wędrowycz rzadko miał ochotę kogoś zabić. To znaczy ochotę taką miewał średnio kilka razy dziennie, ale tak na poważnie, ze skutkiem śmiertelnym, raczej mu się nie zdarzało. Aż do pewnego miłego wiosennego ranka, kiedy zaczerpnięte ze studni wiadro wody okazało się wypełnione, delikatnie mówiąc, gównem. Studnia Jakuba była najstarsza w okolicy. Miała drewnianą cembrowinę i dawała najlepszą wodę w czterech gminach. Jakub oprzytomniał w ciągu kilku sekund. Zajrzał do studni. Brunatny zaciek i bijący z wewnątrz smród nie dawały żadnych wątpliwości. Któryś z sąsiadów nocą podjechał szambiarką i spuścił zawartość właśnie tu. Zresztą ślady rury i kół ciężarówki dobrze odcisnęły się w wilgotnej ziemi. Jakub zawył. Mieszkańcy czterech sąsiednich gospodarstw, słysząc to wycie, zagrzebali się głębiej w swoich łóżkach. Gdy Jakub był zły, mogło się to źle skończyć. Nawet dla niewinnych. Egzorcysta amator poszedł do swojej chałupy i wydobył z garnka na piecu kilogramową kostkę trotylu oraz zapalnik. Umieścił trotyl w wiadrze, podpalił lont i spuścił je na dół, przezornie odsuwając się jak najdalej od studni. Szczątki belek poleciały na kilka metrów do góry, po czym studnia zapadła się. Pozostał po niej tylko dół w ziemi, głęboki na jakieś dwa metry. Jakub splunął ponuro.

Wybuch usłyszało pół wsi. Ludzie zaszyli się w chałupach i nie wyściubiali nosa za próg. Jeśli Jakub był w takim nastroju, że brał się za materiały wybuchowe, to był to zdecydowanie dzień, który należało przeznaczyć na siedzenie w domu. Lepiej takiemu nie wchodzić w oczy. Wytropienie sprawcy zatrucia studni nie zajęło Jakubowi dużo czasu. Osiodłał konia i ruszył świeżym jeszcze tropem za pojazdem. Szambowóz nie zrzucił całego ładunku i przez polne drogi ciągnął się szlak niewielkich plamek fekaliów. Trop ten doprowadził Jakuba do gospodarstwa niejakiego Guciuka. To zresztą nawet się zgadzało, bo tylko on miał w gminie prywatną szambiarkę. Jakub stanął za płotem i patrzył. Janusz Guciuk wylazł ze swojej chałupy z wiadrem czegoś dla świń. Ich spojrzenia skrzyżowały się. Gospodarz odstawił wiadro.

– Won, dziadu! – wrzasnął.

Oczy Jakuba zabłysły. Wyrok śmierci został wydany. Pozostawało jeszcze wymyślić sposób. To było najtrudniejsze. Oczywiście zastrzelenie wroga nie stanowiło tu problemu. Pod chałupą Wędrowyczów zakopany był cały arsenał. Wystarczyłoby tego dobra na stoczenie krótkiej, ale z pewnością zwycięskiej wojny z całą armią. Strzelać też umiał, choć oczy na skutek picia różnych napojów były już nie tak dobre jak dawniej, wiadomo, metanol szkodzi. W celu zdobycia natchnienia Jakub udał się do gospody. Pomimo wczesnej pory siedzieli tu jego kumple. Wyłożył im swoje żale.

– Żaden problem – powiedział Józef Paczenko. – Zajdziemy go w nocy i z karabinami...

Paczenkowie też zawsze skrzętnie gromadzili broń palną i amunicję i trochę im tego zostało z dawnych, dobrych czasów.

– Z karabinami, robaczki? – zaciekawił się posterunkowy Birski z drugiego końca sali.

Ten facet miał koci słuch.

– Z karotenami, panie władzo – sprostował Józef. – To takie barwniki roślinne koloru czerwonego. Dodają ich do tego najtańszego wina.

– Odpada – szepnął Semen Korczaszko. – Usłyszał i nawet jeśli teraz uwierzył, to skojarzy.

– A może by go tak bimbrem z jakimś dodatkiem? – zaproponował Tomasz. – Tak jak we wojnę truliście Niemców?

Birski wyrósł koło nich.

– Dobra – powiedział. – Jakich Niemców chcecie zastrzelić?

– Wspominamy sobie wojenne przygody – wyjaśnił Jakub z godnością.

– A to chętnie posłucham. – Gliniarz przystawił sobie stołek i zamówił po piwie dla każdego.

Po drugiej kolejce Jakub dał się namówić.

– No więc wlazłem ja i ten cały von Stauffenberg do Wolfensteinu. On miał przy sobie przepustkę, na wypadek gdybyśmy spotkali wrogów, a ja niosłem bombę, tę na Hitlera. A to był już dziewiętnasty lipca i zamach miał być następnego dnia, więc wyciągaliśmy nogi w tych korytarzach...

Birski popełnił błąd, bo za często zamawiał następne kufle. Dla Jakuba i dla siebie. Jakub snuł opowieść.

– Nu, więc on pojechał, a ja siedziałem za biurkiem, żeby dopilnować, jak Adolf rozerwie się na kawałki...

W pijackiej fantazji nie miał sobie równych. Snuł opowieść, jak schował się za palmą, w czasie gdy esesmani przetrząsali sztab. Wreszcie dobiegła swojego finału.

– Zobaczyłem, jak stoi koło biurka, i nacisnąłem detonator. Łup i z Adolfa zostały strzępy.

– Zaraz, zaraz – Birski trochę się ocknął. – Zamach w Wilczym Szańcu się przecież nie udał. Czytałem w książkach.

– Ty czytałeś, a ja widziałem na własne oczy – wyjaśnił Jakub. – Zaraz udowodnię.

– Ale on prowadził wojnę jeszcze przez pół roku...

– Nie, dali jego sobowtóra, bo bali się paniki. – Egzorcysta poszukiwał czegoś pilnie po kieszeniach. Wreszcie wyciągnął wyschniętą dłoń.

– O, macie. Po zamachu zabrałem sobie na pamiątkę.

Parę osób wybiegło, aby zwymiotować. Birski wpatrywał się w dłoń mumii.

– To jest ręka Adolfa Hitlera? – zdziwił się.

– Jasne.

– A można by sprawdzić odciski palców?

– Masz w prezencie i postaw jeszcze jedno, bo muszę już lecieć.

Birski pstryknął palcami. Przyszła kelnerka.

– Jeszcze dwa duże – poprosił.

Stuknęli się kuflami i wypili. Birski patrzył z niejakim zdziwieniem, jak Jakub odlatuje jak rakieta, wyrywając w suficie dziurę.

– Stan nieważkości? – zdziwił się.

Cała knajpa kręciła się dookoła własnej osi. Gdy podniósł głowę, spostrzegł, że dziury w dachu już nie ma. Ludzie w gospodzie mieli głowy psów, krów i koni.

To na pewno delirium, pomyślał, waląc się pod stół. Knajpa zakręciła się dookoła własnej, a może jego, osi. Gdy się zatrzymała, stali nad nim Adolf i jakiś drugi.

– Jasna cholera, kapitanie, co pan narobił? – wydarł się na niego Hitler.

Wrzeszczał głosem aspiranta Rowickiego.

– Trzeba go chyba do izby wytrzeźwień, ale najpierw musimy go trochę docucić. Najważniejsze to wywalić zawartość żołądka. Dam mu trochę środka wymiotnego, ale może wyciągniemy go na zewnątrz.

Birski rozpoznał mówiącego.

– *Heil Hitler*, doktorze Mengele – wybełkotał, a potem walnął głową o ziemię.

Nad głową załopotały mu nazistowskie flagi. A może to były plastikowe obrusy w gospodzie? Tymczasem Jakub szedł przez pola do domu. Część jego umysłu zaczadzona była alkoholem, ale pozostałe dziewięćdziesiąt procent, których człowiek normalnie nie używa, u niego pracowało na przyspieszonych obrotach. Z głębin głowy wypełzały wspomnienia. Te prawdziwe. Szedł ulicą Lubelską w Chełmie, zaraz po wojnie. Z bramy wyjrzała rozczochrana dziewczyna.

– Może skorzysta pan z niebywałej okazji i da sobie powróżyć? – zapytała.

– Nie wyglądasz na Cygankę.

– Ja tylko naganiam klientów mistrzowi. Niedrogo...

– Dobra.

Wszedł w bramę, potem do piwnicy. Facet, który tam siedział, wyglądał na Araba albo Turka. Siedział za biurkiem. Miał na sobie wytarty radziecki mundur. Przed nim paliła się świeca i leżała stara księga w skórzanej oprawie.

– Proszę podać mi lewą dłoń – powiedział dość łamaną polszczyzną.

Jakub wyciągnął rękę. Chiromanta odczytał całą jego przeszłość jak z książki.

– Niestety, w przyszłości nie osiągniesz ani szczęścia, ani majątku – powiedział.

– To też jest tu napisane? – zdziwił się przyszły egzorcysta, patrząc na swoją dłoń.

– Tak. Brak linii odpowiedzialnych za bogactwo. A linia życia jest króciutka i wróży jeszcze najwyżej dwa lata.

Jakub poskrobał się w głowę.

– A jak to powinno wyglądać, żeby było dobrze?

Mag otworzył książkę i pokazał mu rysunek ludzkiej dłoni z zaznaczonymi liniami.

– Tak jak tutaj – powiedział. – To rysunek dłoni szczęśliwej.

– Mogę sobie to przerysować?

– Proszę.

Jakub odrysował sobie obrazek na kawałku jakiejś gazety. Za wizytę zapłacił srebrną przedwojenną dziesięciozłotówką.

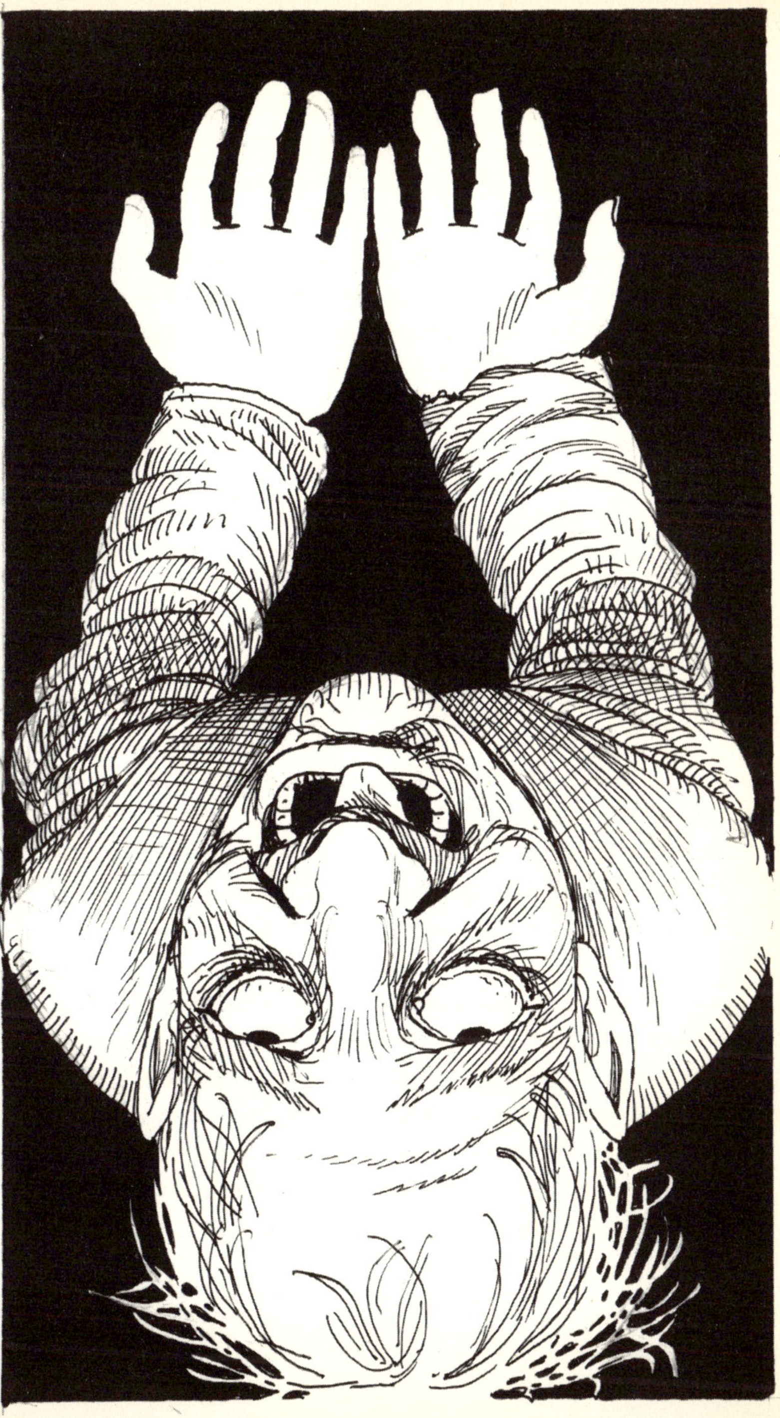

Nim doczłapał do chałupy, był już prawie trzeźwy i nawet miał plan. Plan był szatański. Szatański w każdym calu. Następnego dnia rankiem wykopał zagrzebany pod progiem słoik z dolarami i wsiadł w pekaes. Późnym popołudniem wysiadł z pociągu na dworcu w Warszawie. Jego wiadomości okazały się dobre. Po drugiej stronie Alei Jerozolimskich, w podziemiach świeżo otwartego hotelu Mariott, był Pewex. Siedząca za ladą panienka zamarła ze zdumienia, gdy do sklepu wtoczył się malowniczo obdarty typ.

– Słuchaj no, kicia, macie tu różne kosmetyki? – zagadnął przymilnie.

– Mamy różne kosmetyki. Ale tu się płaci dolarami.

Jakub wyciągnął z kieszeni gruby plik studolarowych banknotów.

– Macie coś na zmarszczki?

– Kilka różnych środków.

– Dobra. Daj mi dziesięć, albo lepiej dwadzieścia tubek najmocniejszego.

Zamrugała oczami, ale posłusznie podała mu żądany specyfik. Zapłacił bez mrugnięcia okiem.

– Jak nie zadziała, to wrócę tu i spalę ten kurnik – zapowiedział i wyszedł.

O świcie był już z powrotem w Wojsławicach. Była czwarta rano. Guciuk spał jeszcze snem sprawiedliwego w swoim plugawym barłogu, gdy Jakub przeniknął cicho na jego podwórze. Koło szambiarki stał duży słój pełen żółtawego kremu ochronnego do rąk. Jakub, uśmiechając się szatańsko, wcisnął do słoja dwadzieścia tubek maści przeciw zmarszczkom i wybełtał zawartość patykiem. Zemsta, zemsta, zemsta!

Minęło kilka tygodni. Z Guciukiem działo się coś dziwnego. Zawsze był dość majętny, ale teraz niespodziewanie zdziadział. Jego żona uciekła. Przy robocie też mu nie szło. Szambiarka psuła się raz po raz. Pewnego dnia, jakiś miesiąc z kawałkiem po wycieczce do Warszawy, Jakub siedział w gospodzie i słuchał Tomasza.

Tomasz opowiadał właśnie zmyślone przygody z czasów, jak pływał z rybakami po Bałtyku. Doszedł właśnie do wstrząsającego kawałka o tym, jak zaatakował ich wieloryb. Kawałek był podbudowany książką Jules'a Verne'a „Wąż Morski" i obejrzanym u syna na wideo filmem „Szczęki", toteż było czego posłuchać. Niespodziewanie wszedł Guciuk. Choroba wyniszczyła go tak, że wyglądał jak żywy trup. Popatrzył na Jakuba z nienawiścią.

– To ty – wycharczał. – To twoja robota.

A potem oczy nagle wywróciły mu się białkami do góry i wywalił się jak długi. Pochylili się nad nim. Już nie żył. Jakub ujął dłoń nieboszczyka i odwrócił ją wewnętrzną stroną do góry. Skóra była idealnie gładka. Jak laminowana powierzchnia stołu. Milicja i lekarz weszli po chwili. Odsunął się od ciała. Wiedział już wszystko.

* * *

Birski i Rowicki stali w pomieszczeniu prosektorium szpitala miejskiego w Chełmie. Na stalowym stole leżało ciało Guciuka. Obok stał lekarz z plikiem kartek pod pachą.

– No cóż – powiedział. – Nie znajduję tu żadnych przyczyn.

– Jak to żadnych? – zaniepokoił się Birski. – Jaka była przyczyna zgonu?

– Wedle naszej wiedzy nie było żadnej, ani naturalnej, ani nienaturalnej. To wygląda, jakby życie z niego jakoś wyciekło.

– Trucizny, alkohol, narkotyki? – zapytał Birski.

– Nic z tych rzeczy.

– A może sugestia posthipnotyczna? – wtrącił się Rowicki.

– Jeśli pan umie wykazać na drodze sekcji zwłok sugestię posthipnotyczną, to proszę bardzo. – Lekarz wykonał zachęcający gest w stronę ciała.

– A to nie dałoby się wyciąć dziury w głowie i zobaczyć, o czym myślał? – zaciekawił się posterunkowy.

Lekarz wzniósł oczy ku niebu.

– A ja myślałem, że te wszystkie dowcipy o milicjantach to tylko tak...

– Dobra, dobra – powiedział Rowicki. – Od myślenia to my tu jesteśmy. Więc nie ma żadnych śladów?

– Żadnych.

– Zbrodnia doskonała! Szefie, mamy przypadek zbrodni doskonałej!

Posterunkowy westchnął.

– Nie ma zbrodni doskonałej. Nie uczyli cię?

– A ja myślałem, że to ten przypadek, co potwierdza każdą regułę.

– Wiem, kto zabił.

– Kto? – zapytali jednocześnie Rowicki i lekarz.

– Jakub Wędrowycz, oczywiście. Mamy motyw, bo podobno Guciuk spuścił mu szambo do studni. Mamy ciało i nawet zeznania świadków, bo zanim denat się przewrócił, to powiedział do Wędrowycza, że to wszystko jego wina.

– Ciekawe, co wszystko? – zamyślił się podwładny.

– Jakieś dodatkowe ślady? – zapytał lekarza.

– Tak. Na rękach miał resztki maści przeciw zmarszczkom produkcji kapitalistycznej.

– Masz swoją zbrodnię doskonałą! Ta maść jest oczywiście toksyczna?

– Nie. Zupełnie nieszkodliwa.

– A w bardzo dużej ilości?

– Też nie. Z całą pewnością to nie ona spowodowała zgon. W narządach wewnętrznych nie ma po niej nawet śladu.

– Ale Wędrowycza i tak, i tak przymkniemy – postanowił Birski.

– Może jednak sugestia?

– Co ty. On jest na to za głupi.

Jakub wdrapał się na wzgórza. Wiatr wiał taki jak wtedy, gdy Beria dusił Stalina poduszką. Jak tamtego wieczoru dwudziestego lipca czterdziestego czwartego w Wilczym Szańcu. Bo i dzisiaj zginął człowiek. Wszystko zapisane jest w liniach, a gdy nie ma linii, to nie ma też przeznaczenia. Gdy nie ma linii życia, to też oczywiście...

Wracając do chałupy, oddawał się wspomnieniom. Wtedy, czterdzieści lat temu, po wyjściu od chiromanty odczuwał strach. Dwa lata życia. Ale Wędrowycze nigdy nie poddawali się losowi. Nigdy. Kupił butelkę piwa i usiadł na ławce w parku. Należało się spieszyć. Wypił piwo i rozbił flaszkę. Kartkę z rysunkiem położył obok siebie na ławce. Przygniótł ją kawałkiem cegły, aby nie odleciała. Z kawałkiem szkła przystąpił do pracy.

Zaczął od linii życia. Ryjąc szklanym odpryskiem w ciele, przedłużył ją sobie aż na drugą stronę dłoni. Potem wgryzł się w ciało, tworząc grubą i wyraźną linię bogactwa. Wyszła mu ślicznie. Na koniec zostawił sobie linię szczęścia. Zaledwie ją skończył, zza zakrętu alejki wyszła asystentka chiromanty. Ożenił się z nią pół roku później. A jeszcze rok później zaciął się w dłoń drutem i powstała kolejna linia. Ta odpowiedzialna za paranormalne zdolności. I został egzorcystą... A linia pecha sprawiająca, że bez przerwy pudłowali go do mamra, powstała przez pomyłkę, przy podważaniu wieka trumny pewnego domniemanego wampira. I nawet nie wiedział, że ona tam jest. Radiowóz ryknął silnikiem i wyjechał z wąwozu. Jak zwykle...

Pogotowie

Jakub Wędrowycz dreptał w zadumie ulicami obcego miasta. Coś mu nie pasowało. To chyba nie była Warszawa. W stolicy był już kilka razy. Nie umiał powiedzieć, co jest nie tak. Domy były niby podobne, ludzie też chodzili normalnie poubierani, nawet mówili tym samym językiem...

– Kurde – skwitował. – Idę na dworzec, kupię bilet do Chełma i spróbuję jeszcze raz od tamtej strony...

Przysiadł na skwerku i wyciągnąwszy z kieszeni piersiówkę, pociągnął solidny łyk. Nieoczekiwanie przed ławką, na której siedział, zatrzymała się karetka.

– *Skoraja pomoszcz* – odcyfrował bezbłędnie czerwony napis cyrylicą zdobiący bok pojazdu. Drzwi uchyliły się gościnnie.

– *Zdrastwujte, gospodin, wy by chotieli pojebać?* – rozległo się nad jego uchem.

Pielęgniarka miała na oko dwadzieścia lat. Nosiła biały fartuch, coniebądź rozpięty tu i ówdzie. Pod fartuchem też była ubrana – w pas do pończoch. I nic poza tym.

– Wot te na! – krzyknął radośnie egzorcysta i wskoczył do środka.

Wewnątrz karetki jedna dziewczyna właśnie robiła reanimację metodą usta-usta jakiemuś gogusiowi w garniturze, ale trzy pozostałe obdarzyły staruszka szerokimi uśmiechami.

– *Minutoczku.* – Egzorcysta wyciągnął z kieszeni paczkę podrabianej ukraińskiej viagry i od razu połknął połowę tabletek. – Muuu!!! – zawył jak szalona krowa i rzucił się do dzieła.

Karetka, chybocząc się na wszystkie strony, pędziła przez miasto. Pierwszy wyskoczył nagi biznesmen w krawacie. Potem pojazd opuściły, skacząc w biegu, wszystkie dziewczyny.

– Cholera – mruknął Jakub, patrząc na pobojowisko.

Wszędzie poniewierały się podarte pończochy, fartuchy i inne części garderoby. Pojazd ciągle jechał, więc zajrzał do szoferki.

– Co je tak wymiotło? – zapytał szofera.

Ten nic nie odpowiedział. Wpatrywał się zdumiony w przyrodzenie egzorcysty sterczące z rozporka... Wiele w życiu widział, ale...

– A, pal diabli – mruknął klient – dziewczyny uciekły, to chodź ty. *Jebat' choczetsja* – dodał po rosyjsku.

Kierowca porzucił swoje miejsce pracy i oddalił się kłusem. Egzorcysta w ostatniej chwili zapanował nad pojazdem i wbił go w opuszczone ogródki działkowe. Rozejrzał się wokoło. Nigdzie w zasięgu wzroku nie było widać niczego żywego. Psy i koty też się pochowały.

– Nie to nie. – Wzruszył ramionami.

Schował ptaka do nogawki, a wystający kawałek umieścił w cholewie gumofilca. Kurtkę od ortalionowego dresu, jak się okazało, podarł w całym tym zamieszaniu, ale na podłodze poniewierała się marynarka biznesmena. Ubrał się w nią z obrzydzeniem i wysiadł z pojazdu.

– Dobra, a teraz na dworzec – warknął.

Coś poruszyło się w jego lewej cholewie, ale przyładował kopa i ruchy ustały. Viagra powoli parowała i egzorcysta mógł już normalnie myśleć. Ruszył spiesznym krokiem przez miasto. Niebawem dotarł do dużego węzła drogowego. Nie namyślając się wiele, wszedł na asfalt. Przecież go nie rozjadą... Nie przewidział, że te bardzo duże ciężarówki z przyczepami mogą mieć problemy z hamowaniem...

W karetce pogotowia zagdakał interkom.

– Mengele? – rozległ się głos dyspozytora. – Jest coś dla ciebie. Facet z wypadku, wpadł pod tira, jeszcze żyje, ale...

– Się rozumie – uśmiechnął się lekarz. – Dwadzieścia procent dla ciebie.

– Trupiarz dałby dwadzieścia pięć...

– Ale on jest frajer, co byś zrobił, gdyby jego klient przeżył? Gówno byś dostał. A u mnie nie ma strachu...

– Też racja. Ale podnieś mi stawkę.

– Będzie trzeba, to podniosę... Ja też muszę chłopakom dolę odpalić. – Wyłączył mikrofon, ucinając dyskusję. – Długo nie pociągnie. Duchołap, gaz do dechy – polecił kierowcy – a ty, Skórołapka, przygotuj sprzęt...

Denat w garniturze i gumofilcach leżał na poboczu. Kierowca tira robił mu masaż serca.

– Żyje? – zafrasował się Mengele.

– Na to wygląda – powiedział kierowca. – Nie wiem, jakim cudem, miałem z osiemdziesiąt na liczniku, jak wylazł mi pod koła. Miotnęło nim ze dwadzieścia metrów... Zderzak do wymiany...

– Spoko, teraz my się nim zajmiemy...

Załadowali egzorcystę na nosze i ruszyli z piskiem opon. Kierowca uruchomił radio i rozpoczął negocjacje.

– Dom Pogrzebowy „Wesoła Wdówka"? Ile dacie za skórę? Tysiąc osiemset? Mało... „Ostatnia posługa"? Mamy dla was sztywniaka. Tysiąc siedemset? Wypchajcie się. „Uśmiech losu"? Mamy truposza... Dwa tysiące? Ok. Dorzućcie jeszcze dwie setki i jest wasz... Załatwione – zwrócił się do szefa.

– Jak tam nasz ptaszek? – ten zwrócił się do Ducholapa.

– Jeszcze dycha... Sukinsyn. Może mu pavulonu strzyknąć?

– Szkoda dobrego środka. Zatkaj mu czymś gębę i po kłopocie.

Pielęgniarz spróbował ręką. Nieoczekiwanie zawył.

– Odgryzł mi palec, pierdolony...

– W łeb go czymś ciężkim, zanim się obudzi! Z wypadku jedzie, nikt się nie przyczepi do obrażeń...

Podwładny wyciągnął z szafki specjalnie naszykowaną cegłę i przyładował leżącemu w głowę.

– Bez skutku, ciągle oddycha.

– Złam podstawę czaszki. Co ty, pierwszy dzień jeździsz w pogotowiu?

Jakub dał się odwrócić... Pielęgniarz zdzielił go z całej siły tuż poniżej potylicy.

– Kurde! – Egzorcysta opędził się jak od komara.

– Nie skutkuje.

– Siły nie masz, daj to mnie.

Lekarz przeszedł na tył i własnoręcznie przydzwonił pacjentowi w czachę.

– No, już nie wstanie – mruknął uspokojony.

Jakub, jakby wbrew jego słowom, uniósł dłoń i zaczął przecierać zaspane oczy.

– Gdzie ja jestem? – Rozejrzał się wokoło.

– W karetce – warknął Mengele. – Trzy, cztery, dusimy!

Przygnietli głowę Jakuba kawałem gumy. Płuca przestały pracować.

– Ufff – odetchnął Duchołap, opatrując nadgryziony palec.

– Sprawdź pracę serca – polecił drugi pielęgniarz. Rozerwali koszulę na piersi leżącego.

– Nie oddycha, ale serce bije!

– Bredzisz, niemożliwe!

– Kaftan bezpieczeństwa, znowu się budzi!

Musieli zjechać na pobocze. Do okiełznania siły starca potrzeba było trzech silnych mężczyzn. Viagra czyni cuda.

– Co z nim robimy? – zapytał Skórołapka.

– Kroplówka – zadecydował lekarz.

– A co do środka? Formalina?

– Nie, za łatwo wykryć. Ale gdyby tak pół litra! Wódy! Z solą fizjologiczną. Powie się, że wykorkował z przepicia...

– Od pół litra?

– A coś ty myślał, nieuku, żołądek rozkłada dziewięćdziesiąt procent alkoholu. Pół litra w krwiobiegu to tak, jakbyś pięć litrów wypił...

Dwadzieścia minut później zrobili kolejny postój.

– Ciągle oddycha, ale serce nie bije – zameldował Duchołap.

Wspólnymi siłami wyciągnęli nosze z przywiązanym egzorcystą i zanieśli do pobliskiego parku. Zaraz z brzegu znajdowała się sadzawka z fontanną. Rozhuśtali i wrzucili nosze do wody. Schowały się całe.

– Ja ci pooddycham, bydlaku! – Mengele skakał po trupie, pilnując, aby w żadnym miejscu nie wystawał na powierzchnię.

– A co panowie tu robią? – zagadnął przechodzący policjant.

– Wieziemy chorego cierpiącego na zakażenie gronkowcami – powiedział Duchołap. – Skoczyła mu gorączka, musimy natychmiast schłodzić, bo wykorkuje...

– Ale nie trzymajcie go za długo w wodzie, bo się zaziębi – zafrasował się gliniarz.

– Spokojna głowa. – Mengele przestał deptać ciało. – Znamy się na tym, nie pierwszyzna nam...

Po kwadransie wyciągnęli trupa z sadzawki.

– No, wszystko w porządku – powiedział zadowolony Skórołapka, badając ciało stetoskopem. – Nie oddycha, serce nie pracuje... Nie przyczepią się, że mokry?

– Pochmurno dzisiaj, powiemy, że na autostradzie deszcz padał – pouczył go zwierzchnik. – Dobra, wieziemy go, i tak dużo czasu zmarnowaliśmy...

Pięć minut później powrócił oddech. Trzy pary oczu spojrzały na leżącego z nienawiścią.

– Tu trzeba zastosować radykalne metody – mruknął kierowca.

Zatrzymał się w zaułku. W skrzynce z narzędziami znalazł się zwój miedzianego drutu. Zaczepili go do trakcji tramwajowej.

– No to raz, dwa, trzy – polecił Duchołap.

Przytknęli druty do skroni nieboszczyka.

– Jasna cholera! – zawył egzorcysta, szarpiąc się na noszach.

Zaraz jednak oklapł i zwiotczał.

– Dobra, już po nim – ucieszył się lekarz. – Do prosektorium.

Wędrowycz otworzył jedno oko i popatrzył na niego, po czym przezornie je zamknął...

Dyżurny w prosektorium już czekał.

– Widzę, że przywieźliście pięknego sztywniaka...

– Dwie stówy dla ciebie. Rano będą ci z „Uśmiechu losu”. Trochę trzeba go będzie podmalować, żeby się rodzina nie czepiała...

Na obu skroniach Jakuba widać było wielkie plamy kopcia po porażeniu prądem. Dyżurny przełożył zwłoki na wózek i nakrył prześcieradłem.

– Nie mogliście jakoś delikatniej? – skrzywił się.

– Cholernie żywotny był. Ledwo daliśmy radę – mruknął Duchołap. – Robimy jutro grilla. Może wpadniesz?

– Jasne... Gdzie tym razem?

Ciało przykryte całunem lekko drgnęło, jakby nastawiło ucha.

Ledwo za kolesiami z pogotowia zatrzasnęły się drzwi, kostnicowy złapał za telefon komórkowy.

– Halo? Profesor?

– Tak, o co chodzi?

– Chciał pan pokroić jakiegoś sztywniaka? I miało być po cichu. Na lewo...

– Jest coś?

– Za trzysta złotych. Gość z wypadku, nikt się nie przyczepi, że pokiereszowany.

– Będę za pół godziny...

Profesor i jego student pochylili się nad nieboszczykiem. Jakub wyglądał nie gorzej niż zwykle, kostnicowy zmył okopcenia na skroniach, ściągnął też całe ubranie.

– Niezły okaz i w sumie mało uszkodzony – mruknął profesor. – Proszę zwrócić uwagę na te plamy.

– Plamy opadowe, pojawiają się na zwłokach kilkanaście godzin po zgonie – błysnął wiedzą uczeń.

– Brawo. Co nam potrzeba do kolekcji dydaktycznej?

– *Wątroba sztuk jeden, cztery nerki, jelito cienkie, serce...* – przeczytał z kartki.

– Ale sztuka – mruknął profesor, patrząc na przyrodzenie Jakuba. – Natura obdarzyła. Też utniemy. Będzie można straszyć studentki. – Uśmiechnął się obleśnie.

– W sumie to trochę nieetyczne – mruknął student. – Rozumiem, jak ktoś zapisuje zwłoki do badań, ale tak po cichu wycinać... Przecież można by skorzystać z plastikowych modeli...

– Nie przyszliśmy tu dyskutować o moralności, tylko zaiwanić trochę potrzebnych nam kawałków. – Profesor wyraźnie się wkurzył. – Chrzańmy etykę, kolekcja dydaktyczna jest najważniejsza...

Ujął w dłoń skalpel i wykonał nacięcie skóry na brzuchu. Ze środka wionęło zapachem starej gorzelni.

– Co jest? – zdziwił się. – Ktoś te zwłoki konserwował? Gość wpadł pod ciężarówkę, a nie zachlał się na śmierć... Zresztą nieważne. Hmmm. A może zaczniemy od tego.

Ujął siurka egzorcysty w dłoń i przyłożył skalpel do nasady.

– Ty zasrany pedale! – zawył nieboszczyk, zrywając się na równe nogi. – Sam se ptaka obetnij!

Pięć minut później profesor leżał nago, zakneblowany i przywiązany do stołu. Jakub wciągał na siebie jego garnitur. Zszokowany student wbił się w kąt prosektorium i szczękał zębami.

– A ty co? Ocipiał? – huknął na niego Wędrowycz. – Mówisz, że co tam wam potrzeba do kolekcji dydaktycznej?

Splunął z pogardą na leżącego. Skalpel wsadził do kieszeni – przyda się. Spojrzał ponownie na skulonego.

– Coś ty taki otumaniony?

– Plamy... Pan miał plamy opadowe... – wyszczękał zębami. – To znaczy...

– Ty, konował, jakbyś zamiast koniaku pił denaturat, też byś miał plamy – prychnął egzorcysta. – I morda w kubeł, co tu się stało, bo wrócę i zrobię wam taką sekcję, że do końca życia popamiętacie, a i na tamtym świecie będziecie mieli co opowiadać.

Wyszedł, trzaskając drzwiami. Student popatrzył na związanego wykładowcę. Na jego twarzy pojawił się wredny uśmiech.

– Rozwiąż mnie, do cholery – wściekł się uczony.

– Najpierw pogadamy na temat pewnego zaległego egzaminu... – Wydobył z kieszeni indeks.

Uwolnił jedną rękę. Po chwili zadowolony schował książeczkę do kieszeni i ujął w dłoń ciężki metalowy taboret.

– Wybaczy pan, to nic osobistego, ale liczba trupów musi się zgadzać. Zresztą sądzę, że pan zrozumie. Ostatecznie sam pan powiedział, żeby chrzanić etykę, a kolekcja dydaktyczna jest najważniejsza...

Czterej konowałowie wracali z grilla dużym fiatem. Wypili po kilka piw, prowadziło im się bardzo dobrze, śpiewali sobie nawet momentami. Pocisk pancerfausta uderzył w tył wozu i pojazd fiknął koziołka... Minutę później koło wraku zatrzymała się, wyjąc syreną, karetka reanimacyjna. Jedyny świadek wydarzenia był zachwycony szybkością, z jaką służba zdrowia przyszła rannym z pomocą. Zdziwiło go tylko, że nieprzytomnych do pojazdu wrzucał tylko jeden, zupełnie siwy sanitariusz w gumofilcach...

– Co się stało? – Mengele z trudem otworzył oczy.

Był we wnętrzu karetki reanimacyjnej. Jego kumple też powoli dochodzili do siebie. Sylwetka kierowcy wydała im się dziwnie znajoma.

– Mieliście wypadek, ale udało wam się przeżyć – powiedział sanitariusz siedzący za kierownicą. – Ale nie bójcie się, do kostnicy jeszcze daleka droga, mamy masę czasu. No i parę rzeczy do obgadania. Tylko zjadę tu w bok, do lasu, żeby nam nikt nie przeszkadzał...

Radiowóz zatrzymał się koło porzuconej karetki. Na boku samochodu czerwienił się piękny napis cyrylicą *Skoraja pomoszcz*. Dwaj policjanci wysiedli i podeszli do pojazdu.

– No, siostrzyczki, mamy was. Koniec kariery. – Wyższy zapukał w karoserię pistoletem. – Wysiadka...

Drugi szarpnął drzwi. Widok wewnątrz był naprawdę drastyczny. Przez chwilę obaj czytali krwawy napis na ścianie.

– O kurde! – Młodszy policjant szarpnął się do tyłu.

– E, lipa – powiedział jego szef. – Hannibal Lecter nie pisze się przez „ch”.

A potem też zemdlał.

2586
kroków
Andrzej Pilipiuk
fabryka słów

CZERWONA
GORĄCZKA
Andrzej Pilipiuk
fabryka słów

ANDRZEJ
PILIPIUK
OKO
JELENIA
PAN
WILKÓW
fabryka słów

ANDRZEJ PILIPIUK
Kroniki Jakuba Wędrowycza
KSIĄŻKA CZYTANA
MP3
fabryka słów
ANDRZEJ
PILIPIUK
Kroniki
Jakuba
Wędrowycza
czyta
Grzegorz Pawlak
MP3
fabryka słów

Spis rzeczy

WYDANIE IV poprawione

ISBN 978-83-7574-055-4

REDAKCJA SERII Eryk Górski, Robert Łakuta

ILUSTRACJE ORAZ GRAFIKA NA OKŁADCE Andrzej Łaski

PROJEKT OKŁADKI Piotr Cieśliński

REDAKCJA Katarzyna Motyka, Eryk Vort

KOREKTA Bogusław Byrski

SKŁAD ORAZ OPRACOWANIE OKŁADKI Dariusz Nowakowski

WYDAWCA
fabryka słów
Fabryka Słów sp. z o.o.
20-607 Lublin, ul. Wallenroda 4c
www.fabryka.pl
e-mail: biuro@fabryka.pl

DRUK I OPRAWA OPOLgraf S.A. www.opolgraf.com.pl